SV

A. F. Th. van der Heijden
Das Biest

Roman

Aus dem Niederländischen von
Helga van Beuningen

Suhrkamp

Die Originalausgabe: *De helleveeg*,
erschien 2013 bei De Bezige Bij, Amsterdam.

Erste Auflage 2016
© 2013 A. F. Th. van der Heijden
© der deutschen Übersetzung Suhrkamp Verlag Berlin 2016.
Alle Rechte vorbehalten, insbesondere das des öffentlichen
Vortrags sowie der Übertragung durch Rundfunk und Fern-
sehen, auch einzelner Teile. Kein Teil des Werkes darf in
irgendeiner Form (durch Fotografie, Mikrofilm oder andere
Verfahren) ohne schriftliche Genehmigung des Verlages re-
produziert oder unter Verwendung elektronischer Systeme
verarbeitet, vervielfältigt oder verbreitet werden.
Druck: CPI – Ebner & Spiegel, Ulm
Printed in Germany
ISBN 978-3-518-42555-8

Das Biest

Ich habe es satt, ich habe es satt, hier immer für alles herhalten zu müssen, der Fußabtreter, die stinkende Nonne zu sein, weder Kind noch Kegel zu haben und nicht einmal einen Gott. Ich habe ihn so satt, diesen Kochherd, der mir als Altar gegeben wurde. Satt, satt, satt, Sklavin und Hexe und stinkende Magd zu sein.

Frei nach Jean Genet, *Die Zofen*

Tientje Putz

Wann immer Tante Tiny ein Wohnzimmer betrat, selbst bei wildfremden Leuten, zog sie sofort ein knallgelbes Staubtuch aus ihrer Jackentasche, um damit unauffällig links und rechts über die Armlehnen zu wischen. Das ging so schnell, auch das Einstecken des Lappens, dass jeder Augenzeuge sich zu Recht fragen konnte, ob er es denn wirklich gesehen hatte – hätte nicht diese grellgelbe Flamme, die für einen Moment aus ihrer Hand gezüngelt war, auf jedermanns Netzhaut nachgeglüht.

Diese Angewohnheit trug ihr den Spitznamen Tientje Putz ein, den keiner in ihrer Hörweite laut auszusprechen wagte, denn so weich ihr Staubtuch, ihr Mopp und ihre Buntwäsche auch waren, so scharf konnte ihre Zunge ausholen.

Seit ihrer Heirat mit Koos Kassenaar kleidete Tante Tiny sich wie eine Dame, doch das hinderte sie nicht daran, unter ihrem Pelzmantel, über dem Kleid oder dem Deuxpièces eine kurze Dienstmädchenschürze zu tragen: Man konnte nie wissen, ob man nach dem Betreten einer fremden Wohnung nicht sofort in Aktion treten musste. Um die Reinlichkeit der meisten Hausfrauen war es bekanntlich miserabel bestellt. Das viel bespöttelte Staubtuch konnte einem folglich auch unversehens unter einem offenen Mantel hervor entgegenflattern. Es war immer ein neues oder so gut wie neues, nie öf-

9

ter als zweimal »von Hand« gewaschen, damit es nicht einlief und das fast leuchtende Gelb (mit rotem Garn gesäumt) nicht verblasste. Sie bezog die Tücher im Dutzend von dem Buckligen, der in Breda allwöchentlich von Haus zu Haus ging, mit einem Karren voller Körbe und Bürsten und Wäscheklammern sowie all dem, was sonst noch von den Unglücklichen in De Koepel von Hand gefertigt wurde.

Ach, Tientje Putz, mit ihren Mucken und Marotten.

Sie hatte die Angewohnheit, sich von hinten anzuschleichen, gerade wenn man einen Liebesbrief an seine Herzallerliebste schrieb. Dann las sie über die Schulter mit, um danach die pikantesten Passagen mit ihrer ätzenden Stimme so laut herauszuschreien, dass man es bis in die Küche der Nachbarn verstand.

Tientje Putz, die teure Porträtfotos vor den Augen desjenigen zerriss, der sie aufgenommen und entwickelt hatte, weil sie sich darauf unvorteilhaft vorkam, obwohl sie (auch auf den vernichteten Porträts) eine hübsche, fotogene Frau war. Sie riss und riss, bis die Schnipsel nicht mehr kleiner werden konnten, wobei sie sich vor Anstrengung fest auf die Zunge biss und gleichzeitig eine Art tierisches Heulen ausstieß.

Oder: Sie bekam Mundgeschwüre von den in jedem Haus verteilten Gratisproben einer Testzahnpasta aus durchsichtigem türkisfarbenem Gelee, hielt es aber für eine Verschwendung, die erst zur Hälfte aufgebrauchte Tube wegzuwerfen. Dann eben schwärendes Zahnfleisch, ein lepröser Gaumen und eine mit weißen Quaddeln belegte Zunge. Zur selben Zeit, während sie sich wegen ihres schmerzenden Mundes in Modegeschäften kaum verständlich machen konnte, kaufte sie ganze Armvoll teurer Kleider, die sie als »funkelnagelneue Ableger« meiner Mutter, ihrer ältesten Schwester, vermachte – ohne sich damit groß aufzuspielen, was sie auch noch hervorhob: »Also, ich will mich ja nicht aufspielen …« (Sie hatten mehr oder weniger dieselbe Kleidergröße.)

Oh, Tientje Putz, die so virtuos lügen konnte: dass sie schwanger sei oder unfruchtbar oder vorübergehend infertil, je nachdem, was die Situation verlangte.

Als Onkel Hasje in Neuguinea diente, erzählte sie mir spannende Geschichten über die Papuas. Es war Ostern. Ich durfte morgens zu ihr ins Bett, sofern ich mein großes Schokoladenei mitbrachte. Bei jedem Cliffhanger in ihrer Geschichte forderte sie als nicht rückzahlbaren Vorschuss ein Stück davon, sonst könnte ich mir die Fortsetzung abschminken. Am Ende der Osterferien war nichts mehr von dem Schokoladenei übrig, und ich wusste immer noch nicht, wie es mit Onkel Hasje enden würde, während die giftigen Pfeile aus den Blasrohren regungslos in der Luft hingen. Das alles und noch viel mehr war Tientje Putz.

Später, nach ihrer Heirat, kam sie jeden Samstag aus Breda nach Eindhoven, um ihre mittlerweile betagten Eltern zu drangsalieren, und nachdem sie diese ins Grab getriezt hatte, war meine Mutter an der Reihe. Erst wenige Jahre vor Tientjes Tod habe ich entdeckt, wodurch sie diesen so durch und durch vergifteten, miesen Charakter entwickelt hatte und was sie ein Leben lang umtrieb.

Kapitel I

I

Das Problem bei Tante Tiny war, dass sie keinen Verehrer an sich binden konnte. An ihrem Äußeren lag es nicht. Sie war ein schönes Mädchen, die Hübscheste von fünf Geschwistern, obwohl ihre älteste Schwester, meine Mutter, ebenfalls als Schönheit galt (bis sie noch vor ihrem Dreißigsten aus Sorge und Krankheit zu welken begann).

Es heißt, ich hätte Tiny mit vier Jahren, als sie sechzehn war, »entdeckt« und sei immer häufiger wie eine kleine Ente hinter ihr hergewatschelt. Zunächst bestand sie vor allem aus einer Duftwolke: Make-up, Shampoo und noch etwas Besonderes, das nur zu ihr gehörte. Dann füllte sich diese immaterielle Erscheinung allmählich mit einem Wust dunkelbrauner welliger Haare, einer schmalen Taille über wiegenden (um nicht zu sagen: hin- und herschaukelnden) Hüften sowie Beinen, über die die schnurgeraden Nähte ihrer Nylonstrümpfe liefen, angefangen bei den Absätzen und dann schwindelerregend in die Höhe bis unter den Saum eines engen Rocks.

Nur ihre Stimme … die klang nicht immer angenehm. Manchmal, wenn sie mir schmeichelte oder eine ulkige Geschichte erzählte, dann schon … dann war es, als käme der Wohlgeruch, den ich so liebte, aus ihrem Mund, als dufteten ihre Komplimente nach Veilchen. Weit häufiger benutzte sie diese Stimme jedoch, um an allem und jedem herumzumäkeln: an ihren Eltern, ihren Geschwistern, den Kollegen, im Grunde der ganzen Welt samt allem Drum und Dran. Nichts und niemand taugte etwas.

Tante Tiny und ich waren im selben Haus geboren: Lynxstraat 83, im Tivoli-Viertel, das sich an den Eindhovener Stadtteil Stratum schmiegte, verwaltungsmäßig aber zum acht Kilometer entfernten Geldrop gehörte. Nach meiner Geburt wohnten meine Eltern mit mir und später auch meiner kleinen Schwester noch ein paar Jahre bei meinem Opa und meiner Oma zur Untermiete, doch um die Zeit, als ich Interesse an meiner jungen Tante zu zeigen begann, war unsere Familie bereits umgezogen – ins *richtige* Geldrop. Ich sehnte mich nach meinem Geburtshaus zurück, in dem ich, von meinem Vater gebracht und wieder abgeholt, oft die Wochenenden verbrachte und, nachdem ich in die Schule gekommen war, auch Teile der Ferien.

Meine Großeltern stammten aus Den Bosch. Sie waren in den dreißiger Jahren in das kleine Arbeiterparadies Tivoli gezogen. Offiziell, weil mein Opa Arbeit bei Philips bekommen konnte, als Glasbläser, doch nach den gefauchten Auskünften von Tiny steckte mehr dahinter.

»Was machst du, Albert, wenn dir der Boden zu heiß wird unter den Füßen? Genau, so ist es … dann stellst du dich ein Stück weiter weg. So wurde deinem Opa und deiner Oma in Den Bosch der Boden unter den Füßen zu heiß. Meistens bekommt man Blasen vom Laufen, sie aber liefen vor den Blasen davon. Verstehst du?«

Ich wusste als Fünf-, Sechsjähriger nicht so genau, was ich mir darunter vorzustellen hatte. Eine Art Feuer-

tanz vielleicht, von dem ich in einem Buch Bilder gesehen hatte.

2

Seitdem es nicht mehr nötig ist, mich als reicher oder
adliger auszugeben, als ich meiner Herkunft nach bin,
erzähle ich immer ehrlich, dass meine Eltern sich als
Fabrikkinder in der Schuhfabrik Lata in Best kennengelernt haben. Mit der Geschichte, wie sie über den
Bottichen mit warmer Schuhwichse high wurden und
sich nach einem halben Liter Milch draußen im Gras
wieder ausnüchtern durften, kann ich bei niemandem
mehr landen. Sie ist zu bekannt. Obwohl es noch immer
Ungläubige gibt, die denken, ich hätte mir das Detail
mit den Schuhwichsdosen, die gefroren und nicht mehr
zu gebrauchen von der Ostfront nach Best zurückge-
schickt wurden, ausgedacht oder zumindest übertrieben. Ich belasse es einfach dabei.

Von ihrem sechzehnten Lebensjahr an, Mitte der
fünfziger Jahre, arbeitete Tante Tiny ebenfalls bei Lata.
Sie klebte Sohlen unter die Schuhe – mit einem Leim,
der einen im Übrigen auch ganz schön high machen
konnte, wie ich später von ihr erfuhr. Ohne dass es zum
Ausgleich einen halben Liter entgiftende Milch gab. Sie
hatte ihren Wochenlohn komplett zu Hause abzugeben,
wofür sie dann wiederum einen festen Betrag erhielt, ein
karg bemessenes Kleidergeld inbegriffen. Meine Mutter entdeckte eines Tages in ihrem Elternhaus, dass eine
Schublade der Anrichte bis obenhin mit Tinys Lohntüten gefüllt war – noch zugeklebt, denn man musste

immer auf schlechte Zeiten gefasst sein. Ihr finanzieller Beitrag bedeutete nicht, dass sie sich nach der Arbeit auf die faule Haut hätte legen können: Der Haushalt war auch noch zu erledigen.

Im Nachhinein ist mir klar, dass Tiny in jenen Jahren bereits vollauf damit beschäftigt war, die formvollendete Karikatur eines sich sklavisch im Haushalt abrackernden Wesens vorzuführen, und zwar damit »den Alten« ein Licht aufging – oder um zu zeigen, dass es ihnen vielmehr an Licht *mangelte*, das ihnen hätte aufgehen können. So schleppte sie immer öfter Taschen voller Schuhe von Lata mit nach Hause, um ihnen mit Hilfe des Schraubstocks ihres Vaters eine Sohle unterzukleben. Wenn ich wieder mal zu Besuch in der Lynxstraat war, durfte ich »senkeln«: in die fertigen Schuhe Schnürbänder einziehen. Möglicherweise bekam ich fünf oder zehn Cent dafür, aber dieses Senkeln wurde doch in erster Linie als Überstundenarbeit für Tiny abgerechnet und diente der Erweiterung ihrer Garderobe. Sie hatte schon damals regelmäßig »nichts anzuziehen«, und von Zeit zu Zeit musste sie doch auch mal tanzen gehen, sonst käme sie nie zu einer guten Partie, um dem elterlichen Horrorhaus zu entfliehen.

Den Streitereien zwischen Tiny und meinen Großeltern entnahm ich etwas über die Hausregeln, die für sie etwas strenger zu sein schienen als für die anderen Kinder. Normal war: nach dem einundzwanzigsten Geburtstag auf eigenen Füßen stehen, es sei denn, man heiratete mit achtzehn (oder etwas später), dann durfte man gleich aus dem Haus. Für Tiny galt: Heirat nicht vor dem zwanzigsten Geburtstag, also frühestens als Zwanzigjährige und fest unter der Haube aus dem Haus.

Tiny wurde siebzehn. Noch eine ganze Ewigkeit, bevor sie das Haus in der beklemmenden Lynxstraat mit seinen dunklen, feuchten Räumen verlassen konnte, in das wegen der zu kleinen Fenster kaum Sonne fiel. Am schlimmsten waren Vater und Mutter selbst. Ich liebte meinen Opa und meine Oma natürlich, weniger selbstverständlich war hingegen die Liebe der siebzehnjährigen Schönheit, die flügge werden wollte, zu ihren Eltern. Wenn sie gegen das strengere Regime protestierte, das nur für sie galt, erinnerten (auch in meiner Anwesenheit) meine Großeltern sie an »etwas«, das in der Vergangenheit passiert war – möglicherweise irgendein Fehltritt Tinys aus der Zeit, als ich noch im Laufstall stand.

»Darüber müssen wir doch wohl nicht schon wieder sprechen, oder?«, sagte Oma dann.

»Wie – *wieder* sprechen«, fauchte Tiny. »Wir haben nie anständig darüber geredet, Mensch.«

»Wie wolltest du denn anständig über was Unanständiges reden?«, schaltete sich Opa ein. »Ein andermal. Jetzt sind Kinder dabei.«

Abgesehen von der doofen Mehrzahl fühlte ich mich schuldig, weil meine Anwesenheit offenbar ein Hindernis dafür war, dass Tante Tiny etwas sehr Wichtiges mit ihren Eltern ausdiskutieren konnte. Als ich einmal nicht im Zimmer war, aber trotzdem (auf dem Flur) hören konnte, was gesprochen wurde, ertönte aus Opas Mund: »Was du angestellt hast, Tientje, ist so entsetzlich … ich finde noch immer keine Worte dafür.«

»Das ist euer Problem«, schrie Tiny, »dass ihr keine Worte dafür habt. Mit euch kann man nicht reden. Eines Tages schreie ich es laut heraus. Ich *habe* nämlich Worte dafür.«

»Dann würdest du aber niemand finden, der zu dir hält.«

Wenn ihre Eltern ihr nicht erlaubten, auszugehen: »Dir ist alles zuzutrauen, Menschenskind. Hat sich ja gezeigt. *Du* bleibst schön zu Hause, hörst du.«

Und wenn ich bei Tante Tiny in der Küche war: »Du erzählst dem Kind doch wohl nichts Falsches, oder? Pass bloß auf! Du bringst es fertig, den Kleinen für den Rest seines Lebens zu verderben.«

Ich hörte das so oft, dass ich immer neugieriger wurde und es mir gar nicht so schlimm vorkam, für den Rest meines Lebens versaut zu sein. Ein verdorbenes Kind, aber immerhin mit einem phantastischen Geheimnis, mit dem es seinerseits das Leben anderer vermasseln könnte, falls es Lust dazu hatte.

Was Tiny mir verriet (nicht in der Küche, sondern als ich eines Morgens zu ihr ins Bett kroch), war, dass sie entgegen den Anweisungen ihrer Eltern möglichst schnell nach ihrem achtzehnten Geburtstag heiraten wollte, und zwar um jeden Preis.

»Vom Gesetz her können sie mir dann nix mehr anhaben.«

Es musste nur noch ein passender Verehrer gefunden werden, der es nicht für nötig hielt, allzu lange mit der Hochzeit zu warten. Da genau aber lag der Haken, entnahm ich einem Gespräch zwischen Tiny und einer Freundin von ihr, Gerda Dorgelo.

»Sie lassen dich jedes Mal wieder fallen wie eine heiße Kartoffel«, sagte Gerda.

»Von wegen, ich lasse *sie* fallen wie eine heiße Kartoffel«, sagte Tiny.

»Das genau ist das Problem«, sagte Gerda. »Du ser-

vierst sie ab. Reihenweise. Und zwar bevor es richtig
schön wird. Du denkst, die kommen bestimmt zurück,
aber Pustekuchen. Sie haben Angst vor dir.«

»Angst, warum?«

»Du schlägst sie.«

»Aus Spaß. Wenn sie *das* noch nicht mal verkraften.«

»Viel zu hart. Schon nicht mehr schön, Tineke. Du
müsstest mal dein Gesicht sehen, wenn du zupackst.
Fester geht es nicht mehr. Diese hinterhältige Zungenspitze zwischen den Zähnen …!«

»Na gut, Gerda, wenn du meinst … ich werde keinen
Typen mehr malträtieren. Ehrenwort. Aber ein kleiner
Klaps dann und wann, das gehört doch einfach dazu,
oder? Das machst du doch auch beim Schiele-Wil?«

»Am schlimmsten ist, als was du sie behandelst. Wie
den letzten Dreck. Du müsstest dich mal hören, Tientje.
Durch und durch gemein. Wie du sie beleidigst, wie locker dir das über die Lippen geht. Für so jemanden bist
du hinterher auch nur noch ein Haufen Scheiße, verlass
dich drauf.«

3

Obwohl sie sich lieber die Zunge abgebissen hätte, als
Gerda recht zu geben, merkte ich an Kleinigkeiten, dass
Tiny sich zu bessern versuchte. Davon hing viel ab.

»Ich will keine alte Jungfer werden«, war der für mich
rätselhafte Satz, den sie, an niemanden speziell gerichtet, wiederholt aussprach. Wenn sie dann merkte, dass
ich der einzige Zuhörer war, sagte sie: »So ist es doch,
Albertje. Ich will nicht alt und sauer werden in diesem

Haus, bei diesen zwei alten, sauren Leuten. Jetzt bist du hier ja zu Besuch, und ich habe ein bisschen Gesellschaft, aber ab nächster Woche gehst du wieder zur Schule.«

Es war still geworden in der Lynxstraat 83. Meine Mutter, die Älteste, hatten sie dank der allgemeinen Wohnungsnot, die ganze Familien in lebenslange Feindschaft stürzte, noch lange im Haus zu halten verstanden. Mit inzwischen zwei Kindern ertrugen meine Eltern das Leben in diesem knapp drei mal vier Meter großen Zimmer nicht länger, unter der Terrorherrschaft des herrischen van der Serckt und seiner leicht gekränkten Frau. Regelrechte Kriege wurden in dem Arbeiterhäuschen, das zeitweise zehn Personen Platz bieten musste, ausgetragen – psychologische, mit Schweigen und Fauchen als Waffen, wenngleich mein Vater auch schon mal mit seiner nicht abgelieferten Dienstwaffe in der Wohnstube seiner Schwiegereltern gestanden hatte.

Mein Vater und meine Mutter begnügten sich mit einer Bruchbude in Geldrop, nur um der vergifteten Geselligkeit des Zusammenwohnens zu entfliehen. Nicht viel später wanderte die mittlere Schwester mit ihrem Mann nach Australien aus, um ein neues Leben in Melbourne zu beginnen.

»Unsere Sjaan hat's richtig gemacht«, sagte Tiny zu mir. »Gleich ans andere Ende der Welt. Dort werden unsere sauren Alten sie nicht so schnell finden. Und sie hat eine gute Ausrede, warum sie sie nicht besuchen kann. Ein Flugzeug können sie und dieser ihr angetraute Habenichts sich nicht leisten. Und bei der Schifffahrtsgesellschaft stehen sie auf der schwarzen Liste.«

Ich wollte wissen, was das war, eine schwarze Liste.

»Auf der Hinreise haben sie sich so ungefähr ihre ganze Aussteuer auf dem Schiff zusammengeklaut. Handtücher, Betttücher, Tafelsilber. Da ist noch eine gewaltige Rechnung offen.«

Mir wurde klar, dass Tante Sjaan viel daran gelegen sein musste, sich in eine rote Wüste auf der anderen Seite des Globus abzusetzen. Auch der älteste Sohn, mein Onkel Freek, allgemein nur Der Freek genannt, hatte sich der elterlichen Gewalt entzogen und auf die Weltmeere begeben. Ab und an schickte er eine Karte von den Antillen oder aus Paramaribo. Wenn Der Freek auf Urlaub kam, füllte sich das kleine Haus mit seiner lauten Stimme, die immer einem heulenden Lachen nahe war, allerdings ohne jede Fröhlichkeit.

Jetzt waren nur noch die beiden jüngsten Kinder im elterlichen Haus: Tiny und ihr jüngerer Bruder Hasje.

Für mich war Hasje eher ein älterer Bruder als der jüngste Onkel. Als meine Großmutter zu Beginn des Krieges ungeplant noch ein Kind zur Welt bringen musste, hatte sie genug von der Mutterschaft: »Einer alten Frau wie mir noch ein Kind machen, und das im Krieg ...«

Sie war siebenunddreißig. Sie legte sich ins Bett. Krank. Ihr Mann schaltete die Fürsorge ein. Er hatte eine gesunde Tochter, die ihre Zeit auf der Haushaltsschule vertrödelte, wo man sie zu Hause so dringend brauchte. So wurde der kleine Hasje, während seine Mama sich jahrelang von der unerwünschten Mutterschaft erholte, von seiner ältesten Schwester großgezogen, von der Flasche über das Töpfchen bis zu den ersten Schritten und all dem, was im Leben eines Kindes weiter folgte. Sie haben ihm zweifellos gesagt, wie sich die Sache verhielt, aber *gefühlsmäßig* (wie er später bekannte) betrachtete er Hanny als seine Mutter. Er war gerade zehn geworden, als ich in dem Haus, in dem er von meiner Mutter erzogen wurde, zur Welt kam. Ich meinerseits wusste nach einiger Zeit nichts anderes, als dass ich in der Gestalt Hasjes einen älteren Bruder hatte. Es sorgte für viel Gelächter in der Familie, wie ich mich auch als jüngerer Bruder *verhielt*, der hingerissen zum zehn Jahre älteren Draufgänger aufsah – doch mir selbst verging das Lachen, als mir viel später klar wurde, dass ich das Erstgeburtsrecht gegenüber dem fragwürdigen Propheten meiner frühesten Kindheit verwirkt hatte. Das Gefühl, mich vor einem älteren Bruder, der in moralischer Hinsicht meine Leitfigur gewesen war, verantworten zu müssen, hat mich nie verlassen, bis auf den heutigen Tag nicht.

Hasje begann mit vierzehn eine Lehre bei einem Eindhovener Malereibetrieb. Zwei Jahre später erhielt sein Chef einen Großauftrag: die Renovierung des farblosen kleinen Bahnhofs von Geldrop, weil dieser auf der Route lag, auf der Königin Juliana mit ihrem Gast Haile Selassi vom DAF-Werk in Eindhoven ins Geldroper Rathaus gelangen wollte, wo ein Empfang stattfinden sollte. Hier bekam Hasje die Gelegenheit, der Welt zu zeigen, was in ihm steckte. Trotz seines Alters, sechzehn, lieferte er fachmännische Arbeit ab. Der Meister war sehr zufrieden. So standen sie beide stolz, in sauberen weißen Kitteln, gemeinsam mit den Anwohnern hinter den Absperrgittern und warteten darauf, dass die Limousine mit unserer Königin und dem Kaiser von Äthiopien in bewunderndem Schritttempo vorbeigleiten würde. Es galt als nicht ausgeschlossen, dass die fürstlichen Herrschaften aussteigen würden, um zu fragen, wer dem Hauptbahnhof von Geldrop diesen schönen Mattglanz verpasst hatte.

Was immer an jenem Nachmittag geschah, es kam kein Haile Selassi. Später erfuhren die Maler, dass der Besuch bei DAF ausgeufert war, worauf beschlossen wurde, auf dem Eindhovenseweg schleunigst direkt zum Rathaus zu brausen. Ich war dabei, als Hasje in der Lynxstraat von dem Fiasko berichtete, und nahm mir das Drama sehr zu Herzen. Doch was mich noch mehr erschreckte, war der Hohn Tinys über das Debakel ihres jüngeren Bruders. Plötzlich verwandelte sie sich mit ihrer verwaschenen Schürze in ein Schulmädchen, das durch Niederschreien des anderen als Siegerin aus einem Retourkutschenstreit hervorgeht.

»Hasje hat sich schon den Palast in Abbis Abeba anstreichen sehen … mit Goldfarbe … ha ha!«

Durch diese Demütigung muss etwas in Hasje zerbrochen sein. Ein Jahr zuvor hatte er mit ganz anderen Pinseln als den bei seiner Arbeit verwendeten anhand einer Ansichtskarte den *Sämann* von Vincent van Gogh kopiert. Die wogenden blauen Linien seines Pinsels auf der weißen Leinwand … der berauschende Geruch des Terpentins … die strahlend gelbe Sonne, die von der Staffelei sein schummriges kleines Zimmer zu erhellen schien … *das war's*. In aller Heimlichkeit begann er Vorbereitungen zu treffen, um mit seiner Palette in die weite Welt hinauszuziehen und alle Eindrücke von unterwegs mit seinem Genie zu konfrontieren. Seinen Job bei dem Malermeister müsste er nicht eigens kündigen: Eines Tages wäre er einfach verschwunden.

4

Wie Hasje sich eines Nachts mit seinen Malsachen aus der Lynxstraat davonschlich, um in Amsterdam ein neues Leben als Künstler anzufangen, und wie er auf dem Boschdijk eine Mitfahrgelegenheit in einem Streifenwagen erhielt, der ihn schnurstracks nach Hause zurückbrachte – diese Geschichte ist schon viel zu häufig erzählt worden. Weniger bekannt ist die Folge von Hasjes Abenteuer für seine Schwester Tientje. Sie musste am frühen Morgen Kaffee für die beiden jungen Polizisten kochen, die den Ausreißer ablieferten. Der eine, Karel Henneman, konnte seinen Blick nicht von ihr losreißen. Seitdem kam er mindestens zweimal die Woche vorbei, angeblich im Auftrag seiner Dienststelle, um sich nach Hasjes Wohl zu erkundigen. Die Eltern befanden, er sei eine gute Partie für Tientje, und förderten den Kontakt, solange dieser sich innerhalb des Hauses in der Lynxstraat 83 abspielte.

Mehrere Monate lang sah ich Polizeiwachtmeister Henneman regelmäßig in meinem Geburtshaus, mal in Uniform, mal im Sonntagsanzug. Er und Tientje saßen sich dann unbehaglich am Esstisch gegenüber, die kleinen Finger ineinander verhakt und den Blick niedergeschlagen, meist schweigend. Ab und an spähte Oma durch einen Spalt der Küchentür, ob es voranging. Hasje hielt sich in seinem Atelier versteckt und betete wahrscheinlich, dieser auf Künstler angesetzte Kopfgeldjäger möge sich nicht mit seiner Schwester verloben. Ich erlebte noch die Zeit, in der die Lider sich hoben und schmachtende Blicke gewechselt wurden, während Tientje an der Wollstickerei des Tischtuchs herumzupfte.

Von einem bestimmten Tag an ließ sich der Wachtmeister nicht mehr blicken. »Es ist aus«, war alles, was Tientje dazu, auch ihren Eltern gegenüber, preisgab. Opa und Oma waren wütend. So eine ideale Partie. Künftiger Polizeipräsident, wer weiß.

Kapitel II

I

Tante Tiny hatte sich erneut einen geangelt, und diesmal war sie fest entschlossen, ihn nicht mehr loszulassen. Peter hieß er. Gerda hatte eifrig gekuppelt.

»Und du wirst ihn *nicht* schlagen. Verstanden? Und auch nicht kneifen. Sonst sorge ich höchstpersönlich dafür, dass aus der Sache nichts wird. Benimm dich jetzt endlich mal. Der Junge ist nicht mit Gold aufzuwiegen.«

»So schwer ist er nicht. Er ist klapperdürr.«

»Siehst du, da geht's schon wieder los. Ich wette, der ist schon nach fünf Minuten auf und davon.«

»Ich werde ganz lieb zu ihm sein.«

Es klappte. Beim ersten Mal war ich nicht dabei, aber bei späteren Verabredungen, wenn sie mich als Alibi auf einen Spaziergang mitnahm, gab Tiny sich Peter gegenüber sehr fügsam. Er arbeitete in einem Eindhovener Hotel. Zu vereinbarten Zeitpunkten warteten wir auf einem kleinen Innenhof, wo die Mülltonnen standen, bis Peter in seiner Portiersuniform oben an einer Art Dienstbotentreppe erschien. Sie redeten dann kurz miteinander, wobei sie sämtliche Finger ineinanderflochten, unaufhörlich, ohne den Blick vom anderen zu lösen. Mir schenkten sie keine Beachtung. Ich stand im Gestank von Fischabfällen und fauligem Feldsalat rum.

»Ich mag ihn wirklich«, vertraute sie mir während eines dieser Spaziergänge an. »Ihn würde ich gern heiraten. Aber wie kriege ich ihn bloß an dieser sauertöpfischen Sippschaft in der Lynxstraat vorbei?«

2

Eines Tages während der Weihnachtsferien (ich war bei meinen Großeltern zu Besuch) war es so weit: Tiny würde Peer Portier, wie sie ihn nannte, ihren Eltern vorstellen. Er hatte abends Dienst, also trug er seine Uniform – mit Ausnahme der Mütze, die er in der Hand hielt und halbwegs hinter seinem Oberschenkel versteckte. Ich saß im kleinen Vorderzimmer und gab vor, zu lesen, behielt aber über den Rand des viel zu schwierigen Buchs hinweg den Esstisch, an den sie sich alle vier gesetzt hatten, genau im Blick.

»Portier«, sagte mein Großvater, »dann bist du bestimmt auf ein Trinkgeld hier und da angewiesen.«

»Zusätzlich zu meinem festen Gehalt«, sagte Peter. »Zugegeben, das ist nicht allzu hoch. Aber die Trinkgelder, da kommt ganz schön was zusammen. Ich verdiene gut, auch wenn ich es selber sage.«

»Es bleibt aber ein unsicherer Beruf«, sagte Opa.

Und Peter wieder: »Man hat gute Aufstiegschancen. Ich möchte es bis zum Geschäftsführer bringen.«

»Dann stehst du auch nicht so im Zug«, sagte Oma und machte ein kluges Gesicht.

»Unter dem Baldachin am Eingang hängt ein Strahler«, sagte Peter.

»Und mit euch beiden …« (Opa warf einen flüchtigen Blick auf seine Tochter), »wie ernst ist es?«

»Wir haben vor, uns zu verloben«, sagte Peter feierlich.

Tante Tiny senkte den Blick.

»Ist das nicht ein bisschen früh?«, fragte Oma. »Ihr kennt euch doch kaum.«

»Ich habe nichts gegen eine Verlobung«, sagte Opa. »Du musst aber wissen, dass wir sie nicht vor ihrem zwanzigsten Lebensjahr heiraten lassen.«

»Sie ist achtzehn«, sagte Peter. Er blickte nach Zustimmung heischend zu Tiny, doch die löste den Blick nicht von der Tischdecke. »Ich dachte …«

»Absprache ist Absprache«, sagte Opa. »Wir haben abgesprochen, dass Tientje frühestens mit zwanzig aus dem Haus geht. Und zwar verheiratet. Sonst mit einundzwanzig.«

»Dann erzähl ihm auch, warum«, sagte Tiny. »Sonst kapiert er's nicht.«

»Das bleibt unter uns«, sagte Oma. »Wir müssen die schmutzige Wäsche doch, flixnochmal, nicht in der Öffentlichkeit waschen.«

»Dann sag *ich's* ihm«, stieß Tiny, plötzlich heftig, hervor. »Ich bin nicht auf den Mund gefallen.«

»Du sagst ihm gar nichts«, entgegnete Oma. »Hier haben immer noch wir das Sagen. Es sind unsere Angelegenheiten, und da brauchen wir keine Fremden bei.«

»Wenn es irgendwas gibt, was ich wissen sollte«, sagte der Portier. Seine Mütze lag umgedreht auf dem Tisch, darin seine beigefarbenen Handschuhe. »Es handelt sich immerhin um eine Verlobung. So was macht man ja nicht zum Spaß.«

»Ein Vorschlag zur Güte«, sagte Opa zu Peter. »Ihr verlobt euch, wann ihr wollt. Nächste Woche, nächsten Monat, ist mir egal. Ich bezahle das Fest. Und dann reden wir über nichts mehr. Nicht über eine Hochzeit, bevor sie zwanzig ist. Und auch nicht über das andere, womit Tientje da ankam.«

3

Nicht lange nach diesem Gespräch verlobten Tiny und Peter sich, mit Kupferringen (die Tiny hinter seinem Rücken als »Gardinenringe« bezeichnete), aber ohne Feier, denn Tiny wollte nicht, dass ihre Eltern ihre Freunde einluden, darunter die Familie van Dartel aus dem Puttense Dreef.

»Ich bezahl«, hatte Opa gesagt. »Dann lad ich auch ein, wen ich will.«

»Keinen Nico van Dartel«, sagte Tiny. »Ich kann mich auch ohne Rosinenbranntwein von De Sparren verloben. Davon krieg ich doch nur Sodbrennen.«

Jeder, der mich kennt, hat sich schon mal die Geschichte anhören müssen, wie Nico van Dartel »die Geigen mittendurch gesägt hat«. Bei uns daheim gab es keinen Fernseher. Wenn ich bei meinen Großeltern zu Besuch war, sah und hörte ich mir zu gern auf einem der deutschen Sender Orchestervorführungen an. Ich hatte keine Ahnung von der Musik, aber sie machte mich irgendwie ruhig und sogar ein bisschen glücklich. Eines Abends kam Opas Freund Nico van Dartel, ein Schuster, mit seiner Familie, um sich die Revue *De Jantjes* anzuschauen, von der schon seit Wochen aufgeregt geredet wurde. Die van Dartels setzten sich zusammen mit meinen Großeltern an den Tisch, und Tiny sollte Kaffee für alle kochen. Ich gab zu verstehen, dass ich das Konzert auf Deutschland 1 oder 2 zu Ende sehen wollte. Daraufhin begann Mijnheer van Dartel, das Orchester lächerlich zu machen.

»Nichts als sägen, sägen und noch mal sägen«, sagte er. »Die sägen die Geigen noch mittendurch.«

Mein Großvater schaltete zu *De Jantjes* um. Ich flüchtete in die Küche, zu Tante Tiny, die auf den brodelnden Kaffee in dem gläsernen Behälter starrte.

»Am liebsten würde ich ihm Rattengift in den Kaffee tun«, sagte Tiny leise. Sie meinte den Kaffee von Nico van Dartel. »Niemand würde was merken. Ja, dass er tot umfällt. Aber nicht, dass es vom Kaffee kam. Von Rattengift fallen einem die Haare aus. Tja, und Nico *hat* schon 'ne Glatze.«

»Hast du denn Rattengift, Tante Tiny?« Ich hatte keine Angst, war nur neugierig. Sie öffnete eine Dose mit grünlichem Zeug, das stark nach Suppe roch. Ich dachte eher an Bouillonwürfel mit Gemüseextrakt als an ein tödliches Mittel.

»Schmeckt man das denn nicht im Kaffee?«, wollte ich wissen.

»Wenn es erst mal reingerührt ist, dann denkt man vielleicht: Was schmeckt der Kaffee komisch«, sagte Tiny. »Aber das sagt man schließlich nicht laut, wenn man irgendwo zu Besuch ist. Dann sagt man: ›Mmh, leckerer Kaffee‹, und rutscht einfach unter den Tisch. Mausetot.«

Allein schon aus Sensationslust und weniger der mittendurch gesägten Geigen wegen wünschte ich, Tiny würde etwas von diesen Suppenwürfeln in Nicos Kaffee bröckeln.

»Wenn ich genau wüsste«, sagte Tiny, »dass *er* es trinkt, dann hätte ich da überhaupt kein Problem mit. Aber angenommen, die Tasse mit dem Gift landet direkt vor seiner Frau. Die hat ja sowieso schon so ein Scheißleben mit dem Dreckskerl.«

Ich riet ihr, Tassen in verschiedenen Farben zu nehmen und dann zum Beispiel die rote vor Nico hinzustellen.

»Superpraktisch«, sagte ich. »Wie bei den Steinen von *Mensch ärgere dich nicht*. Ich spiele immer mit Grün.«

»Du musst aber verstehen, Albertje«, sagte Tiny, »dass einem, der im Begriff ist, einen anderen zu vergiften, schon mal die Nerven durchgehen können. Angenommen, ich habe im letzten Moment vergessen, welche Farbe jetzt für den Glatzkopf war …«

Tiny erzählte nicht, warum sie den Mann so verabscheute. Ich fragte nicht nach. Sie konnte so viele Leute nicht ausstehen, warum also nicht auch Nico van Dartel. Sie drückte den Deckel wieder auf die Dose mit Rattengift. So wurde ich Zeuge, wie der Schuster dem sicheren Tod entrann. Als Tiny mit dem Tablett in die Stube ging, um jedem Kaffee zu servieren, folgte ich ihr. Ich wollte mit eigenen Augen sehen, wie Nico van Dartel genüsslich seinen Kaffee trank, ohne unter den Tisch zu rutschen, obwohl das genauso gut hätte geschehen können.

Kapitel III

I

Wenn ich sonntagmorgens zu Tante Tientje ins Bett schlüpfte, trug sie nicht den Puder- und Rougeduft vom Vorabend an sich, doch der leicht animalische Geruch, den ich jetzt roch, war mir ebenso lieb. Die Geschichten, die sie mir erzählte, hatten in Verbindung mit ihrem Körpergeruch die gleiche Wirkung auf mich wie die Aktzeichnungen und anatomischen Studien in Onkel Hasjes Atelier, bei deren Anblick mir meine Hose auch irgendwie zu eng wurde.

Wenn ich ihre Geschichten aus der Erinnerung rekonstruiere, waren sie ganz schön schweinisch. Selbst unter Berücksichtigung der Tatsache, dass ich drei Viertel nicht verstand, waren sie noch immer obszön.

»Mir wird selber warm«, sagte sie manchmal und wedelte dann demonstrativ mit der Decke. Die abwechselnd schwüle und kühle Luft, die so in Bewegung gesetzt wurde, wogte über mich hinweg und stiftete noch mehr Verwirrung in meinem Blut.

Einmal verweigerte sie mir den Zutritt in ihr Bett.

»Lass das«, sagte sie, als ich die Decke aufschlug, um mich neben sie zu legen. »Nicht!« Sie schob mich von sich. »Du stinkst.«

Ich trat einen Schritt zurück und begann an mir zu riechen, fast in Tränen, weil sie es so brutal gesagt hatte. »Ich riech nichts. Ehrlich nicht.«

»*Ich* stinke«, sagte sie.

»Find ich nicht«, sagte ich.

»Doch«, sagte Tiny, »das ist der monatliche Scheiß.«

Sie erklärte mir, was »die Tage haben« genau bedeutete. Endlich füllten sich die Worte, die ich ständig um mich herum hörte, in der Schule und im Heim der Pfadfinder, mit Inhalt. Ich musste zugeben: Sie roch heute anders, aber stinken – nein.

Nachdem sie mir alles haargenau erklärt hatte, sagte sie auf einmal: »Ich weiß nicht mal, *ob* ich meine Tage überhaupt noch kriegen kann. Früher schon. Fing an mit zwölf. Nach meinem vierzehnten Lebensjahr hörte es auf. Das heißt ... es kommt schon noch was, aber sehr unregelmäßig. Kein Verlass drauf. Ich weiß nicht, ob das noch die Tage sind oder einfach krankhafter Blutverlust, weil irgendwas bei mir nicht in Ordnung ist ...«

»Gehst du denn mal zum Arzt, Tante Tiny?«

»Ich trau mich nicht. Blöd, nicht? Ich habe Angst, die entdecken dann was. Das erlebt man bei so vielen Leuten. Sie haben alle vage Beschwerden, aber sonst nix ... und dann lassen sie sich auf den Kopf stellen, eine Untersuchung nach der anderen, und plötzlich liegen sie im Krankenhaus und sind sterbenskrank. Ohne mich!«

»Was sagt Oma?«

»Glaubst du wirklich, ich kann mit der darüber reden? Dann kannst du genauso gut gegen die Tür da reden. Wobei, 'ne Tür antwortet manchmal noch was Vernünftiges ... wenn's zieht.«

2

»Andere Frauen haben die Periode nach der Uhr«, sagte Tante Tiny, »aber ich … Ich bin nicht fürs Leben geschaffen.«

Über Letzteres musste sie selbst lachen. Es klang nicht fröhlich. So wie ein heulender Hund sich manchmal an seinem Jaulen verschluckt, so klang ihr Lachen.

3

Dass Peter ihre »große Liebe« war, wie Tientje sagte, bedeutete noch nicht, dass sie ihn nicht ab und an bis ins Mark zu beleidigen versuchte. Was Schläge und Kneifen anging, hielt sie sich zurück, aber anderen mit Worten zuzusetzen, das konnte sie nun mal nicht lassen. Die Schlange durfte ihr Gift nicht immer hinunterschlucken, sonst würde sie sich möglicherweise selbst vergiften.

Peter ließ sich viel von ihr gefallen, doch das steigerte Tinys Lust zu quälen nur noch. So hatte der Portier nicht einfach ein Grübchen am Kinn, sondern einen richtigen Spalt, der ihm das Rasieren erschwerte.

»Sieh dir das an, diesen Hühnerpopo … da kann jeden Moment ein Ei rausfluppen. Einfach so, irgendwem mittenmang ins Gesicht, dass es nur so runtertropft. Wusstest du, Albert, dass Peer sich nicht normal rasieren kann? Er muss mit so 'nem altmodischen Rasiermesser in diese Furche, um sie mit Schaum auszukratzen. Da bleiben immer ein paar von diesen Borsten zurück.«

»Na komm, Tineke«, sagte Peter dann. »Jetzt wissen wir's.«

»Bei Philips«, fuhr sie fort, »sind sie dabei, einen speziellen Philishave für ihn zu entwickeln. Noch liegt er auf dem Zeichentisch, aber wenn sie's hinkriegen, dann kann er sich endlich sein Popokinn ausrasieren. Verstehst du jetzt, Albert, warum er bestimmte Dinge bei mir nicht darf? Es reibt. Er hält mich wohl für 'ne Muskatnuss. Meine Haut wird feuerrot davon. Da hilft auch keine Nivea.«

»Tientje, hör jetzt auf. Du kannst mich ruhig lächerlich machen, aber nicht, wenn ein Kind dabei ist.«

Ich war regelmäßig Zeuge, wenn ein Bruch zwischen den beiden gekittet werden musste. Dann hatte Peer Portier Schluss gemacht, weil sie ihn demütigte, oder sie, weil er die Stirn besaß, ihr Kontra zu geben. Ich saß auf meinem vertrauten Platz im kleinen Vorderzimmer und konnte durch die halb geschlossene Schiebetür hindurch auf den Esstisch im Wohnzimmer blicken, an den Tiny und ihr Verehrer von Oma unsanft verfrachtet worden waren.

»Du hier, du da. Und es wird nicht aufgestanden, flixnochmal, bevor ihr das nicht ausdiskutiert habt.«

Oma verzog sich dann ausnahmsweise in die Küche, um Kaffee zu kochen, aber dazu kam es nie: An die Spüle gelehnt, lauschte sie, ohne sich zu rühren, den Verwicklungen im Wohnzimmer, nur von ihrer Schwerhörigkeit behindert, weshalb sie gelegentlich eine Nuance nicht mitbekam – was dann wieder Anlass zu endlosen Missverständnissen sein konnte.

Peter saß an der Stirnseite des Tisches, auf einem nah herangerückten Stuhl, die Arme ordentlich vor sich abgelegt wie ein Schüler, der gerade einen Anschiss vom Lehrer erhalten hat. Tiny saß seitlich am Tisch, so dass ihre Beine freies Spiel hatten. Mal um Mal schlug sie sie übereinander. Rechts herum, links herum. Ihre Nylons sirrten. Da, am oben liegenden Bein, hing der hochhackige Schuh (Lata, mit Personalrabatt) locker an ihren Zehen, wodurch man sehen konnte, dass sie unter dem Strumpf einen *Füßling* trug: den halben Fußteil, von einem alten Nylonstrumpf abgeschnitten und über die Zehen geschoben, damit die Nägel keine Laufmaschen in den neuen Strumpf reißen konnten.

Tante Tientje schaute nicht zu Peter, sondern auf den wippenden Schuh, der jetzt nur noch am großen Zeh hing. Sie bemühte sich um eine bekümmerte Miene, doch ihr erbostes Gesicht spielte nicht mit. Es sah aus wie ein Experiment: Welches Mindestmaß an Halt benötigte der Pumps von ihrer Zehenspitze, um nicht herabzufallen?

Plötzlich stellte Tiny ihren Fuß hart auf den Boden. Sie stampfte ihn in den Schuh und trat mit der Spitze gegen Peters Schenkel. Mit einem kurzen Wimpernschlag versuchte sie, ihn wütend anzusehen, aber es entging mir nicht, dass auch ein Hauch von Versöhnung in ihrem Blick lag. Meist war dies der Moment, in dem Peer Portier um des lieben Friedens willen nachzugeben begann.

Heute lief es anders. Er faltete die Hände, legte sie mit der Zeigefingerseite ganz exakt in die Kerbe seines Popokinns und räusperte sich. Er sagte: »Ich habe mit Henneman gesprochen.«

»Kenn ich einen Henneman?«, fauchte Tiny, die wahrscheinlich einen reuigen Kniefall vonseiten Peters erwartet hatte. »Muss ich denn jeden kennen?«

»Stell dich nicht dumm«, sagte Peter. »Du kennst ihn

nur zu gut. Karel Henneman. Der Polizist, der in den Augen deiner Alten so eine gute Partie für dich war.«

»Ich habe ihm den Laufpass gegeben wegen dir«, fauchte Tiny. »Entgegen dem Wunsch meiner Alten. Damit du das weißt.«

Meine Tante nahm das Geschaukel mit ihrem Bein, das Gewippe mit ihrem Schuh, auf den sie böse blickte, wieder auf.

»Aber wie, darum geht es mir«, sagte Peter so leise, dass Omas schwerhörige Ohren es mit Sicherheit nicht auffingen.

»Einfach Schluss gemacht«, sagte Tiny. »Da fackel ich nie lange.«

»Er wollte dich heiraten«, sagte Peter. »Gemeinsam eine Familie gründen. Du hast ihm gesagt, dass du« (er senkte seine Stimme noch weiter und warf einen Blick in Richtung Vorderzimmer) »unfruchtbar bist.«

Einige Zeit war es still. Sehr ungewöhnlich, denn meist schoss Tiny sofort eine Antwort zurück, um ihrem Gegenüber den Mund zu stopfen. Ihre Miene nahm auf einmal etwas Weiches und Flehendes an. Sie schüttelte betrübt den Kopf. »Peter«, sagte sie fast flüsternd, »kapierst du denn immer noch nicht, was ich für dich übrighabe? Mein Vater und meine Mutter hätten so gern gesehen, dass ich ihn heirate … den Karel … und er *wusste* das. Dann lernte ich dich kennen. Henneman hatte spitzgekriegt, dass meine Alten hinter ihm standen und dich nicht als Schwiegersohn wollten. Da gab's nur noch eins, womit ich ihn loswerden konnte. Sagen, dass ich keine Kinder bekommen kann. Ich habe ihn angelogen. Eine kleine Notlüge. Dir zuliebe. Damit wir zusammenbleiben konnten. Du und ich.«

37

»Du bist also nicht unfruchtbar?«

»Nein, du Dusseltier.« Tiny zog seine verschränkten Hände zu sich heran und umschloss sie mit den ihren. »Ich habe gelogen. Um ihn loszuwerden. Um den Weg für dich frei zu machen. Bitte glaub mir. Ich will dich heiraten. Und Kinder kriegen.«

»Dieser Polizist war sich seiner Sache aber ziemlich sicher«, sagte Peter, dem diesmal offenbar nicht danach war, die Versöhnung wie sonst zu beschleunigen und mit Küssen zu besiegeln. »Er schien überzeugt davon, dass es nicht nur eine Ausflucht war.«

»Wenn er so gutgläubig sein will«, lachte Tiny, »umso besser, oder? Stell dir vor, er hätte mich zum Arzt geschleift. Ich darf gar nicht dran denken.«

»Alles schön und gut«, sagte Peter, »aber verstehst du, dass ich auf so eine Information hin einen Schreck bekam? Ehrlich gesagt, ich hab ihm geglaubt. Eigentlich bin ich heute Abend hergekommen, um die Verlobung zu lösen.«

Vor Schreck ließ Tiny Peters Hände los und grub ihre Finger in seinen Arm. Für mich gerade noch hörbar, flüsterte sie: »Ich werde dir beweisen, dass es eine Lüge war. Nächste Woche ...« (Sie warf rasch einen Blick in Richtung Küche und formte den Rest ihrer Worte mehr oder weniger mit den Lippen.) »Ja, nächstes Wochenende ist der Kalender günstig. Meine Alten sind von Samstag auf Sonntag in Den Bosch, auf einer Hochzeit. Ich soll mit. Aber mir fällt schon was ein, damit ich zu Hause bleiben kann.«

Peter sagte nichts. Oma kam mit rotem Gesicht aus der Küche. »Ich hab's gehört ... den Henneman anschwärzen. Sagen, dass er angeblich keine Kinder be-

38

kommen kann. Flixnochmal, das schreit doch zum Himmel. So ein stattliches Mannsbild.«

»Mutter, lass dir die Ohren mal durchpusten«, rief Tante Tientje, aber es schien nicht zu Oma durchzudringen.

4

Zwei Monate später erlebte ich einen großen Krach zwischen Tiny und ihren Eltern. Sie hatte erneut darauf gedrängt, Peer Portier heiraten zu dürfen, damit sie sich irgendwo in Eindhoven eine Wohnung suchen konnten. Peter war im Hotel befördert worden und arbeitete jetzt am Empfang, mit einer viel weniger auffälligen Uniform als der Portier, dessen Aufmachung Tiny zufolge eine Art Pfauenputz war, um Leute hereinzulocken. Er würde jetzt fern aller Kälte und Zugluft wohl rasch von seiner Blasenentzündung erlöst werden, die immer und immer wiederkam.

Einen Streit über Heiraten und aus dem Haus Gehen hatte ich schon öfter miterlebt, doch diesmal spielte Tiny ihren letzten Trumpf aus.

»Setzt euch mal«, sagte sie mit unterdrückter Wut. »Alle beide. Ich muss euch was erzählen.«

»Ich hab aber was anderes zu tun«, murrte Opa. Es war Samstag. »Ich wollte zum Woenseler Markt. Der Kokadorus wartet bestimmt nicht auf mich mit seiner Show.«

»Setz dich, hab ich gesagt.« Tiny begann, an ihrem Vater zu zerren, bis sie ihn, er war schon im Mantel, auf einen Stuhl gedrückt hatte. »Es betrifft uns alle.«

Sie vergaßen, mich aus dem Zimmer zu schicken. Oma nahm in ihrem Sessel ihre klassische Zuhörhaltung ein, bei der sie den Ellbogen hörbar auf die hölzerne Armlehne pflanzte und ihre böse Faust unter das Doppelkinn. »Was ist, wird's bald? Sonst fang ich mit Bügeln an.«

»Mensch, tu nicht so«, rief Tiny. »Du bügelst samstags nie.«

Sie erzählte ihren Eltern, dass sie guter Hoffnung sei.

»Flixnochmal.« Oma schnellte hoch. »Hättest du das Kind nicht kurz aus dem Zimmer schicken können? Albertje, geh nach oben und spiel, mein Junge. Ich ruf dich nachher runter, wenn's Butterbrot gibt.«

Ich ging folgsam auf den Flur, blieb aber hinter der Tür stehen und lauschte. Die Schlüssellöcher waren hier überall reichlich ausgeleiert, und durch sie drang mehr von der Stimme als durch das Gitter des Beichtstuhls.

»O großer Gott im Himmel«, brüllte Opa, »muss das Unglück schon wieder über diese Familie kommen. Uns bleibt aber auch nichts erspart.«

»Und jetzt?«, rief Oma in Tränen. Heute hörte sich ihr Weinen melodisch an.

»Von jetzt an«, sagte Tiny, »ist es nicht länger so, dass ich Peter heiraten *will*, sondern so, dass ich Peter heiraten muss.«

Wehklagen erfüllte das Wohnzimmer.

»Hört mit dem Gejammer auf«, befahl Tiny. »Und lasst die Heuchelei. Ich weiß mehr über euch, als ihr denkt.«

Das Seufzen und Stöhnen wurde etwas leiser.

»Was soll jetzt werden?«, heulte Oma.

»Nix, einfach heiraten«, sagte Tiny. »Möglichst schnell, bevor alle es sehen. Was anderes bleibt nicht übrig.«

Endlich platzte Opa der Kragen. »Wie konntest du nur, nach allem … Wir haben so gut auf dich aufgepasst. Wir haben alles getan, um so was …«

»Ihr wisst verdammt gut, wie so was geht«, rief Tiny. Ich hörte, wie sich der Hohn wieder beißend regte. »Spielt jetzt bloß nicht das Unschuldslamm, ihr zwei. Und zwingt mich nicht zu sagen, dass es von einer verschmutzten Klobrille gekommen ist. Peter ist der Vater, und ja, wir waren unvorsichtig.«

Kurze Zeit war es still.

»Weiß er's schon?«, fragte Opa dann.

»Das denk ich wohl. Wir haben wochenlang gebibbert. So was macht man gemeinsam, wenn man sich liebt. Er hat sich jetzt damit abgefunden, der Peter. Findet, das ist ein schöner Gedanke, ein Kind. Wenigstens wenn wir verheiratet sein können, bevor man's bei mir sieht. Er kommt heute Abend her, um zu besprechen, wie es jetzt weitergehen soll.«

»Schöne Bescherung«, brummte Opa. »Ich schäme mich zu Tode vor den Nachbarn … der Familie. Rauskommen tut es doch.«

»Du solltest dich über was anderes schämen als über mich«, sagte Tiny.

»So haben wir euch nicht erzogen«, sagte Oma mit erstickter, zittriger Stimme. »Wir haben euch immer ein gutes Beispiel gegeben.«

»Kann man wohl sagen«, erwiderte Tiny. Das Ventil ihres Hohns war jetzt weit geöffnet. »Also, was machen wir? Redet ihr heute Abend mit Peter darüber, oder soll ich gleich meinen Koffer packen? Was auch noch möglich ist, falls euch das lieber ist: wegmachen lassen. Sagt, was ihr wollt.«

Oma brach zusammen. Mit hohen Schluchzern flehte sie ihre Tochter an, das auf keinen Fall zu tun.

»Ich hole jetzt Albert von oben runter«, sagte Tiny. »Der arme Junge weiß ja gar nicht, was los ist. Er hat noch nichts zu essen bekommen.«

Bevor Tante Tiny die Tür zum Flur öffnen konnte, war ich schon die Treppe hinaufgeflüchtet, und sogar so gut wie lautlos.

5

Als Peter eintraf, nicht in seiner Portiers-, sondern in der Rezeptionistenuniform (ohne Mütze), waren meine Großeltern gerade in die Samstagabendmesse gegangen, vielleicht um Gott für die Sünden ihrer jüngsten Tochter um Vergebung zu bitten. Wieder wurde ich nicht aus dem Zimmer geschickt. Meine mucksmäuschenstille Taktik abwesender Anwesenheit begann Früchte zu tragen. Ein hochgehaltenes Buch tat sowieso Wunder. Es war, als würden andere einen Leser buchstäblich in seinem Buch verschwinden sehen, taub und blind für seine Umgebung. Ich habe Intellektuelle oft sagen hören, sie seien durch ihre Lektüre geprägt. Für mich gilt das nicht nur in intellektueller Hinsicht. Gerade im Hinblick auf Menschenkenntnis haben Bücher mich schon als Kind viel gelehrt, einzig und allein dadurch, dass sie sich als Wandschirm einsetzen ließen.

»Die sind in die Kirche, die beiden Heuchler«, sagte

Tiny. »Ich schätze, sie sind um Viertel nach sieben zurück. Ich hab es ihnen gesagt.«

Peter setzte sich auf seinen Stammplatz am Tisch. »Wie haben sie reagiert?«

»So scheinheilig, wie zu erwarten war«, sagte Tiny. »Fast hysterisch. Vor allem als ich sagte, ich könnte es auch wegmachen lassen. Da war der Teufel so richtig los.«

»Dann haben wir kaum eine andere Wahl«, sagte Peter matt.

»Was ist denn, Schatz?«, fragte Tiny. »Du scheinst nicht beruhigt. Hast du Angst, sie schmeißen dich raus?«

Peter gab keine Antwort. Er rührte in dem Kaffee, den Tiny ihm hingestellt hatte. Er fragte: »Und was machst du, wenn rauskommt, dass du nicht schwanger bist?«

Tientje, die gerade einen Stuhl vorziehen wollte, um sich ihrem Verlobten gegenüber hinzusetzen, erstarrte, die Hand auf der Rückenlehne. »Wie meinst du das?«

»Ich bin heute Nachmittag Karel Henneman wieder begegnet«, sagte Peter. »Ganz zufällig. Er war in Zivil. Weil mir irgendwie unwohl dabei war, habe ich ihn noch mal nach dieser Sache gefragt ... du weißt schon. Wir kriegten beinahe Streit, weil ich dachte, er hat sich die ganze Geschichte nur ausgedacht, um dich und mich auseinanderzubringen. Er hat gesagt: ›Ich hab's schwarz auf weiß.‹ Er hat behauptet, dass du ihm einen Brief gezeigt hast. Daraus ging hervor, dass es eine Untersuchung gegeben hat ... und dass du nie Kinder wirst bekommen können.«

Tientje zog den Stuhl zurück und setzte sich vorn auf die Kante. Sie war blass. »Das ist gelogen.«

»Das hab ich auch gesagt. Oder, genauer ... dass

er nur blufft. Dass das eine äußerst üble Methode ist, uns … dich und mich gegeneinander aufzuhetzen.«

»So ist das natürlich auch gedacht.«

»Du hast aber immerhin mit stählerner Miene zu ihm gesagt, dass du unfruchtbar bist.«

»Trotzdem muss Karel das nicht so gegen dich ausspielen. Das war eine Angelegenheit zwischen ihm und mir. Du hast ihn doch hoffentlich ordentlich verspottet, oder?«

»Dazu hat er mir keine Chance gegeben. ›Wenn du das Papier sehen willst‹, hat er gesagt, ›dann komm mit. Ich wohn hier ganz in der Nähe.‹ Henneman wohnt noch bei seinen Eltern. Ich ging also mit, weil ich sehen wollte, ob er blufft. Ich habe den Brief gelesen. Und tatsächlich: unfruchtbar. Nicht momentan, sondern für immer. Das stand da.«

Tiny schoss von ihrem Stuhl hoch. »Jetzt bist du derjenige, der lügt und blufft, Peerke Walraven. Ihr steckt unter einer Decke, du und diese olle Trantüte. Kannst du nicht einfach sagen, du willst mich nicht mehr? Und dass du nicht gerade auf eine Arbeiterin gewartet hast, die sich ein Kind hat andrehen lassen? Musst du dich denn unbedingt mit diesem blöden Bullen gegen mich zusammentun? Ich habe geglaubt, zwischen uns ist mehr als so ein hinterfotziges Getue. Diesen Brief hat es nie gegeben. Mehr noch, man hat mich nie untersucht. Warum denn auch? Ich bin so fruchtbar wie … wie ein Schwamm in einem Griffelkasten.«

»Oh, wart mal«, sagte Peter. »Henneman hat mich gebeten, dir das zurückzugeben. Ja, so ein gutmütiger Trottel bin ich dann auch wieder …«

Er zog einen länglichen Brief aus der Innentasche

seiner Uniformjacke und hielt ihn ihr hin. ST.-JOSEPHS-
KRANKENHAUS stand in solch fetten Buchstaben darauf
gedruckt, dass ich den Namen selbst auf diese Entfernung erkannte: Meine halbe Familie hatte da schon
mal gelegen. Tante Tiny stieß einen Schrei aus, der etwas leicht Triumphierendes hatte, so aber wohl nicht
gemeint war. Peter öffnete den Brief und begann ihn
vorzulesen. Ich verstand nichts von der medizinischen
Sprache. Tiny stand da, beide Hände vor dem Mund, als
wollte sie sich daran hindern, zu atmen.

»Nein … nein«, ertönte es dann und wann erstickt.

»Das Ende vom Lied ist«, sagte Peter Walraven, »du
hast Karel Henneman die Wahrheit gesagt, um ihn loszuwerden … und mich angelogen, um mich heiraten zu
können. Ich wusste, du bist ein merkwürdiges Mädchen,
aber *so* merkwürdig, das ist mir zu viel.«

Er stand auf. »Da ich nicht länger um deine Hand
anhalten will, brauche ich auch nicht auf deine Alten zu
warten. Grüß sie von mir. Den kupfernen Gardinenring
hol ich bei Gelegenheit ab.«

Peter hatte offenbar gesehen, wie ich aus meinem
Buch an die sichtbare Oberfläche zurückkehrte. Er trat
ins kleine Vorderzimmer, legte seine Hand auf die Seite
und sagte: »Letztes Wort.«

»Wanduhr, nein, Sanduhr«, stammelte ich. Eins von
beiden war tatsächlich das letzte Wort gewesen, das ich
gelesen hatte, bevor Peter ins Zimmer kam, in einem
mir ansonsten unverständlichen Satz. »Mal schauen …
ja, Sanduhr.«

»Adieu, Kamerad.« Er kniff mich fest in die Schulter
und ging mit einem Bogen um Tante Tiny aus dem Zimmer. Ich sah, wie er den kleinen Hof hinter dem Haus in

Richtung Tor überquerte. Ich habe ihn nie wiedergesehen. Auch nicht als Rezeptionist oder Geschäftsführer eines der Eindhovener Hotels, in denen ich in späteren Jahren gelegentlich übernachtete.

6

Eine Woche später waren es meine Eltern, die geheimnisvoll miteinander tuschelten. Das Wort »Fehlgeburt« kam immer wieder vor.

»Was ich nicht verstehe«, sagte meine Mutter. »Du kennst doch meine Alten … Denen sollte man nicht sagen, man erwartet mit achtzehn ein Kind von irgendwem … ohne verheiratet zu sein … weil, dann brechen sie dir beide Beine. Was macht unsere Tinus? Sie verliert es im Klo. Traurig, aber damit ist die Sache aus der Welt, würde man sagen. Nein, sie geht hin und beichtet die Geschichte auch noch seelenruhig. Da hätte kein Hahn nach krähen müssen.«

»Ich versteh das«, sagte mein Vater. »So ist eure Tineke. Sie fand es einfach zu schade, das für sich zu behalten. Wenn die die Kacke zum Dampfen bringen kann, dann lässt sie sich das nicht entgehen. Eine Fehlgeburt … so ein gewichtiges Wort muss sie auf jeden Fall loswerden.«

»Psssst, Altje, sprich das Wort doch nicht immer wieder aus. Es sind Kinder im Raum.«

»Was hab ich denn gesagt? Kaneeljoghurt. Was ist falsch an Kaneeljoghurt? Kinder sind wild auf Joghurt mit Zimt.«

Wieder einige Tage später erreichte uns die ganze Wahrheit. Opa kam höchstpersönlich nach Geldrop geradelt. Seine Leichenbittermiene gab zunächst nichts preis.

»So ein niederträchtiges Subjekt«, sagte er schließlich. »Macht unserer Tien ein Kind und lässt sie dann sitzen. Sie waren verlobt. Er hat sie einfach abserviert. Beiseitegestellt wie ein Stück Müll. Sie hatte es uns gerade erst erzählt. Sie wollten heiraten ...«

»Oh, sie hatte es euch also schon erzählt«, rief meine Mutter.

»Es blieb ihr nicht anderes übrig«, sagte Opa. »Wenn sie nicht schwanger gewesen wäre, hätte sie mit dem Heiraten warten müssen, bis sie zwanzig ist. Also gut, wir in die Kirche. Am Abend wollte der feine Herr offiziell um die Hand meiner Tochter anhalten. Als wir nach Hause kommen, ist er weg. Unsere Tien in Tränen. Es stellt sich raus, er hat Schluss mit ihr gemacht. So ein Mistkerl.«

»Ich versteh's nicht«, sagte meine Mutter. »Er hatte zugegeben, dass er der Vater ist ... er wollte sie heiraten ... Warum hat er dann plötzlich Schluss gemacht? Das kapier ich nicht.«

»Weil er ein niederträchtiges Subjekt und ein Dreckskerl ist«, sagte Opa. »Die jungen Leute übernehmen keine Verantwortung mehr. Machen, was sie wollen. Flattern von einer zur anderen. Keine Beständigkeit mehr. Drücken sich vor ihren Pflichten.«

»Wir haben was gehört von einer ... einer ...«, stotterte meine Mutter.

»Einem Kaneeljoghurt«, sagte mein Vater und blickte mit hochgezogener Augenbraue in meine Richtung.

»Gott hat eingegriffen«, sagte Opa. »Er konnte es

nicht länger mitansehen. Wieder ein Menschenkind, das ohne Vater hätte aufwachsen müssen.«

»Albert, hattest du oben nicht noch was zu tun?«, fragte meine Mutter.

»Textaufgaben. Bin schon fertig damit.« Ich blieb sitzen und wurde nicht weggeschickt.

»War Mama dabei?«, fragte meine Mutter.

»Niemand war dabei«, sagte Opa. »Mutterseelenallein war sie. Sie hat es uns später erzählt. Konnte nicht mehr aufhören mit Heulen.«

»Och, die Arme«, sagte meine Mutter, deren Augen ebenfalls feucht zu werden begannen. »Wäre ich doch wenigstens dabei gewesen.«

»Wer sich den Hintern verbrennt, muss auf den Blasen sitzen«, sagte Opa. »Es war eine Sünde, und das bleibt es. Gott straft stehenden Fußes, heißt es. Also, in dem Fall hat Gott stehenden Fußes geholfen. Es hat so sollen sein. Unbegreiflich, wie dieses Mädel sich immer wieder selbst in die Patsche reitet.«

Opa schwieg eine Weile und sagte dann: »Und wenn man außerdem daran denkt, was für eine gute Partie dieser Polizist gewesen wäre. Henneman. Karel Henneman. Ein junger Mann mit den besten Aussichten. Der bringt es bestimmt noch mal bis zum Kommissar. Tientje wollte nichts von ihm wissen. Nein, einen armseligen Hotelportier hat sie sich in den Kopf gesetzt. Einen Hungerleider in Zirkusuniform. Bitte, jetzt sieht man, was sie davon hat. Ich bin mir sicher, dieser Polizist hätte zwei, drei Jahre gewartet, bevor er die Uniform zum ersten Mal auszieht.«

»Und jetzt?«, fragte mein Vater.

»Wir werden *noch* besser auf sie aufpassen müssen«,

sagte Opa. »Tag und Nacht. Uns bleibt nichts anderes übrig. Und jetzt auch noch die Sorge um Mama. Heute morgen hat sie das Ergebnis bekommen. Gallensteine. Sie muss operiert werden. Im St. Josephs.«

Kapitel IV

I

An einem jener Sommertage meines ewigen Ferienauf-
enthalts in der Lynxstraat lud Tante Tiny mich ein, mit
ihr »bummeln« zu gehen. Sie habe grad keine Lust mehr
auf ihre feuchte Küche, in die nie ein Sonnenstrahl fiel.
Ich erinnere mich, dass ich schlucken musste, denn es
war der Tag, an dem ich immer auf dem Wagen des
Kartoffelbauern mitfahren durfte, dessen deutscher
Neffe und Gehilfe mein Sommerfreund war. Aber ihr
Angebot ausschlagen? Unmöglich.

Tiny stand in ihrem karierten Kostüm in der Küche,
komplett geschminkt, als ich etwas Ungewöhnliches
bemerkte. Sie zog die Küchenschublade auf, nahm das
Fleischmesser heraus (mit dem immer das Fleisch zu
Haschee zerkleinert wurde) und schob es vorsichtig
in ihre Handtasche. Weil ich spürte, dass dies nicht für
meine Augen bestimmt war, schlich ich ins Wohnzimmer zurück, um dort unseren Aufbruch abzuwarten.

Von einem Schaufensterbummel war an jenem Nachmittag keine Rede. Mich reute wieder, dass ich die Fahrt
auf dem Wagen der Allebrandis hatte sausen lassen,
das Abwiegen der Kartoffeln, das Phantasiedeutsch,
das ich mit Stefan sprach, und als Zugabe zum Schluss
vielleicht einen kurzen Blick auf seine hübsche Cousine
Plonja. Gut, Tante Tiny war auch sehr hübsch, ich ging
immer stolz neben ihr her, aber das war doch etwas an-

50

deres als mit Plonja: Tiny war schon eine richtige Frau, kein Mädchen mehr.

Es fing schon damit an, dass wir einen anderen Bus nahmen und irgendwo am Stadtrand ausstiegen, zwischen Fabriken mit qualmenden Schornsteinen. Was gab's hier denn zu bummeln? Tiny stieß mich grimmig vor sich her zu einem Abrissgelände, auf dem nur eine kurze Zeile kleiner Arbeiterhäuser stehen geblieben war. Zwischen dem letzten Haus und dem Rest war die Bebauung niedergerissen worden, so dass es allein dastand, mit allen möglichen baufälligen Anbauten aus Wellblech und karbolineumgetränktem Holz. Es war unklar, wo der noch verbliebene Straßenbelag aufhörte und die Schlammfläche begann, so tief waren die Pflastersteine an vielen Stellen von Lastwagenreifen in den Boden gedrückt worden. Die Häuserzeile war verlassen und zugenagelt. Nur aus dem einzeln stehenden Haus drangen Lebenszeichen: Hundegebell in allen Tonlagen, von hohem Kläffen bis zu heiserem Bassgeblaffe.

»Da müsste es sein«, sagte Tiny. »Wenn da drinnen was Grässliches passiert, Albert, dann rennst du nach draußen. Verstanden? Zur Bushaltestelle. Da wartest du auf mich.«

Der grünspanüberzogene Messingknopf der Klingel hing an einem Stück Draht am Türpfosten. Unter dem kleinen Sichtfenster hatte man aus dem Bügel einer Mausefalle, mit Bleistreifen umwickelt, einen Türklopfer improvisiert. Tiny schlug ihn ein paarmal gegen das Holz und versuchte, ihr verbissenes Gesicht unter Kontrolle zu bringen: Ich sah es am Zittern ihres Kinns. Das Bellen wurde mit jedem Klopfen blindwütiger.

Endlich öffnete sich das kleine Fenster in der Tür. Es

erschienen ein fleckiges Handgelenk und ein fahlgrauer Haardutt.

»Was darf's sein?«, schnauzte eine Frauenstimme.

»Ich wollte diesen Sommer meinen Hund hier unterbringen«, sagte Tiny. »Ich gehe im August in Urlaub. Ich wollte mal fragen, wie teuer so was ist. Pro Tag oder pro Woche. Und was die Viecher hier zu fressen bekommen für das Geld.«

Wir durften eintreten. Es war eine kleine Frau, die einen erbosten Eindruck machte. Kurzsichtig sah sie Tante Tiny an. »Kenn ich dich nicht von irgendwo her?«

»Ich wüsste nicht, woher«, sagte Tiny. »Ich hab gehört, hier werden im Urlaub Hunde versorgt.«

Komisch war das. Der kleine Spitz Bobby, den ich von einem Onkel zu meinem ersten Geburtstag bekommen hatte, war schon vor einer Weile im Garten meiner Großeltern gestorben, ohne dass ein anderes Haustier an seine Stelle getreten wäre. Vielleicht war dies hier ja der häufig erwähnte Hundehimmel, in dem Tante Tiny unseren Bobby unterbringen wollte.

Wir standen in der Küche. Überall, auch in den Unterschränken, waren aus Maschendraht und Latten kleine Käfige gebaut worden, die den Hunden wenig Bewegungsfreiheit ließen. Die Frau, die jetzt die Preise nannte, hatte Mühe, sich bei dem hysterischen Gekläffe verständlich zu machen. Krallen ratschten über den geflochtenen Maschendraht: ein Geräusch, von dem es mir kalt über den Rücken lief. Die Hunde konnten nicht ahnen, dass sie es hier besser hatten als ihre Artgenossen, die man an einen Baum gebunden hatte, damit sie im Wald verhungerten, bis sie sogar zu schwach geworden waren zu bellen.

»Ich weiß nicht, ob sich mein Bobby hier wohlfühlen könnte«, sagte Tiny. »Der Zwinger ist schon sehr voll und beengt.«

Die alte Frau erzählte schreiend, was sie den Tieren alles zu fressen gab. Mir kam es so vor, als übertreibe sie die Futterqualität stark. Egal: Bobby war tot und würde nie mehr Leberstückchen zwischen seinen kleinen Kiefern zermalmen. Tante Tiny hatte ihre Handtasche an ihrem linken Arm aufgeknipst. Darin lag ihre Rechte – nicht auf der Suche nach etwas, sondern bewegungslos, wie bei jemandem, der ängstlich seine Geldbörse umklammert.

»Und trotzdem will es mir nicht aus dem Kopf, dass ich dich von irgendwo her kenne«, sagte die Frau zu Tiny. »Da wett ich, ich weiß nicht was, für.«

»Ja, wir sind uns schon mal begegnet«, sagte Tiny. »Nicht hier. Sie wohnten damals noch in Stratum. Über dem Fischgeschäft Koelewijn. Der Geruch stieg über die Treppe nach oben. Ich musste mich fast übergeben.«

Die Frau sah Tiny starr an und schüttelte den Kopf. »Ich hab nie über einem Fischgeschäft gewohnt. Ich kenne dich nicht. Erst dachte ich das, aber ich habe mich getäuscht.«

»Gewohnt vielleicht nicht«, sagte Tiny. »Aber ich war bei Ihnen oben. Es roch nach Räucheraal. Hundertprozentig.«

Ich betete insgeheim, Tante Tiny möge das Messer in ihrer Handtasche lassen. Ich wollte hier weg. Das Messer diente dazu, Fleisch zu Haschee zu machen. Die Hunde hier bekamen kein Haschee.

»Du täuschst dich«, sagte die Frau. »Wir haben uns

noch nie irgendwo gesehen. Und was den Zwinger betrifft … mir fällt gerade ein, dass tatsächlich alles belegt ist. Ich kann nicht noch mehr Hunde annehmen.«

In einer Ecke der Küche standen große Rollen mit Resten von unbedrucktem Zeitungspapier. Ich ließ meine Hand darübergleiten. Das Papier fühlte sich glatt und samtig an.

»Zehn Cent pro Kilo«, sagte die alte Frau. »Ich kaufe die in der Druckerei vom *Eindhovens Dagblad* auf.«

»Gut zum Zeichnen«, sagte ich.

»Na, dann such dir eine aus«, sagte Tante Tiny. »Eine nicht zu dicke.«

Die Hundefrau legte die Rolle meiner Wahl quer über eine alte Holzwaage, so eine, wie die Bauern sie benutzten. Sie schob Gewichte hin und her. »Zwo fuffzich«, sagte sie. »Weil du's bist.«

Wir mussten die Rolle gemeinsam zur Bushaltestelle tragen, so schwer war sie. Ich freute mich darauf, eine große Zeichnung aus einem Stück darauf zu machen, die dann im ganzen Haus hängen würde. Stefan würde mir vielleicht dabei helfen können, falls sein Onkel ihm freigäbe vom Kartoffelwagen.

»Diese Frau hat früher ganz schlimme Dinge getan«, sagte Tiny.

Wir legten die Rolle auf die Bank in der Bushaltestelle.

»Was für schlimme Dinge?«

»Das erzähl ich dir mal, wenn du etwas älter bist. Wirklich ganz schlimme Dinge, die das Tageslicht scheuen. Am liebsten würde ich sie umbringen. Aber, dann würde ich ja selbst etwas ganz Schlimmes tun.

Noch schlimmer als das, was sie getan hat. Das gönne ich ihr nicht.«

Der Bus kam. Mitten auf der Straße gingen vier Bauarbeiter (oder Abrissarbeiter) in blauen Arbeitsanzügen. Der Busfahrer hupte, aber die vier wichen nicht zur Seite: Sie wussten, der Bus würde ohnehin seine Geschwindigkeit drosseln, um an der Haltestelle zu stoppen. Sie pfiffen Tiny nach, die die Papierrolle hochnahm und in beiden Armen zur sich zischend öffnenden Tür trug.

»Macht nix, Mädel«, rief einer von ihnen. »Meiner schrumpft auch bei dieser Kälte.«

Während der ganzen Rückfahrt war ich still, weil ich an Bobby denken musste, der, obwohl tot, kurzzeitig eine Rolle in einem Drama gespielt hatte, das ich nicht verstand. Ich sah wieder vor mir, wie Opa den toten kleinen Körper in einen alten Regenmantel wickelte, um ihn hinten im Garten zu begraben.

»Hast du auf ihre Finger geachtet, als sie mir das Kleingeld zurückgab?«, fragte Tante Tiny. »Diese Nägel? Trauerränder wie sonst was. So einem ekligen Weib vertraut man doch seinen Hund nicht an, oder?«

2

Jahrelang zwang Tante Tiny mich mit ihrem hinterhältigen Gemunkel, meine Großmutter zu verdächtigen, ihre Krankheit zu simulieren. Im Übrigen gab Oma selbst allen Anlass dazu. Solange ihre Tochter im Schlafzimmer war, lag die Kranke geduldig da (»ich nehme mein Schicksal an«), doch kaum hörten wir Tiny die Treppe hinunterpoltern, lebte Oma richtig auf. Ich saß bei ihr auf der Bettkante und durfte mich auch neben ihr an die Kissen lehnen, sofern ich zumindest bereit war, die Schuhe auszuziehen. Wir schwatzten und aßen von dem Obst, das Opa samstags vom Woenseler Markt für sie mitbrachte: »Die beste Medizin, Mensch. Dagegen kommt kein Pillendreher an.«

Die Zeiten, als sie mir Geschichten aus dem Ferienbuch vorlas, waren vorbei: Jetzt lagen wir nebeneinander im Bett und lasen, und wenn Oma sagte, dass sie müde werde und »die kleinen Buchstaben zu schwummern« begännen, las ich ihr vor. Ich erinnere mich an den Roman *Désirée*, bei dem sie leise weinen musste. Dabei bewegte sie ihre Lippen, als läse sie mit, merkwürdigerweise aber ohne ins Buch zu schauen. Vielleicht, dachte ich, kennt sie es von vorn bis hinten auswendig.

Wir hatten es gut miteinander, wenngleich mich ein vages Schuldgefühl nie ganz verließ. Zu oft hatte Mama mir erzählt, wie dieses kaltherzige Weib von der Fürsorge sie als dreizehnjähriges Mädchen für immer von der Schule genommen habe, um ihre kranke Mutter zu versorgen, die Wäsche zu waschen und die beiden Jüngsten großzuziehen. Auch in dieser Geschichte fanden harte Worte über eingebildete Leiden und Kinderarbeit Platz. Jetzt war offenbar Tante Tientje an der Reihe, die kerngesunde Kranke zu verhätscheln. Partei zu ergreifen in der Familie van der Serckt hinterließ bei mir schon früh einen üblen Geschmack im Mund.

Als Oma wirklich krank zu werden schien, war ich mehr oder weniger gezwungen, meine Tante zu verdächtigen. Mit ihrer Dose Rattengift hatte Tiny, falls sie den Mut dazu aufgebracht hätte, Nico van Dartel vergiften wollen. Vielleicht war dieses grüne, bröselige Zeug *das* Mittel, aus einem eingebildeten Leiden ein alles andere als imaginäres zu machen. Oma übergab sich täglich, bis »nur noch gelber Schaum mit einem schwarzen Rand« herauskam. Sie verlor den Appetit und auch etwas von ihrer Molligkeit. Der Arzt stand nun erst recht vor einem Rätsel. Von Zeit zu Zeit kränkelnd und bettlägerig kannte er diese Patientin schon seit gut zwanzig Jahren, aber so elend, dass sie lieber sterben wollte, das nicht. Ganz abgesehen vom Durchfall, den Kopfschmerzen, der Müdigkeit und dem Haarausfall – Letzteres »in Form ganzer Vogelnester«, wie Tiny es mit gespielter Besorgnis ausdrückte.

Ich trug ein unerträgliches Geheimnis mit mir herum. Wenn ich meine Vermutung in Bezug auf die Giftdose aussprach und sie sich als zutreffend erwies, dann verschwand Tante Tientje so gut wie sicher hinter Gittern. Hielt ich den Mund, dann kostete es Oma wahrscheinlich das Leben.

Ich radelte jetzt jeden Tag nach der Schule in die Lynxstraat, um mich persönlich vom Zustand meiner Großmutter zu überzeugen. Manchmal fand ich den Hausarzt bei ihr, der im Krankenzimmer »eine deutliche Besserung« konstatierte und draußen auf dem Flur sorgenvoll den Kopf schüttelte. Er erwog eine Einweisung ins Krankenhaus, wollte es sich aber noch ein paar Tage lang ansehen.

»Herr Doktor, ich werd doch nicht sterben, oder?«, hörte ich Oma einmal mit schwacher Stimme fragen, als ich unerwartet ins Zimmer trat.

Derweil sorgte Tiny dafür, dass es ihrer Mutter an nichts fehlte. Sie war eine vorbildliche Krankenschwester, allenfalls manchmal ein wenig ungeduldig und dadurch etwas ruppig. Das konnte genauso gut bedeuten, dachte ich, dass es ihr nicht schnell genug ging mit dem Gift.

Ich entschloss mich zu einer Maßnahme, die ganz im Widerspruch zu meiner sonstigen Zaghaftigkeit stand. Indem ich unerwartet die Küche betrat, versuchte ich, Tiny bei verdächtigen Handlungen zu ertappen. Ich sah sie nie etwas Ungewöhnliches tun, auch nicht, wenn sie etwas für ihre Mutter zubereitete. In ihrer Abwesenheit suchte ich die Dose mit dem Rattengift (oder den Suppenwürfeln), fand sie aber nirgends. Das konnte jedoch genauso gut bedeuten, dass Omas Vergiftung mehr oder weniger abgeschlossen war und Tientje sich aus Angst vor Entdeckung der Dose mit den Resten entledigt hatte.

Als ich in jener Zeit einmal morgens in die Schule fuhr, merkte ich an einer ungewöhnlichen Frösteligkeit, dass ich möglicherweise eine Grippe ausbrütete. Das hinderte mich nicht daran, nachmittags, noch kränker, die Lynxstraat anzusteuern. Ich stellte mein Rad hinter dem Haus ab und ließ die Schultasche auf dem Gepäckträger. Tante Tiny war nicht in der Küche und auch nicht im Wohnzimmer. In der Erwartung, sie oben bei ihrer Mutter anzutreffen, ging ich die Treppe hinauf. Oma schlief.

Auch hier keine Tiny. Aber sie hatte offenbar vor nicht allzu langer Zeit eine Kanne frischen Tee für Oma auf den Nachttisch gestellt, denn diese fühlte sich, auch ohne dass ein Teelicht unter ihr brannte, noch warm, um nicht zu sagen heiß an. Ich hatte alle Symptome einer beginnenden Grippe, also auch eine trockene Kehle.

Eine Tasse Tee wurde immer verlockender. Aber wenn Tiny ihr Gift diesmal zusammen mit den Teeblättern in das heiße Wasser gerührt hatte … Ob ich es schmeckte oder nicht schmeckte, in beiden Fällen wäre es zu spät. Grippe hin oder her, ich würde mich übergeben, gelb mit einem schwarzen Rand, und wäre auf dem Weg zu einem mühsamen und schmerzhaften Tod.

Ich schenkte die Tasse voll und blies den dampfenden Tee auf eine trinkbare Temperatur. Währenddessen versuchte ich, an seinem Aroma etwas Ungewöhnliches zu riechen. Es schien der normale Pickwick zu sein, ohne irgendwas Besonderes. Das Gift konnte geruchlos sein, sogar geschmacklos.

Gib mir doch von dem Roten, von dem Roten da. Das rotbraune Getränk, das kaum mehr dampfte, begann mich in seinen Bann zu ziehen, wie Jakobs Linsengericht das bei Esau getan hatte, und das nicht nur wegen meiner trockenen Kehle. Schließlich nahm ich nicht ein vorsichtiges Schlückchen, sondern trank die Tasse in einem Zug leer. Ich schenkte sie sofort wieder voll. Und wenn es mich das Leben kostete, ich wollte wissen, ob Tientjes Tee eine Mordwaffe war.

Ich trank fast die ganze Kanne aus. Der Moment war schlecht gewählt. Infolge meiner Vergripptheit fühlte ich mich schon elend genug – ein bisschen Gift mehr oder weniger konnte daran nichts ändern.

»Oma«, sagte ich leise, die Fingerspitzen an ihrer Schulter. Sie wachte nicht auf. Ich schloss nicht aus, dass sie nie mehr wach würde. Ich stand auf und bildete mir ein, zu schwanken. »Tschüs, Oma. Wenn es … wenn es … ruhe sanft, Oma.«

In der Küche saß Tante Tiny auf ihrem Stammplatz

neben dem Herd und schälte Kartoffeln über einem Sieb auf ihrem Schoß. Sie hatte etwas verdächtig Heiteres an sich. Mein plötzliches Auftauchen überraschte sie. Sie wusste nicht, dass ich im Haus war.

»Mensch, Albert … was bist du blass!«

»Ich … ich bin krank.«

»Was fehlt dir denn?« Mit dem Messer hieb sie eine warzenartige Ausstülpung von einer großen Kartoffel. »Darmgrippe? Die grassiert im Moment.«

Ich weiß bis auf den heutigen Tag nicht, ob es bewusst geschah, ob ich tatsächlich ihre Reaktion prüfen wollte, jedenfalls flutschte mir plötzlich heraus: »Ich hab von Omas Tee getrunken.« Meine eigenen Worte, die ich nicht erwartet hatte, bewirkten, dass ich genau auf ihr Gesicht achtete. Sie hielt den Blick auf die sich lösende Schale gerichtet, keineswegs aus der Fassung gebracht. Sie schnitt die Kartoffel in der Mitte durch.

»Hast du das öfter, dass dir schlecht wird von Tee?«

Das einzig Ungewöhnliche war, dass sie sich so interessiert und sorgsam gab. Die beiden Kartoffelhälften plumpsten in den Topf zu ihren Füßen. Das Wasser spritzte bis zu mir hoch.

»Sonst nie«, sagte ich. »Nur heute.«

»Sieh dir das an«, sagte Tiny. Sie hielt eine große Kartoffel in die Höhe, die mit sandigen Augen übersät war. »Das muss ich alles rausschneiden.«

Ich sah zu, wie sie mit der Messerspitze, jeweils mit einer Drehbewegung, diese Stellen aus der Kartoffel schnitt. Es bildeten sich richtige Löcher.

»Die sitzen tief«, sagte sie, »aber sie müssen raus, da steckt nämlich das meiste Gift von den Bekämpfungsmitteln drin. Warte …« Sie stellte das Sieb in den Spülstein. »Ich mach dir eine warme Anismilch. Das wird dir guttun.«

Kurz darauf saß ich auf dem anderen Stuhl, einen dampfenden Becher mit nach Anis duftender Milch vor mir. Tientje schälte weiter. »Da sitz ich wieder«, sagte sie. »Oben liegt Madame wie eine Königin im Bett, und ich mache hier unten die ganze Arbeit. Es ist nie anders gewesen, und es wird nie anders sein. Das ist mein Los, und es ist kein Los aus der Lotterie. Möchtest du einen trockenen Zwieback dazu? Das stoppt den Durchfall.«

»Nein, so ist's gut.« Es konnte jetzt nicht mehr lange dauern, bis ich von meinem Stuhl zu Boden glitt, Tientje vor die Füße, mit steifem Schaum in den Mundwinkeln.

»Apropos Los, … hast du darüber schon mal nachgedacht, Albertje Egberts, Klassenbester, mit all deiner Gelehrtheit … das eigene Los, dagegen kann man auch rebellieren. Eine Art Französischer Revolution, allerdings ganz allein. Hast du verstanden? Wundere dich nicht, wenn hier heute oder morgen ein Aufstand ausbricht.«

3

Koos verbrachte die Nacht vor der Eheschließung bei uns in Geldrop. Weil wir in unserem kleinen Eckhaus kein eigenes Gästezimmer hatten, musste ich das Zimmer, das ich mir mit meiner Schwester teilte, an den Bräutigam abtreten. Für dieses eine Mal schliefen wir neben dem Bett unserer Eltern auf dem Boden. Die Anwesenheit dieses Eindringlings gefiel mir nicht sonderlich. Koos hatte während eines kleinen Festes in meinem Geburtshaus durch Handgreiflichkeiten oben auf dem Flur das Bild geschändet, das ich von meiner Mutter hatte. Sie hatte gedroht, ihn die Treppe hinunterzuwerfen, doch er stupste und knuffte sie auf eine Weise, dass sie vor lauter Lachen ihre Drohung nicht ausführen konnte. Wegen dieses Lachens sah es für mich so aus, als weise sie ihn nicht ernsthaft ab. Mehr brauchte ich nicht für meine Abneigung.

Am frühen Morgen, als ich schlaftrunken von der Toilette kam, vertat ich mich in der Richtung: Gewohnheitsmäßig drückte ich die angelehnte Tür meines Zimmers ein wenig weiter auf. Koos sah mich nicht gleich. Er war dabei, sich in den geliehenen Hochzeitsanzug zu hieven. Zwischen den Sockenhaltern und den seitlichen Ausschnitten des langen Oberhemds kamen seine Beine nackt und rötlich behaart zum Vorschein. Von einem Nachbarsjungen hatte ich mir erzählen lassen, was eine Hochzeitsnacht genau bedeutete. Wenn ich es richtig verstanden hatte, würde Koos in knapp vierundzwanzig Stunden wieder so neben einem Bett stehen, dann aber in einem Schweizer Hotelzimmer – mit ebendiesen entblößten rotbehaarten Beinen, und unter der Decke würde Tante Tiny liegen und auf »das Zerreißen des Häutchens« warten. Dem Nachbarsjungen zufolge hatte ich mir dieses Häutchen so dünn wie die Haut auf einem Topf mit sich abkühlender Milch vorzustellen. Die »Membrane« (dieses Wort benutzte er) liege wie ein kleiner Schleier »über deiner Tante ihrer Spalte« und müsse vom Bräutigam »mit seinem Ding weggekratzt und im Kaminfeuer verbrannt werden«. Von der straffen Pelle nicht länger gehindert, würde der Unterleib der Tante »wie ein Milchbrötchen im Backofen« aufgehen, sofern

der Onkel bereit sei, vorher mit ebendiesem unermüd-
lichen Ding etwas Hefe dazuzutun. »Darum nennt man
die Flitterwochen auch Weißbrotwochen.«

Für Koos war es noch nicht so weit. Er nahm gerade
sehr vorsichtig die gestreifte Hose aus dem Koffer, der
verflixt noch mal auf meinem Bett stand. Der Deckel
tat kund: STRESEMANN. Auf meinem kleinen Schreib-
tisch prangte, verkehrt herum, ein Zylinder, aus dessen
Öffnung die Finger eines Paars hellgrauer Handschuhe
ragten, wie das Ohrenbündel einer Handvoll kleiner Ka-
ninchen.

Als Koos, ganz der Bräutigam, herunterkam, saß ich
bereits beim Frühstück, einen schulfreien Festtag vor
mir. Meine Mutter schlug sich die Hand vor den Mund
und rief: »Ach herrje, Koos, deine Nase, so rot und glänzend! So kannst du nicht vor den Altar.«

Sie machte sich mit Watte, Talkumpuder und war-
men Tüchern an die Arbeit. Sosehr sie auch streute und
tupfte, jeder Handgriff wurde von Koos' empfindli-
chem Gesicht als Schrubben und Polieren aufgenommen, so dass nicht nur die beanstandete Nase immer
frecher zu blinken begann, sondern auch Kinn, Wangen
und Stirn mit der Zeit glänzten wie ein blank gewiener-
ter Spiegel.

»Wo ist Tientje Putz, wenn man sie mal braucht«, rief
mein Vater irgendwann aus. Der verzweifelte Bräutigam
konnte darüber nicht lachen. Meine Mutter erging sich
in Entschuldigungen.

Ich war dabei, als Koos seine Braut in der Lynxstraat
abholte. Sie trug ein Hochzeitskleid bis kurz unters
Knie, das dank der unsichtbaren Unterstützung durch
einen Petticoat weit abstand. Ein Reif im wie gemei-

ßelt wirkenden Haar hielt einen bescheidenen Schleier an Ort und Stelle. Freundinnen machten sich noch am Anstecksträußchen zu schaffen, als Tiny plötzlich ihres künftigen Gemahls ansichtig wurde. Ihre Augen verengten sich.

»Was hast du dir denn ins Gesicht geschmiert …!« Und an die übrigen Anwesenden gewandt: »So macht man das in Breda. Vor der Hochzeit legt man sich einen Tag lang in die Sonne. Dann sieht man nicht so blass aus.« Und wieder zu Koos: »Wie kannst du nur, du Blödmann, mit deiner bleichen Sommersprossenhaut. So lass ich mich nicht mit dir fotografieren. Vergiss es.«

4

Ein Bild, das ich schon ein halbes Jahrhundert mit mir herumtrage: das Brautpaar, das sich, noch in vollem Ornat, am Ende der Hochzeit verkracht und dann gleich die ganze Hochzeitsreise abbläst. Onkel Koos, in seinem geliehenen Stresemann hinter seinem Opel kniend, um mit einer Zange die Drähte durchzuknipsen, mit denen etliche Dutzend leere Konservendosen an der Stoßstange befestigt waren. Tante Tiny, plärrend wie ein Schulmädchen, das sich als Braut verkleidet hat.

Nein, schuld war kein übermäßiger Alkoholkonsum, denn Tiny und Koos tranken beide nicht, auch nicht bei ihrer eigenen Hochzeit. Einer der hingegen deutlich angetrunkenen Männer musste Koos zugeflüstert haben, die Frau, die er gerade geheiratet hatte, sei unfruchtbar. Es konnte natürlich auch eine Frau gewesen sein, doch die nachträgliche Rekonstruktion ergab, dass das Gerücht schon den ganzen Nachmittag im Männerteil der Hochzeitstafel herumgeschwirrt war.

Ich erinnere mich, dass Onkel Freek aus Den Bosch (nicht Der Freek, sondern ein Großonkel) als Pfarrer verkleidet noch mitten in der Conférence war, die er sich vollständig angeeignet hatte, indem er sich drei Schallplatten des Kabarettiers Fons Jansen endlos vorgespielt hatte.

Braut und Bräutigam saßen in dem Moment ziemlich weit auseinander, beide durch sich immer weiter verzweigende Gespräche vom Kopfende des Tischs abgedriftet. Pianisten werfen, bevor sie auf dem Hocker Platz nehmen, die gespaltenen Frackschöße nach hinten – Koos tat das Gleiche in umgekehrter Reihenfolge, nachdem er sich ruckartig erhoben hatte. Er stiefelte auf Tiny zu, packte sie am Handgelenk und rief: »Mitkommen, sofort!«

»Der hat's aber eilig«, sagte jemand. »Es heißt doch Hochzeitsnacht, oder? Der Abend hat ja kaum angefangen.«

Koos zog Tiny in einen Nebenraum, in dem ich zuvor eine Zeitlang mit einem Cousin gespielt hatte. Darin standen Reservetische und Reihen von Klappstühlen. Einen Moment lang waren die Gäste still, dann stürzten ein paar Frauen, darunter meine Mutter, hinter dem Brautpaar her. Ich folgte zögernd. Einige Cousins und Cousinen schlossen sich mir an.

Mitten im Raum stand Tante Tiny und heulte. Koos tigerte um sie herum, in einigem Abstand wegen des reifrockartigen Kleids. Fast wie eine Balletttänzerin drehte sie sich auf der Stelle mit dem erregten Bräutigam mit.

»… hast du mir das nicht früher erzählt«, rief Koos.
Sein Gesicht war rot, glänzte aber nicht mehr so schlimm
wie am Morgen.

»Es gab nichts früher zu erzählen«, sagte die Braut
mit schriller Stimme, sich immer noch drehend. Sie
schluchzte hicksend. Ihre Wimperntusche begann aus-
zulaufen. »Das stimmt einfach nicht.«

Koos blieb stehen und fuchtelte mit dem Zeigefinger
vor Tinys Gesicht herum. »Du hättest mich wenigstens
warnen können, dass so ein Gerede rumgeht. Jetzt steh
ich an meinem eigenen Hochzeitstag wie ein Depp da.
Als ob das *nix* wär.«

»Ich wusste von keinem Gerede.«

Tientje riss ihren angemalten Mund sperrangelweit
auf und begann, auf eine uns nur zu gut bekannte Art
und Weise zu heulen: wie ein geprügeltes Kind, dem
aber nichts wirklich weh tut. Die Frauen umringten sie
mit Beschwichtigungen und tröstenden Klapsen auf
die Schultern. Koos stand immer noch da und fuchtelte
mit seinem Zeigefinger. Er sagte: »Ich bin hintergangen
worden.«

Jetzt trat eine hochschwangere Frau in den Raum. Es
war Tante Karin, die Frau des jüngsten Bruders meines
Vaters, Onkel Robert. Beide Hände an ihrem Bauch,
wandte sie sich an Koos. »Ich war angeblich auch unfruchtbar. Mal von einem hohen Baum breitbeinig auf
einen Ast gefallen. Alles kaputt da drinnen. Ich würde
nie Kinder bekommen können, sagten die Ärzte. Angeblich. Jetzt erwarte ich mein drittes. Lass sie doch
quatschen, Koos. Wer euch so zusammen sieht, spürt
sofort: ein hübsches Paar, schon fast strotzend vor
Fruchtbarkeit.«

Die Damen juchzten. Tientje weinte inzwischen etwas menschlicher.

»Die Reise findet nicht statt«, sagte Koos zu seiner Braut. »Wir steigen jetzt gleich ins Auto, und dann fahren wir schnurstracks nach Breda. Morgen früh Punkt neun sitzen wir beim Hausarzt im Wartezimmer. Für eine Überweisung zum Facharzt. Ich will Gewissheit.«

»Und unsere Flittertage in Lugano?«, fragte Tientje schmollend. Sie schniefte.

»Da fällt mir schon was ein, damit die Versicherung uns das Geld zurückzahlt«, sagte Koos. »Unsere Flitterwochen finden erst statt, wenn ich Gewissheit habe.«

Jetzt plärrte Tante Tiny beleidigt los und stampfte mit dem Absatz ihres rechten Pumps kleine Löcher ins Parkett. »Und ich hatte mich sooo-ho auf Lugano gefreut ...!«

Die Frauen hängten sich an ihre Arme, mit denen sie um sich zu schlagen versuchte. Koos steuerte auf die Ecke des Raums zu, in der der Koffer von der Hochzeitsanzugsverleihfirma stand. Im Vorbeigehen sagte er zur Braut: »Ich zieh mich jetzt um. Zieh du derweil ein normales Kleid an. Wir fahren in einer halben Stunde.«

Bevor Koos mit dem Koffer den Raum verließ, legte er mir seine freie Hand auf den Kopf. »Albert, frag du schnell mal bei den Herren herum, ob jemand eine scharfe Drahtzange dabeihat.«

Kapitel V

I

Einige Wochen nach der Hochzeit belauschte ich ein Gespräch zwischen meinen Eltern.

»Also so was, Altje«, sagte meine Mutter. »Da lässt sich der Rote Koos seine eigene Hochzeit durch das Gerede vermiesen, dass unsere Tien angeblich keine Kinder kriegen kann, und dann stellt sich heraus, dass er schwachen Samen hat. Ich hab heute Morgen einen Brief von ihr bekommen.«

»Schwacher Samen«, wiederholte mein Vater. »Soll das heißen …«

»Im Krankenhaus hat man festgestellt, schreibt Tientje, dass er zu achtundneunzig Prozent steril ist. Kannst also sagen, zu hundert Prozent unfruchtbar.«

»Das fängt ja gut an«, sagte mein Vater. »Der hätte besser den Mund halten sollen. Und einfach auf Hochzeitsreise fahren anstatt zum Arzt. Dann hätte in den nächsten Jahren kein Hahn danach gekräht.«

»Wie schlimm für unsere Tinus. Die Ärmste, seit Jahren sehnt sie sich danach, zu heiraten und Kinder zu kriegen. Nach allem, was sie schon als junges Mädchen mitgemacht hat.«

»Ich *kann* ihr natürlich meine Dienste anbieten. Für meine Schwiegerfamilie und deren Erweiterung tue ich alles. Ich würde mich auch nicht damit brüsten. Der Rote Koos muss ja nichts davon erfahren. Alles mit Anstand.«

»Du alter Lump.« Ich verstand nicht recht, warum meine Mutter darüber so laut lachen musste. »Hättest du wohl gern. Unsere Kinder haben mit Hasje ja schon so was wie einen Halbbruder. Und dann würden sie, ihrem hilfsbereiten Vater sei Dank, auch noch ein paar Halbbrüder oder Halbschwestern dazubekommen. Nein, besten Dank. Das Leben ist so schon kompliziert genug, Altje. Übrigens, unsere Tien hat geschrieben, dass Albert in den Sommerferien zu ihnen nach Breda kommen darf.«

2

»Sexbesessen« nannte meine Mutter unseren neuen Onkel Koos, wobei sie sich fest auf die Unterlippe biss, um sich im Namen Gottes doch ein wenig für ihre Ungehörigkeit zu bestrafen. So wie ich mich nach all den Jahren an ihn erinnere, kann ich sagen: Sie hatte das richtig erkannt. Allein schon wie er sich, rosig und glänzend, schwer in einen Sessel plumpsen ließ, um hingefläzt mit zu schmalen Spalten zusammengekniffenen Augen die anwesenden Damen anzustieren, strahlte er Sex aus. Und wie seine vollen Lippen sich elastisch zu einem selbstgefälligen Grinsen verzogen, erinnerten sie an die sich vorstülpende Kerbe im Kopf eines Phallus. Ich will nicht behaupten, dass er wie ein hitzig in Stellung gebrachtes Geschlecht wirkte, jeden Moment bereit, kraftvoll zu ejakulieren – nein, er verkörperte mit seinem ganzen Leib ein träges männliches Glied, noch nicht zu vollständiger Härte gelangt, das sich faul zur Seite wälzte und wand, um die richtige Position zu finden, und keine Eile hatte, die weiße Wollust hervorquellen zu lassen, denn dazu war immer noch Zeit.

Wenn er in Tivoli war, nahm Koos mich nach dem Essen zum Spazieren mit, hinaus in die Heide. Es hat lange gedauert, bis mir klar wurde, dass es ihm darauf ankam, Liebespärchen zu ertappen oder, lieber noch, zu belauern. Dank seiner Aufmerksamkeit (er schien wie radargesteuert) erwischte er öfter welche.

»Sieh dir das an, Albert. Heutzutage kennen die überhaupt keine Scham mehr.«

Ich wartete lieber auf dem Weg, während Koos Zweige beiseitebog und manchmal noch tiefer ins Gebüsch vordrang, um bessere Sicht zu haben. Als er mich einmal mitzog, wurde ich Zeuge, wie ein junges Pärchen völlig erstarrt auf einer Waldlichtung lag. Der Mann bedeckte den Hintern der Frau mit seiner großen Hand und drückte ihren Kopf, damit man sie nicht erkannte, an seine Brust, während er das eigene Gesicht in einer Schicht Herbstblätter verbarg. Sie mussten uns gehört haben. Nach meinem Geschmack blieb Koos arg lange stehen und studierte die reglose Szene. Ich riss mich los und rannte im Zickzack zwischen den Bäumen hindurch zur Brandschneise.

Ein andermal schauten wir aus den Sträuchern zu, wie ein Mädchen, von ein paar Jungen dazu ermuntert, auf einen Stapel auf Maß gesägter Stämme kletterte, breitbeinig darauf Platz nahm und von dort oben urinierte. Ich hätte nie gedacht, dass ein Mädchen mit ihrem Strahl so weit kommen konnte. Einer der Jungen trat einen Schritt zurück, sonst hätte er es auf seine Schuhe gekriegt.

»Was die sich nicht alles an Spielchen ausdenken«,

flüsterte Koos. Vielleicht war es am selben Abend, als er
eine einst weiße, nassgeregnete Unterhose fand. Koos
nahm einen Zweig vom Waldboden und begann, den
feuchten Stoff zu untersuchen. Es war eine Männer-
hose: Er bohrte den Stock durch den Schlitz. Ich blickte
mich um und hoffte, dass niemand uns sah. Außer dass
das Kleidungsstück ein wenig grün geworden war, war
nichts Besonderes an ihm. Dennoch konnte Koos nicht
genug davon bekommen. Er stocherte so lange mit seinem Ast herum, bis er jeden Quadratzentimeter des
Stoffs inspiziert hatte.

3

Mein Vater sollte mich auf der NSU nach Breda bringen. Zwei Wochen später sollte ich mit Koos und Tiny
nach Geldrop zurückfahren, wenn sie meine Großeltern besuchten. Am Abend vor der Abreise wurde
ich krank – vor Anspannung oder einfach weil eine in
mir schlummernde Grippe ausbrach oder … Ich lag
die ganze Nacht wach. Etwas zwang mich, unaufhörlich an Tante Tinys krümliges Rattengift zu denken, so
lange, bis mir schlecht wurde und ich mich übergeben
musste. Es war jetzt fast ein Jahr her, dass ich die für
Oma bestimmte Kanne Tee leergetrunken hatte. Vielleicht ging Strychnin ja neun oder zehn Monate lang in
einem entlegenen Winkel des Körpers, der Bauchspei-
cheldrüse oder so, auf Tauchstation, um dann seine
Verwüstungen in Magen und Darm anzurichten und
den Wirt des Gifts zum Brechen zu bringen, bis der
Tod eintrat.

Am Morgen lebte ich noch. Ich wurde von meinen Eltern einem Kreuzverhör unterzogen.

»Albert, wie fühlst du dich?«

»Gut.«

»Sag die Wahrheit.«

»Gu-hut.«

»Ich seh dir doch an, dass du todkrank bist. – Sieh doch, Altje. Weiß wie ein Tuch.«

»Ich will nach Breda.«

»So kannst du nicht nach Breda.«

»Ich *muss* nach Breda.«

»Nichts musst du.«

»Tante Tientje braucht mich. Sie kann selber keine Kinder kriegen. Ich muss in den Sommerferien ihr Sohn sein.«

»Er phantasiert, Han. Er hat Fieber.«

Schließlich fuhren wir doch. Ich saß viel zu dick angezogen, die Beine in den Fahrradtaschen, und schwitzte. Wie ein Tier, das eine Duftspur setzt, ließ ich eine Spur von Erbrochenem hinter mir, von Geldrop über Tilburg bis nach Breda zu dem Neubauviertel, in dem Koos und Tiny wohnten. An Straßenrändern und -gräben, auf Parkplätzen und in den Toiletten von Raststätten. All dies Elend bedeutete nichts gegen das Glück, meinen Vater mal von seiner fürsorglichsten Seite zu erleben.

Nach unserer Ankunft wurde ich sofort, eine kleine Abwaschschüssel neben mir, ins Gästebett gesteckt. Stunden später wachte ich erquickt auf: Jetzt ging's los. Mein Vater war noch da. Er würde erst am nächsten Morgen zurückfahren, um nachts bei mir wachen zu können. Zum ersten Mal teilte ich ein Bett mit meinem

Vater. Ich war so entzückt von seiner liebevollen Für-
sorglichkeit, dass ich sogar den Geruch von abgestan-
denem Nikotin, der aus jeder seiner Poren zu quellen
schien, anzubeten begann. Bevor er ins Bett kam, fiel
mir auf, dass seine Zehennägel genauso gelb und bräunlich waren wie die Nägel der Hand, mit der er rauchte.
Wenn niemand zuschaut, raucht er mit dem Fuß, sagte
ich mir leise – eine Zigarette zwischen den Zehen, wie
ein Schlangenmensch.

So schlief ich ein, dankbar, dass ich einen Vater hatte.

4

»Albert, setz dich«, sagte Tante Tientje. »Ich muss dir
was sagen.«

Mein Vater war weg: Ich hatte ihm vom Balkon aus
nachgewinkt, wobei ich sicherheitshalber ein Stoßgebet
murmelte, er möge unterwegs nirgends einkehren, jedenfalls nicht, um sich zu besaufen. Onkel Koos war
bei der Arbeit, wenngleich ich noch immer nicht wusste,
was genau er machte. Sein Job hatte unregelmäßige Ar-
beitszeiten, denn er kam zu den verrücktesten Zeiten
nach Hause und ging auch abends manchmal »auf Ma-
loche«.

Ich ließ mich in den Sessel fallen, der allmählich
schon zu meinem Stammplatz wurde: neben dem hohen Schrank mit dem kleinen hellblauen Radio in Reichweite, das permanent auf 192 eingestellt war, Radio
Veronica. Tante Tientje stand vor mir, gekleidet in ein
perfekt sitzendes Kostüm, allerdings mit der Art von
Arbeitsschürze darüber, wie sie Verkäuferinnen trugen.

Zwischen ihren Fingern steckte ein knallgelbes Staubtuch, mit dem sie von Zeit zu Zeit routiniert über die Teakholzlehnen des Sessels fuhr. Es gab nirgends im Zimmer Staub zu wischen, denn alles war peinlich sauber. Dennoch faltete Tiny nach jedem Wischen das Tuch auseinander, um es mit kritischem Blick zu betrachten, ungefähr so wie mein Vater nach einem Hustenanfall seinen Rotzlappen inspizierte, um dem einen Fitzelchen Rot im Grün auf die Spur zu kommen.

»Du warst doch auch dabei im letzten Frühjahr«, sagte sie, »bei diesem peinlichen Theater im Bürgerhaus von Tivoli.«

»Ja, aber ich habe nichts davon verstanden, Tante Tiny.«

»Erzähl das deiner Katze, Albert. Du hörst und siehst doch alles.« (Ja, aber ein echter Spion von MI 5 würde das nie zugeben.)

»Die Menschen machen mehr mit Klatsch kaputt als mit Waffen«, sagte ich, meine Fingerspitzen aneinanderlegend. Diesen Spruch hatte ich von Onkel Egbert Egberts gehört, der dabei auf die gleiche Art seine Fingerspitzen gegeneinandergelegt hatte.

»Genau«, sagte Tiny. »Du verstehst was von diesen Dingen. In der Hinsicht bist du frühreif. Also, du weißt ja sicher noch, dass wir nicht auf Hochzeitsreise gefahren sind. Koos wollte unbedingt mit mir zum Arzt. Um zu überprüfen, ob das Gerede stimmte. Er war sich seiner Sache so sicher, diese Null von einem Besserwisser, dass er mich das Ergebnis allein abholen ließ. Da saß ich also im Wartezimmer. Zitternd vor Angst ... dass ich mit der Nachricht nach Hause gehen müsste, ich könne tatsächlich niemals Kinder von ihm bekommen.«

Um Haltung zu bewahren, verschränkte ich die Arme. Tientje nutzte die Gelegenheit, blitzschnell mit dem Staubtuch über die Lehnen zu wischen.

»Und, was glaubst du?« Sie warf einen flüchtigen Blick aus zusammengekniffenen Augen auf den Lappen und steckte ihn dann in ihre Schürzentasche. »Na, was glaubst du, Albert?«

Ich zuckte mit den Achseln, wusste aber, was jetzt kommen würde. Es war Jahre her, aber ich sah den Umschlag noch haarscharf vor mir, ST.-JOSEPHS-KRANKEN-HAUS. Was ich meine Mutter zu meinem Vater hatte sagen hören, konnte nicht stimmen.

»Ich kann tatsächlich keine Kinder von ihm bekommen«, sagte Tientje. »Und weißt du, warum nicht? Er, Koos, ist unfruchtbar. Nicht ich. Na, du verstehst schon, da war was los, als ich ihm das sagte.«

»Onkel Koos könnte sich doch auch ein bisschen freuen«, sagte ich. »Für Tante Tiny.«

»Oh, da kennst du ihn aber schlecht«, rief sie höhnisch. Erneut zog sie das Staubtuch aus ihrer Schürzentasche, doch ich hatte die Arme schon wieder in voller Länge auf die Lehnen gelegt. Sie sah sich ratlos nach etwas um, das sie abstauben könnte, und griff mit dem Lappen nach dem Radio, wobei sie den Sendersuchknopf erwischte und Elvis auf einmal *Kiss me quick* zu säuseln begann. »Es geht um Koos und nur um Koos. Der Rote Hahn fühlt sich in seiner Männlichkeit tief gekränkt. Benimmt sich, als wäre der Überbringer der schlechten Nachricht, also ich, der Schuldige. Am liebsten würde er mir einen Prozess anhängen. Als hätte ich ihn von ein paar Söldnern kastrieren lassen.«

Tiny schlug die Hand mit dem Staubtuch vor den

Mund. »Was sag ich da bloß? Und das zu einem Jungen, der noch nicht einmal aufgeklärt ist …«

Um zu zeigen, dass ich nicht von gestern war, sagte ich: »Weißt du noch, Tante Tiny … Peer Portier? Der war so dumm, Schluss mit dir zu machen, weil du keine Kinder kriegen konntest.« Ich lachte. »Der würde jetzt blöd gucken, glaub ich.«

Sie lachte nicht mit, nicht einmal auf die unfrohe Weise, die wir von ihr kannten. Sie sah mich erschrocken an.

»Was weißt du von Peer Portier?«

»Wir sind doch manchmal zusammen in das Hotel gegangen, in dem er gearbeitet hat, oder?«

»Ja, aber dieses Schlussmachen … wie kommst du darauf?«

»Er hat doch diesen Brief vom Krankenhaus vorgezeigt. Den hatte er von einem Polizisten bekommen. Da stand drin, dass du keine Kinder kriegen kannst. Er hat es vorgelesen.«

»Ach, jetzt weiß ich's wieder«, rief sie. »Dass ich nicht lache. Der Portier hat nur geblufft. Was er vorgelesen hat, stand gar nicht in dem Brief. Peer Portier war klar geworden, dass er mich nicht bekommen konnte. Nicht für immer jedenfalls. Deswegen hat er sich eine gemeine Ausrede ausgedacht, um Schluss zu machen. Kerle … bah.«

Um das Parkett nicht mit ihrem halbhohen Absatz zu beschädigen, trat sie zwei Schritte zur Seite, bis sie auf dem Teppich stand, und stampfte erst dort ihren Abscheu heraus. Sie sagte: »Übrigens kann ich mich gar nicht daran erinnern, dass du dabei warst. Das hast du schon immer gut gekonnt, dich unsichtbar zu machen und mucksmäuschenstill zu verhalten. Ich frage mich, was du damals noch alles gehört und gesehen hast. Oder dir ausgedacht. Du wärst ein prima Gehilfe für James Bond. Albert, du musst mir eins versprechen ... Red nie über dieses Krankenhausformular, wenn Koos dabei ist. Das war gefälscht. Ich kann nicht mal beweisen, dass es gefälscht war, weil, ich hab es zerrissen. Das könnte zu den größten Missverständnissen führen. Und das willst du doch auch nicht. Oder?«

Ich schüttelte den Kopf.

5

Am Samstagmorgen sollten Koos und Tiny mich im Opel nach Geldrop zurückbringen, aber zum Zeitpunkt der Abfahrt waren beide unauffindbar, obwohl ich nicht gehört hatte, dass sie die Wohnung verlassen hatten. Während dieser ganzen letzten Besuchswoche hatte Krach in der Luft gelegen, was sich vor allem in sturem Schweigen und gelegentlichem Fauchen äußerte. Erst an jenem Samstag, als ich nach dem stillen Frühstück im Gästezimmer meinen Rucksack packte, entlud sich die leise knisternde Atmosphäre in einem krachenden Streit, aus dem von Zeit zu Zeit die knatschige, fast heulende Mädchenstimme von Tante Tiny hervorstach. Sie konnte wirklich überzeugend wie ein Kind klingen, dem man etwas weggenommen hat – oder besser, wie ein Kind, das ein anderes Kind beschuldigte, ihm etwas weggenommen zu haben, obwohl das nicht stimmte: Es ging um die Beschuldigung, das Maximum an Erreichbarem.

Meine Sachen waren eingepackt, doch solange dieser zischende, fauchende Sturm im Wohnzimmer wütete, traute ich mich nicht hervor. Es lösten sich daraus keine verständlichen Vorwürfe, ich wusste also nicht, worum der Streit ging. Die Laute waren mit der Zeit vor allem tierischer Art: Knurren, Urwaldschreie und etwas, das sich anhörte wie die Laute einer zwischen den Zähnen festgehaltenen und hin und her geschüttelten Beute. Währenddessen klang Tinys Backfischflennerei immer mehr wie die eines jungen Mädchens, das zusieht, wie ihre Eltern von wilden Tieren zerrissen werden, das aber eigentlich (gerade noch hörbar) ganz gut findet.

Die Auseinandersetzung verlagerte sich unter Türen-knallen an eine andere Stelle in der Wohnung, aber nur mit dem Gehör konnte ich nicht herausfinden, wohin. Durch drei, vier Wände gedämpft, schien Tiny jetzt einen Versuch zu richtigem Weinen zu unternehmen, doch es blieb greinende Imitation: Ich konnte mir nicht einmal ein aufgeschürftes Knie dabei vorstellen.

Wenn ich, in Gesellschaft, anderen einen Blick in meine merkwürdige Jugend gönnen will, erzähle ich im-mer vom »reglosen Bezwingen des Monsters im Haus«. Das Monster war mehr als mein betrunkener Vater – es bestand aus allen Erscheinungsformen, die seine Trun-kenheit nachts annehmen konnte, inklusive der Stim-men all dieser Gestalten. Je weniger ich mich unter der Decke bewegte, umso besser ließ sich der Drache von meinen angespannten Muskeln und Nerven einschnü-ren, wie von einem zusammengezogenen Wurfnetz. Früher oder später schien meine Strategie Erfolg zu ha-ben, und die verschiedenen Stimmen verstummten in-folge meiner reglosen Bemühungen. Dann kam es nur noch darauf an, bis zum Morgengrauen keinen Finger mehr zu rühren, um das entstandene Gleichgewicht nicht zu stören und die Stille zu erhalten.

Jetzt, in Breda, wandte ich die Methode erstmals auf eine andere Situation an. Es war am helllichten Tag, und das Monster war nicht mein betrunkener Vater in all seinen Erscheinungsformen. Nachdem sich das kämpfende Paar noch einige Male über den Flur von Zimmer zu Zimmer bewegt hatte (stöhnend, keuchend, spuckend), bekam ich in meinem Kontrollraum, in steuernder Bewegungslosigkeit auf meinem Rucksack sitzend, die Sache allmählich in den Griff. Es wurde still in der Wohnung. Außer dem sich einschaltenden Kühlschrank war nichts mehr zu hören. Sogar das ewige Radio Veronica war stumm.

Der Vormittag verstrich. Meine Eltern, die uns um zwölf Uhr erwarteten, würden an einen Unfall denken. Wir hatten daheim kein Telefon, daher konnte man ihnen nicht Bescheid geben, dass es (wegen Streit oder Autopanne) etwas später würde. Es blieb still. Meine Reglosigkeit hatte ihr Werk getan, also stand ich auf, um die Gästezimmertür einen Spaltbreit zu öffnen. Ich lauschte gespannt. Ab und an ertönte aus den Tiefen der Wohnung ein undeutliches Geräusch, das ich nicht einordnen konnte. Wo waren sie?

Ohne den Fußboden irgendwo zum Knarren oder eine Tür zum Quietschen zu bringen, durchsuchte ich die Wohnung. Im Wohnzimmer lagen rings um den Esstisch Stühle am Boden. Der kleine Radioapparat hing an seinem Kabel vom Schrank herunter. Ich hatte immerhin so viel über Mordermittlungen gelesen, um zu wissen, dass am Ort des Geschehens alles so bleiben musste, wie es war. Jetzt, da die Ordnung der Dinge gestört war, sah ich erst, wie sauber Tante Tiny alles hielt. Ich konnte mich über einen in aufwirbelndem Staub gefangenen Sonnenstreif freuen, doch nicht einmal so eine transparente Gefangenschaft war dem Sonnenlicht hier vergönnt: Es sollte nur zeigen, wie gründlich, bis zur Unsichtbarkeit, die Fensterscheiben gewienert waren, und diente dazu, das gesamte polierte Teakholz der Möbel aufflammen zu lassen.

Ich schaute in die Küche, die Abstellkammer, das Bügelzimmer (wo ein kleiner Stapel gelber Staubtücher auf dem Brett neben dem elektrischen Bügeleisen lag): kein Onkel Koos, keine Tante Tientje. Lange stand ich mit angehaltenem Atem vor der geschlossenen Tür ihres Schlafzimmers, hinter der aber nichts zu hören war.

»Tante Tiny ... Onkel Koos?«, sagte ich leise.

Keine Antwort. Ich traute mich nicht, anzuklopfen.

»Wann fahren wir?«

Aus dem Bad, neben dem Schlafzimmer, drang ein scheuerndes Geräusch, das nicht unbedingt etwas Menschliches hatte.

»Darf ich reinkommen?«, fragte ich, schon etwas weniger leise. Keine Antwort. Ich drückte die Klinke herunter. Sie waren nicht da. Die Bettdecke war zurückgeschlagen. Mitten auf dem Laken befand sich ein großer Blutfleck. Die Kopfkissen, von denen eines mit Blut verschmiert war, lagen neben dem Bett auf dem Boden, stumme Zeugen einer außer Kontrolle geratenen Kissenschlacht. Herausgeschüttelte Daunenfedern schwebten im Zugwind über das Linoleum.

Das Blut auf der Matratze sah frisch aus und war nur an den unregelmäßigen Rändern getrocknet. Also doch, hier war ein Mord verübt worden, den ich mit all meiner zwingenden Reglosigkeit nicht hatte verhindern können. Ich dachte an das Hascheemesser, das Tiny vor langer Zeit in die Handtasche gesteckt hatte, um die Hundezwingerfrau damit zu erstechen. Nichts anfassen, nur schauen. Ich ging mit dem Gesicht nah an den Fleck heran. Das Blut stank – nach Scheiße. Sie musste Koos' Bauch mit einem Messer aufgeschlitzt haben, von einer Hüfte zur anderen. Wo war er mit seinen Därmen in der Hand geblieben? Auf dem Fußboden befanden sich keine Schleifspuren, und auf eine andere Weise konnte Tiny den schweren Koos nicht weggeschafft haben.

Ich kniete mich, ohne die Kissen zu berühren, auf den Boden und schaute unters Bett. Kein einziges Staubflöckchen. Im Übrigen auch keine Leiche. Schwer verwundet oder nicht, Koos musste Bett und Zimmer aus eigener Kraft verlassen haben. Ich ging durch den Flur zur Wohnungstür. Nirgends ein Blutspritzer. Tiny musste mit einem Putzlumpen hinter Koos hergegangen sein, um jeden blutigen Fußabdruck wegzuwischen.

Das Treppenhaus. Die weiß ausgeblühten Betonstufen. Nirgends eine Spur. Zurück in die Küche. Die Aluminiumspüle glänzte wie ein Spiegel: Hier konnte er nicht zerstückelt worden sein. Im trockenen Waschbecken hatte sich schon seit Stunden keiner mehr die Hände gewaschen, geschweige denn von Blut gesäubert. Die Küchentür ging zum Balkon hinaus: Dort lag kein Körper. Ich schaute über die Steinbrüstung. Falls eine Leiche darübergeworfen worden war, lag sie nicht mehr unten, wo Kinder friedlich schaukelten – auf so einer Bank, unter einer Markise, die nackten Beine vorgestreckt, mindestens vier Paar.

Zurück ins Schlafzimmer. Was war da vorhin im Badezimmer nebenan zu hören gewesen? Die Tür erwies sich als abgeschlossen: Das kleine Sichtfenster am Schloss war rot, allerdings nicht von Blut. Falls jemand die Leiche in die Wanne gelegt hatte, wie konnte diese Person die Tür dann von außen verriegelt haben? Mit einem Schraubenzieher? Ich legte mein Ohr an das glatte Holz. In einen Ablauf rann ein dünner Wasserstrahl, viel mehr als ein Tröpfeln war es nicht. Und dann auf einmal menschliche Laute: Tante Tinys kindlich wehleidiges Schluchzen, mit hohen Hicksern. Sogar jetzt, wo sie aus Reue über das weinte, was sie ihrem Mann angetan hatte, klang es unaufrichtig. Mir drängte sich das Bild einer Tientje auf, die vor der Wanne kniete, die gefalteten Hände auf dem Rand, und um Koos trauerte, der mit ineinandergeflochtenen Fingern einen Rosenkranz aus wulstigen Därmen betete.

Ich ging ins Wohnzimmer und hob den Telefonhörer ab. Ich überlegte, die Bredaer Polizei anzurufen, deren Nummer nebst einigen anderen hinter einem kleinen Plastikfenster auf dem Apparat zu sehen war. Den tutenden Hörer in der Hand, wusste ich nicht, was ich sagen sollte. »Hier ist ein Mord verübt worden.« Ich traute mich nicht. Einer der herbeigeeilten Polizisten würde sich in Tiny verlieben, und dann würde der ganze Schlamassel von vorn beginnen und mit einer Hochzeit hinter Gittern enden, mit dem Gefängnisdirektor als den Segen erteilendem Beamten und zwei Wärtern als Zeugen. Meine Wimpern wurden feucht. Die Nummer der einzigen Familie in der Geldroper Textielstraat mit eigenem Telefon kannte ich auswendig: Ich hatte sie mir auf Geheiß meiner Mutter einprägen müssen, für Notfälle.

Ich wählte sie. Es war, als schraube sich mit jedem langen oder kurzen Schnarren der Wählscheibe die Wahrheit tiefer in mich hinein. Sie hatten gekämpft, es gab Blut im Schlafzimmer und Geschluchze im Bad, und von Koos war kein Mucks mehr zu hören. Ich durfte nicht länger schweigen.

Ich hatte gehofft, meinen Freund Flix Boezaardt an die Strippe zu kriegen, dann hätte ich eine gute Geschichte für ihn gehabt, aber seine Mutter ging dran.

»Maaike Boezaardt ... hallo?«

»Tante Maya, Albert Egberts hier. Ich bin in Breda, und jetzt wollte ich gern meine Mutter sprechen.«

»Ach ja, stimmt, du bist dort ja zu Besuch. Wie geht's Tientje Putz?«

»Gut. Ich meine ... ich muss Mama wirklich ganz dringend sprechen. Wir kommen etwas später.«

»Soll ich ihr nicht einfach sagen, dass es etwas später wird? Dann musst du nicht am Telefon bleiben. Sonst kostet es deinen Onkel und deine Tante ein Vermögen.«

»Es gibt noch was ... was Schlimmes.«

»Weißt du was, Albert. Ich leg jetzt auf, und dann saus ich schnell mal rüber und nehm sie mit hierher, und dann kann sie dich anrufen. In Ordnung?«

»Was meinst du damit, Blut? Albert, du musst dich schon etwas deutlicher ausdrücken. Gib mir mal Tante Tiny. Oder Onkel Koos.«

»Die sind nicht da.«

»Die haben dich doch wohl nicht allein zu Hause gelassen?«

»Sie sind ... irgendwo. Sie kommen nicht raus.«

»Hast du überall gut nachgeschaut?«

»Sie sind nicht im Schlafzimmer. Das Bett ist voller Blut. Wir wollten um halb elf fahren. Jetzt ist es fast zwölf. Die Uhr liegt auf dem Boden. O nein, es muss schon viel später sein. Die ist stehengeblieben.«

»Was ist da alles los, Albert?«

»Soll ich die Polizei anrufen? Die Nummer steht hier. Oh, da ist Tante Tiny. Ich geb sie dir mal. – Tante Tiny, Mama am Telefon.«

Bevor Tiny ins Auto stieg, legte sie ein geblümtes Kissen auf den Beifahrersitz. Wollte Tientje Putz jetzt auch schon die Polster des Opels vor dem Abdruck ihres eigenen Hinterns schützen? Sie wusch auch noch schnell mit Seifenwasser aus einem Spielzeugeimer die Windschutzscheibe und fuhr mit dem kurzen Abzieher darüber.

»Die Viecher an sich sind ja nicht so schlimm«, murmelte sie. »Aber manchmal hinterlassen sie solche roten und gelben Kleckse auf der Scheibe. Bah.«

»Tien, setz dich«, rief Koos, der sich bereits hinters Lenkrad geschwungen hatte. »Lass das, Tien. Wir sind doch schon viel zu spät dran, Tien ... Tien!«

Tiny war noch am Nachledern, murmelnd. Sie leerte den kleinen Eimer in einen Gully auf dem Parkplatz, steckte die Putzutensilien hinein und reichte mir das Ganze auf die Rückbank. »Stell's einfach irgendwohin.«

Sie ließ sich vorsichtig auf dem Kissen nieder und schloss die Tür. »Wenn du wüsstest, Koos Kassenaar«, sagte sie.

»Stell dich nicht an, Tien«, sagte Koos und fuhr los. »Wenn du so weiterquengelst, setz ich dich raus. Dann kannst du am Straßenrand auf einem Kilometerstein sitzen, mitsamt deinem Kissen. Ich hab die Schnauze voll.«

Während der ganzen Fahrt von Breda nach Geldrop hackten sie so aufeinander herum. Sogar wenn sie den Mund hielten, taten sie das mit einer Art fauchendem Schweigen, das das gesamte Auto füllte. »Das ideale Brautpaar«, hatte jemand sie an ihrem Hochzeitstag genannt. Liebe, wusste ich jetzt für alle Zeiten, war ein blutiger Kampf mit ungewissem Ausgang, der mit dem Mund weiter ausgetragen werden musste.

An Rücken und Hinterkopf von Tante Tiny war zu erkennen, dass sie sich von Zeit zu Zeit mit beiden Händen vom Sitz hochstemmte, frei schwebend. Ihre Frisur berührte dann fast den Autohimmel.

»Stell dich nicht so an, Tien. Wenn ich bremsen muss, knallst du gegen die Windschutzscheibe. Dann bist du noch schlimmer dran.«

»Ich bin jetzt schon schlimm genug dran«, sagte Tiny. »Mit einem Kerl, der seine Nachkommenschaft am falschen Ort sucht.«

»Hör zu, ich setz dich raus.«

»Ich setz dich raus.«

Erst auf der Höhe von Tilburg wandte sich Koos über den Rückspiegel an mich. »Warum bist du so still, Albert? Es ist doch nicht schlimm, dass es etwas später geworden ist, oder? Sehr gut, dass du schnell mal in Geldrop angerufen hast.«

»Ich möchte nachher noch kurz in die Lynxstraat«, fauchte Tiny. »Die sollen bloß nicht denken, dass sie mich los sind.«

»Tien, ich habe heute keine Lust auf dieses ewige Gegifte.«

»Wenn der Alte demnächst in Rente geht, dann kriegt er von mir die Wahrheit zu hören. Soll er nur eins von seinen Festen geben, wenn er fünfundsechzig wird … soll er nur … ich werde da sein. Alle werden sie da sein. Je größer die Runde, umso größer der Lohn … umso mehr wird sich meine Rede lohnen. Sie können's alle direktemang zu hören kriegen. Fünfundsechzig Jahre Scheinheiligkeit. Geheuchel. Lügen. Ich sag dir, an dem Abend wird's ruhig am Tisch. Ja, nimm noch einen kleinen Eierlikör mit Schlagsahne, Tante Nel … den wirst du brauchen, ich hab nämlich noch eine nette Enthüllung für dich.«

»Still jetzt, Tien«, sagte Koos. »Wir haben einen Gast auf der Rückbank.«

»Wenn's so weit ist«, sagte Tiny, »dann nehm ich auch keine Rücksicht auf die Kinder. Immer dieses Genöle von wegen: Es sind Kinder im Raum. Ja, es sind Kinder im Raum. Sollen sie doch froh sein, dass sie mit Kindern gesegnet sind. Warum sollte man ihnen was Lehrreiches vorenthalten? Sie haben noch ein ganzes Leben vor sich, die Kinder. Besser, sie treten gut vorbereitet ins Leben. Ich will ihnen gern dabei behilflich sein, sich besser wehren zu können. In zwei Jahren geht er in Rente, der Alte. Das wird ein denkwürdiger Tag. Du wirst schon sehen.«

6

Als wir das Alter erreichten, in dem eine gewisse sexuelle Aufklärung angebracht war, entschieden sich meine Eltern für eine abgeleitete Form: auf dem Weg über pikante Geschichten aus der Realität. Eigentlich war es eine sehr kunstsinnige Weise der Aufklärung: voller Andeutungen in Gestalt vielsagender Lücken, die der mit roten Ohren lauschende Kursteilnehmer selbst ausfüllen durfte. So habe ich viel aus meines Vaters Bericht über das Lido in den Mierloer Wäldern gelernt, das »die hohen Tiere von Philips und DAF mit ihren Flittchen« besuchten und wo »es natürlich nicht so anständig zuging, du verstehst schon«.

Und ob ich verstand. Ich durchstreifte den Wald rund ums Lido, das damals schon lange geschlossen war und verfiel, doch von dem Gebäude und dem verrottenden Humus ringsum ging eine derart hinreißende Verderbtheit aus, dass ich hinter einer dicken Kiefer, aus der scharf duftendes Harz hervortrat, wie ein Weltmeister onanierte. So kam meines Vaters sexuelle Aufklärung doch mal zu Ehren. Ich sah die Flittchen nackt über den Teppich aus verdorrten Herbstblättern rennen und ihnen auf den Fersen Fabrikdirektoren, nur bekleidet mit Armbanduhren und Sockenhaltern.

Meine Mutter wiederum hatte eine andere Standardgeschichte, in der die Dinge genauso wenig beim Namen genannt wurden, die aber sehr viel weniger stimulierend war. Sie hatte einmal als zwölfjähriges Mädchen im Auftrag ihrer Eltern etwas zur Familie van Dartel am Puttense Dreef gebracht, wo sie Nico allein angetroffen hatte. Er hatte sie, kurz gesagt, belästigt.

»Was bedeutet das denn eigentlich genau, Mama, belästigen?«

»Erst versuchte er mich zu küssen, der Schmierlapp … ich war, meine Güte, ein Mädchen, das noch nie von einem Mann geküsst worden war. Und dabei blieb es nicht. Er fasste mir zwischen die Beine und versuchte mich aufs Sofa zu werfen.«

Ich wollte mir meine Mutter lieber nicht in so einer Situation vorstellen, aber jetzt wusste ich wenigstens, warum Tante Tiny Nico van Dartel derart verabscheute, dass sie sogar daran dachte, den Mann zu vergiften: Sie musste die Geschichte von ihrer ältesten Schwester gehört haben.

»Und dann?«, fragte ich pflichtschuldig, ohne Begeisterung.

»Weiter ist nichts passiert, nein. Ich fing an zu schreien, und da hat er einen Schreck gekriegt. Ich wusste nicht mal, dass ich so laut schreien konnte. ›Ich sag's Papa und Mama.‹ Da hat er mich nach Hause gebracht. Unterwegs hat er in einer Tour Süßholz geraspelt. ›Onkel Nico darf dir doch wohl ein Küsschen geben, wenn Onkel Nico dich lieb findet … darüber brauchst du doch nichts Hässliches zu Papa und Mama zu sagen.‹«

»Und … hast du's ihnen gepetzt?«

»Tausendmal lieber ein bisschen von Nico van Dartel belästigt werden, als zu meinen Alten darüber zu reden. Alles musste immer mit dem Mantel der Nächstenliebe bedeckt werden, auch wenn sie ihr eigenes Kind für den Rest seines Lebens todunglücklich machten. Ich hatte erst ein paar Worte gesagt, da hieß es schon: ›Geh und spül dir den Mund aus. Woher nimmst du die Stirn, jemand fälschlicherweise zu beschuldigen.‹ Und mein Vater: ›Die … wenn die nur schweinisch daherreden kann, dann ist sie in ihrem Element.‹ Ich wurde ohne Essen ins Bett geschickt. Und hab mich nie mehr getraut, auch nur mit einem Wort darüber zu sprechen.«

Kapitel VI

I

Im Sommer 1964 erreichte mein Großvater das unvorstellbare Alter von fünfundsechzig Jahren. Er ging in Rente, was bedeutete, dass seine Kräfte verbraucht waren. Viele Jahre lang hatte er als Glasbläser unzähligen Glühlampen mit seinem Atem das Leben geschenkt. Jetzt fehlte ihm sogar die nötige Luft, auf Bitten seiner Enkel die Wangen aufzublasen wie Dizzy Gillespie während eines Trompetensolos. Es steckte schon noch etwas Leben in ihm, doch, durchaus, aber dieses Wenige durfte nicht einschlafen. Die Familie hatte sich ausgedacht, Opa sollte seine neu erworbene Freiheit dem Ausbau des Märklin-Eisenbahnnetzes widmen. Zehn Jahre zuvor war sie als Nikolausgeschenk für Onkel Hasje vorgesehen gewesen, der nur unter Aufsicht seines Vaters damit spielen durfte. Seit Hasje mit sechzehn Künstler geworden war, hatte er die elektrische Eisenbahn nie mehr angerührt, so dass sie automatisch dem Mann zustand, der sich dafür krummgelegt hatte.

»Wenn ich demnächst in Rente bin, dann könnt ihr was erleben«, sagte Opa immer wieder. »Dann bau ich eine Schweizer Landschaft für die Eisenbahn. Mit Bergen und Schranken und was noch allem. So was habt ihr im Leben noch nicht gesehen.«

In der Familie war gesammelt worden, und das ergab

ein hübsches Sümmchen, das für eine in der Holzhandlung auf Maß gesägte Hartfaserplatte verwendet wurde, so groß, dass sie nur knapp (leicht gekippt) durch die Tür ging. Auf ihr sollte die Landschaft erstehen, mit Bergen aus Gips und Papiermaché. Vom restlichen Geld wurden meterweise neue Schienen gekauft, so dass die Märklin schließlich, sich durch baumreiche Täler und an bemoosten Felspartien entlangschlängelnd, eine ganz ordentliche Strecke würde zurücklegen können. Aus ausrangierter Schaufensterdeko eines Spielzeugladens hatte Der Freek »praktisch für umme« und »voll maßstabsgetreu« eine kleine Kirche und einen Brunnen aufgetrieben. Zwar ein bisschen ausgeblichen, doch das ließ sich mit einem Klecks Ölfarbe aus Hasjes Malkasten prima aufmöbeln.

Zwei Sommer zuvor hatte Tante Tientje gedroht, während des Festes anlässlich des Renteneintritts ihres Vaters die Wahrheit offenzulegen – beziehungsweise sie ihm »einzutrichtern«, wie sie es ausdrückte. Ich sah seinem fünfundsechzigsten Geburtstag mit einiger Sorge entgegen, sosehr ich mich auch auf das Gesicht freute, das der frischgebackene Rentner beim Anblick des Baumaterials für seine Miniaturschweiz machen würde. Keine Ahnung, was diese langerwartete Wahrheit beinhaltete. Noch weniger, wie ich das Unheil der Enthüllung abwenden könnte. Meine Mutter in Kenntnis setzen? Worüber?

»Wieso, etwas ganz Schlimmes? Was du dir wieder alles zusammenreimst, Albert.«

Nein. Vor zwei Jahren, bei diesem Kuhfladen aus ekligem Blut im Bett der Kassenaars, hatte ich mich auch schon auf dem Holzweg befunden. Nicht noch einmal, um Himmels willen. Ich musste auf dem Fest alles scharf im Auge behalten, vor allem die Bewegungen von Tante Tien, dann bestand eine Chance, dass sich der nahende Schlamassel beschwören und aufhalten ließ.

In den letzten Jahren trieb Tiny es mit ihrer Triezerei immer schlimmer. Sie und Koos kamen jeden Samstag in Tinys Elternhaus, mit dem Auto, und fuhren am späten Abend wieder nach Breda zurück oder auch erst am nächsten Tag, wenn ihnen ihr Gepiesacke mehr als sonst Lust bereitete. Zu jener Zeit hatte ich samstagmorgens noch Schule, so dass ich erst mittags in die Lynxstraat radelte – nicht weil ich mich auf den Besuch aus Breda freute, sondern weil ich die Illusion hegte, allein durch meine schweigende Anwesenheit Schlimmeres verhüten zu können. Ich war meist schon da, wenn die Kassenaars in ihrem neuesten Opel vorfuhren (Koos schwor auf Opel, aber es musste schon jedes Mal das neueste Modell sein). Jede Woche spielte sich die gleiche Szene ab, mit kleinen Varianten. Weil die Haustür von Nummer 83 tagsüber nie abgeschlossen war, stürmte Tante Tiny ins Wohnzimmer, während die Türglocke noch im Haus nachhallte. Das Begrüßungsritual übersprang sie. Murmelnd oder fauchend trat sie ein, das Gesicht erstarrt, giftgetränkt. In ihren Augen wäre es einfach zu schade gewesen, den Mantel bereits auf dem Flur auszuziehen und an die Garderobe zu hängen, denn es war fast immer ein neuer, und der musste vorgeführt werden. Die Knöpfe hatte sie allerdings aufgemacht, so dass die ewige Küchenmädchenschürze zu sehen war. Oft klemmte das gefürchtete grellgelbe Staubtuch bereits zwischen ihren Fingern. Wenn sie besonders schlechter Laune war, schlug sie mit dem Lap-

pen nach den Möbelstücken, anstatt den Staub wegzuwischen.

»Sieh dir das an, was für ein Saustall«, rief sie dann,
während sie das Flanell knallen ließ und tatsächlich hier
und da ein wenig Staub im durch die Gartentür einfal-
lenden Licht aufwölkte. »So empfangen sie ihren Besuch. In *der* Sauwirtschaft.«

Derweil spazierte, äußerlich die Ruhe selbst, Koos
Kassenaar aus dem Flur herein. Wie immer auf unper-
sönliche Weise korrekt gekleidet und mit einem fleischi-
gen Grinsen auf dem rosigen Vollmondgesicht. »Na,
Zerckjes … wie geht's, wie steht's?«

Zu diesem Zeitpunkt saß Oma bereits weinend in ihrem Sessel am Ofen. Opa stand verdrossen an der Kel-
lertür, bereit, sie zu öffnen, die paar Stufen ins Dunkel
hinabzusteigen und so zu tun, als suchte er etwas: im
Kartoffelkorb, zwischen den alten Zeitungen oder auf
den Regalen mit den leeren Zigarrenkisten. Sie konnten
es einfach nicht fassen, dass ihre Tochter, die sie in Ehre
und Tugend großgezogen hatten, sie jede Woche von
neuem zeternd und keifend in ihrer Ruhe störte.

Tiny ging auf den Flur, um ihren Mantel aufzuhän-
gen, behielt die Schürze aber an.

»Kaffee muss ich mir bestimmt wieder selber kochen«, giftete sie ihre Mutter an. »War ja schon immer
so. Früher war ich hier der Sklave vom Dienst. Seit ich
aus dem Haus bin, hat sich daran nichts geändert. Sobald ich hier reinkomme, seht ihr nur ein Arbeitstier, das
sich den eigenen Kaffee kochen darf. Nur weil Albert
hier ist … weil ich ihm seine Tasse gönne …«

Oma versuchte, mit erstickter Stimme etwas zu erwidern, doch Tante Tien fuhrwerkte bereits mit Töpfen

und Pfannen in der Küche herum, laut predigend über Kinderarbeit, Ausbeutung und moderne Sklaverei, die Hand in Hand gingen mit katholischer Scheinheiligkeit und proletarischem Groll.

»Tien, kusch jetzt«, rief Koos dann in Richtung Küche. »Sei still, Tien. Wir wissen's langsam.«

Ich kannte Onkel Kusch inzwischen gut genug, um zu wissen, dass er diese Strafexpeditionen seiner Frau genoss und sie nur der Form halber zur Ruhe mahnte. Dafür fuhr er gern von Breda hierher. Wenn Tiny sehr auf den Putz haute, brach Koos in lautes Gelächter aus – oder nein, ein richtiges Lachen war es nie, eher ein schweineartiges Grunzen und Grinsen. Bei meinen Besuchen in Breda war ich Zeuge gewesen, wie Tante Tientje ihrem Mann giftig und grell ihre geknechtete Jugend schilderte. Wenn sie richtig in Fahrt geriet, spornte Koos sie durch rhythmisches Händeklatschen weiter an. Auch von mir wurde Beifall für die Art und Weise erwartet, wie Opa und Oma (und in etwas geringerem Maße meine Mutter) durch den Schmutz oder die Scheiße gezogen wurden. Ich reimte mir so viel wie möglich zusammen, wusste aber manchmal nicht, was es daran zu reimen gab. Ich protestierte nie.

»Wie stehen die Aktien?«, wandte sich Koos an seinen Schwiegervater. »Du lässt sie klammheimlich immer weiter steigen, nicht? Was man hat …«

Einigen Familienmitgliedern war bekannt, dass Opa irgendwo eine unverkäufliche Aktie aufbewahrte, die er sich, einer Laune folgend, von seinem Urlaubsgeld gekauft hatte. Seit Koos davon Wind bekommen hatte, war er sich sicher, es handele sich um mehr als eine Aktie und dazu um wertvolle. Jeden Samstag verwandelte er für mindestens eine Stunde die Wohnstube in der Lynx-straat 83 in eine kleine Börse, in der er auf üble Weise zu spekulieren begann: über die großen Namen auf Opas Aktien und ihren beständig steigenden Wert. Er drängte seinen Schwiegervater, sie endlich auf den Tisch zu legen. Er, mit seinen allerneuesten Marktkenntnissen, könne ihn ausgezeichnet beraten. »Her damit, mit dem Schuhkarton.«

Opa schüttelte bedrückt den Kopf. »Wie oft muss ich es denn noch sagen, Koos … ich habe keine Aktien. Das eine modrige Ding, von den Zinnminen in Langetabbetje, ist nichts mehr wert. Ich behalt es nur zum Spaß. Hör doch bitte auf damit.«

»O doch … o doch.« Tiny stand, die Hände in die Seiten gestemmt, in der Küchentür. »Leugnen heißt Lügen. Wenn du eine Wärmflasche oft genug in eine alte Socke steckst, wird diese alte Socke weit genug, dass man einen Packen Aktien darin aufbewahren kann. Ich will's noch deutlicher sagen, Alter … ich bin heute hier, um schon mal meinen Kindsteil zu fordern. Als ich bei Lata gearbeitet hab, da hatte ich wenigstens noch meinen eigenen Lohn. Aber ihr musstet mich ja unbedingt aus der Fabrik wegholen. Damit ich diese eingebildete Kranke da« (sie zeigte mit dem Spüllappen in der Hand auf Oma, die leise vor sich hin schniefte) »hinten und vorn bedienen konnte. Koos hat alles mit seinem Anwalt besprochen. Dass meine Lohnzahlungen aufhörten, bedeutete einen Einkommensverlust. Genauso dass ihr mich sieben Tage die Woche als unbezahlte Krankenschwester arbeiten ließt. Also, Leute, her mit dem Geld!«

»Ruhig, Tien, beruhige dich«, sagte Koos, der sich aus purer Selbstzufriedenheit noch tiefer in den Sessel lümmelte. »Über alles läßt sich reden. Wir sind doch gerade erst angekommen.«

Nach und nach hielt ich mich samstags von der Lynxstraat fern. Ich gewann den Eindruck, Onkel und Tante führten ihre Piesackerei zum Teil als Show für den schweigsamen Neffen auf, der sich alles nur ansah und nie offen Partei ergriff. Vielleicht auch in der Hoffnung, ich würde zu Hause berichten, wie schlecht Besucher in der Lynxstraat 83 behandelt wurden. (»Da wartete eine ganze Spüle voll schmutzigem Geschirr auf Tante Tientje.«) Es war besser für Opa und Oma, wenn Tiny für ihre Mucken kein Publikum von außerhalb hatte – so redete ich mir ein. Natürlich konnte genauso gut das Gegenteil der Fall sein: dass Tiny und Koos ohne einen Topfgucker freie Hand zu haben glaubten. Mein Fernbleiben kam mir daher wie Verrat vor. Ich klammerte mich an eine schulische Neuregelung. Genau in der Zeit hörte der Samstagvormittagsunterricht auf. Die Lynxstraat lag also nicht mehr auf meinem Weg von der Schule nach Hause, wenn die Kassenaars meine Großeltern besuchten.

2

Sogar in der Stille vor einem Sturm konnte ich meist an meinem befeuchteten Finger fühlen, aus welcher Ecke der Wind gleich heranbrausen würde. Reglos zuhören und zuschauen, um die Gefahr zu beschwören, war mir im Laufe der Jahre immer mehr zur zweiten Natur geworden. Nicht, dass es ein verlässliches System gewesen wäre. Wenn der Tumult ausblieb, war das dann wirklich meiner das Böse lähmenden Bewegungslosigkeit zu verdanken? Und wenn sich der Sturm erhob? Hatte ich dann versagt, oder waren unvorhergesehene Faktoren im Spiel?

Die Feier von Opas fünfundsechzigstem Geburtstag, am 24. Juli 1964, unterschied sich kaum von seinen anderen Festen, außer dass etwas mehr Gäste kamen, sogar aus Den Bosch und Amsterdam. Wie immer hatte er zu wenig alkoholische Getränke besorgt, wobei Damentröpfchen wie Advocaat Zwarte Kip, Himbeerlikör und Zitronengenever unproportional stark vertreten waren. Mit einem Blick auf die dargebotenen Flaschen (zwei Kisten Bier standen auf dem kleinen Platz hinter dem Haus und speicherten Sommerabendwärme) konnte ich mit einiger Sicherheit vorhersagen, dass es Pils und jungen und alten Genever ab der Hälfte des Abends nicht mehr geben würde. Der Freek würde dann Opa um sein Portemonnaie bitten, um gemeinsam mit meinem Vater im Spirituosenladen De Sparren, dessen Hintertür immer »auf« war, eine Wochenendtasche voll Pils und teurer Hochprozentiger zu kaufen. Alles wie gehabt.

Ich war in dem Jahr vierzehn geworden, brauchte also nicht mehr oben in einem muffigen Bett dem Stimmengewirr zu lauschen, sosehr ich auch ein undeutliches Heimweh nach der Zeit verspürte, als Der Freek und einer der damaligen Verehrer von Tientje nach oben kamen, um sich, das Fest war in vollem Gang, in Frauenkleider zu hüllen. Jetzt durfte ich den ganzen Abend mit am Tisch sitzen, so dass ich Tante Tiny gut im Auge behalten konnte.

Sie traf mit Koos ein, als schon ein großer Teil der

Gäste anwesend war. Vielleicht hatte sich damit unbeabsichtigt ein zu großes Publikum für die Faxen ver-
sammelt, die sie sonst bei ihrer Ankunft zu veranstal-
ten pflegte. Das Staubtuch blieb in der Tasche, und die
Schürze wurde zusammen mit der leichten Sommer-
jacke an die Garderobe gehängt. Sie küsste ihren Vater
zu seinem Geburtstag und zum Erreichen des Rentenal-
ters – allerdings mit starrer Miene und zusammengebis-
senen Zähnen. Es schien, als schöbe sie Opas Kopf mit
ihrem Kinn von sich, während sie mechanisch seinen
Arm auf und ab bewegte.

»Und … noch … ganz … viele … Jahre.« Sie gab
jedem Wort einen eigenen melodischen Klang, mit lei-
sem Hohn in den Untertönen. »Bei bester … Gesundheit … wollen wir mal sagen.« Und dann sachlich: »Das
Geschenkkomitee tritt nachher in Aktion.«

Tiny eilte nicht sofort in die Küche, um theatralisch
das Dienstmädchen zu spielen. Sie begrüßte einige Familienmitglieder und setzte sich dann an die Festtafel,
neben mich. »Na, Albert, du fühlst dich inzwischen
wohl zu groß, um deine Tante zu besuchen. Letzten
Sommer warst du auch nicht da.«

»Da war ich mit den Pfadfindern in Luxemburg.«

»Eine Woche. Da wären noch genug Sommertage übrig gewesen, um uns in Breda zu besuchen. Haben wir
dich nicht immer gut behandelt?«

Eine Wand in meinem Zimmer war von oben bis unten mit Papierabbildungen der Weltflaggen bedeckt. Die
zweifarbige japanische hatte ich schon vor über einem
Jahr entfernt, weil sie mich unruhig machte. Manchmal
wachte ich mitten in der Nacht auf, und dann löste sich
die weiße Fläche mit dem roten Auge von der Wand,

um mich zu fixieren, bis ich das Bredaer Laken mit dem großen roten Fleck vor mir sah und merkte, dass ich eine Erektion hatte. »Das Land der Aufgehenden Sonne«, flüsterte ich dann im Dunkeln in dem Versuch, das Bild zu vertreiben und wieder die japanische Fahne daraus zu machen. Doch die beschwörenden Worte waren offenbar nicht richtig gewählt.

»Ich komm schon wieder mal«, sagte ich. »Dann kannst du mir gleich erzählen, wie es bei den Papuas weiterging. Ob Joseph Luns von Giftpfeilen getroffen wurde.«

»Dann bring aber ein Schokoladenosterei mit.«

Sie wusste es noch. Den restlichen Abend über benahm Tante Tiny sich vorbildlich – zumindest was man in ihrem Fall als vorbildlich bezeichnen konnte: ohne die Frauen zum Weinen zu bringen und die Männer mit geballten Fäusten gegeneinander aufzuhetzen. Sie hielt sich mit ihren Verwünschungen zurück, ungefähr so wie vornehme Menschen das Gebohre und Gepule mit einem Zahnstocher hinter der vorgehaltenen Hand den Blicken entzogen.

»Wenn sie kindisch werden, muss noch nicht alles endgültig vorbei sein«, sagte sie leise, als die Hartfaserplatte für die Schweizer Berglandschaft hereingetragen wurde. »Gib ihnen einen kleinen Transformator auf den Schoß, und sie machen noch jahrelang weiter. Passt auf, in fünf Jahren kündigt er seine Pensionierung als Signalwärter an.«

Natürlich war auch Nico van Dartel eingeladen. Es kam mir so vor, als wäre Tiny auf sein Kommen und das seiner Frau Leentje nicht gefasst gewesen. Sie wurde so bleich, dass ihre Schönheitsflecken schwarzen Punkten auf einem elfenbeinfarbenen Dominostein glichen. Ich dachte an den Abend vor langer Zeit, als Tante Tientje mir anvertraut hatte, Nico van Dartel durch Arsen in seinem Kaffee »vergiften« zu wollen. Er lebte noch, allerdings im Stadium der Unwissenheit: ohne sich bewusst zu sein, welchem Schicksal er entgangen war. Ich wusste mehr als er.

Leentje van Dartel überreichte Opa eine Schachtel in Geschenkpapier. Heraus kam ein beschrankter Bahnübergang mit einem Gleis, das über ein Teilstück schweizerischen Bodens lief und auf beiden Seiten auf- und niedergehende rotweiße Schranken hatte.

»Die Drähte da«, sagte Nico, »musst du an den Transformator anschließen. Dann blinken die Lämpchen. Und dann läutet eine Glocke.«

»Damit kennt Nico van Dartel sich bestens aus«, flüsterte Tiny neben mir, »mit beschrankten und unbeschrankten Übergängen. Nur lässt er sich von keiner Schranke und keiner Alarmglocke zurückhalten.« Sie bohrte mir ihren spitzen Ellbogen in die Seite. »Siehst du, was ich sehe, Albert? Dem seine Visage färbt sich schon ganz gelb. Und das Weiße in seinen Augen … schmutzig gelb. Da schwimmen grüne Rotzstückchen drin. Der widerliche Dreckskerl. Ich hoffe inständig, dass er irgend 'ne Krankheit ausbrütet.«

»Tag, Tineke«, sagte van Dartel und nickte in unsere Richtung. »Tag, Albert.«

»Ich bekomm noch Geld von dir«, rief Tante Tiny zurück, das Stimmengewirr übertönend. »Und sonst meine Schwester.«

Für einen Moment wurde es still. Das Lächeln erstarrte auf den Gesichtern der Anwesenden, die zu Tiny hinschauten. Eben noch dachte ich, sie würde jetzt für Tumult sorgen, doch nachdem Nico van Dartel sich unter die Leute im Vorderzimmer begeben hatte, hielt sie sich weiter zurück. »Das Land der Aufgehenden Sonne«. Die Worte dröhnten in einem fort in meinem Blut. Ich hatte plötzlich große Lust, sie zu fragen, ob ich diesen Sommer doch noch für ein paar Tage zu ihr nach Breda kommen durfte. Ich bekam die Bitte aber nicht über die Lippen, aus Angst, ich würde rot und begänne zu stottern. Wenn sie ihr Angebot später am Abend noch mal wiederholt hätte ... Sie tat es nicht. Aber sie schenkte mir einen mit 7UP verdünnten Johannisbeergenever ein, von dem ich noch mehr glühte.

Mein Großvater feierte seinen fünfundsechzigsten Geburtstag an einem schwülen Sommerabend. Die Türen zum Garten standen offen, was aber kaum Kühlung brachte. Alles dampfte. Aus alkoholbefeuerter Langeweile heraus zog Der Freek eine hölzerne Nadel aus Tinys Haarknoten. Sie protestierte nicht, sondern hob nur die Arme, um ihre Frisur wieder in Ordnung zu bringen und neu festzustecken. Unter den Achseln wies die weiße Bluse einen nassen Fleck auf, durch den ein dunkles Büschel schimmerte.

»Da zieh ich ihr den Schlagbolzen raus«, lallte Der Freek, »und sie explodiert trotzdem nicht. Musst nur lange genug warten, dann geht selbst die heißeste Hexe nicht mehr in die Luft.«

Ich nahm einen zu großen Schluck, der durch die Kohlensäure schmerzhaft in meiner Kehle stecken blieb. Nachdem ich ihn hinuntergeschluckt hatte, fühlte sich mein Adamsapfel wie damals an, als ein Junge vom Wohnwagenlager mich mit übereinandergelegten Daumen zu würgen versucht hatte. Doch der Johannisbeergenever landete warm in meinem Magen, bereit, mein Blut weiter zu erhitzen, und nur darauf kam es an. Auch nachdem Tiny ihren Arm auf meiner Seite wieder gesenkt hatte, roch ich den würzigen Geruch der feuchten Locken in ihrer Achsel.

3

Die Hartfaserplatte blieb an einer Wand in Opas kleinem Schuppen stehen und verzog sich immer mehr, so dass ich mich besorgt fragte, ob je noch ein Zug horizontal über sie würde fahren können. Er wischte meine Bedenken beiseite.

»Wenn ich so weit bin, lege ich Backsteine auf alle vier Ecken, und dann wird sie schon wieder grade.«

Zuvor aber musste ein anderes Projekt abgeschlossen werden. Er zeigte mir die Bauzeichnungen: ausfaltbare Blätter im *Ferienbuch für die Jugend*. Auf einer runden Platte sollte sich ein kleiner Obelisk aus Holz und Gips erheben, flankiert von vier mit der Laubsäge ausgesägten Löffelreihern, deren emporgereckte Schnäbel zu einer goldenen Kugel an der Spitze der Säule wiesen. Auf seiner Werkbank lag schon ein gerades Drahtstück bereit, das den Gips des Obelisken armieren sollte.

»Das ist eine knifflige Arbeit«, sagte er. »Von diesem Eisendraht soll das obere Ende aus der Spitze ragen … und darauf wird dann die goldene Kugel befestigt.«

In dem Schuppen roch es angenehm nach Zigarrenrauch und frischem Sägemehl. Das Monument, so nannte Opa sein neues Vorhaben. Ein Name, der sich im *Ferienbuch für die Jugend* nicht finden ließ. Er wollte es vor seiner Rubinhochzeit 1968 fertig haben, damit er meiner Großmutter ein überwältigendes Geschenk machen konnte, das er außerdem mit seinen »eigensten« Händen fabriziert hatte.

Bis dahin waren es noch gut drei Jahre. Das schien viel, doch der Bau Des Monuments war äußerst arbeitsintensiv. Vor allem die Abdrücke der Hieroglyphen mit Hilfe von zuvor angefertigten Stempeln mussten immer wieder neu angebracht werden, weil der Gips mal zu weich, mal zu hart ausfiel. Während dieser ganzen Zeit durfte Oma nichts davon wissen, weil es nun mal eine Überraschung bleiben sollte. Obwohl sie nie den Schuppen betrat, warf Opa am Ende des Arbeitstags sicherheitshalber einen Jutesack über die Prunksäule. Der Entwurf war inzwischen insofern dem Anlass angepasst worden, als die Holzkugel an der Spitze rubinrot werden sollte, um zehn Jahre später, anlässlich ihres fünfzigsten Hochzeitstags, durch eine goldfarbene ersetzt zu werden. Das bedeutete, dass sich meine Schweigepflicht Oma gegenüber um mindestens ein Jahrzehnt verlängerte.

»Und zum sechzigsten Hochzeitstag, Opa … woher kriegst du dann so einen großen Diamanten?«

»Keine Sorge. Die diamantene Hochzeit, die schaffen wir nicht. Dafür wird unsere Tien schon sorgen, mit ihren Gemeinheiten. Die wird noch mal unser Tod. Früher als du denkst.«

Die Bitterkeit kroch ihm immer in den rechten Mundwinkel, von dem eine braune Narbe schräg nach unten lief und Wange und Kinn trennte. (Es war das

Überbleibsel eines deutschen Säbelhiebs in seiner Zeit als Husar, wie er selbst behauptete. Inzwischen wusste ich, dass er im letzten Jahr des Ersten Weltkriegs zu den Husaren gekommen war. Meinem Geschichtsbuch zufolge waren die Niederlande in diesem Konflikt neutral geblieben. Es konnte also nicht der Säbelhieb eines Deutschen gewesen sein. Vielleicht war er mit einem Kameraden aus seinem Regiment in eine tätliche Auseinandersetzung geraten, und sie hatten einfach drauflosgehauen.) Weil seine Wangenpartie erstarrte, vertiefte sich das Braun der Narbe: Ich hätte ohne weiteres meinen kleinen Finger in die Kerbe legen können.

4

Als der große Rubintag näher rückte, war Das Monument noch immer nicht fertig. Der Obelisk erhob sich prächtig aus dem Mittelpunkt der kreisförmigen Platte, doch der nicht bemalte Gips begann sich, wie Opas Narbe, braun zu verfärben, vielleicht infolge der unverdünnten Milch beim Anrühren. Von den vier stützenden Löffelreihern standen erst zwei an ihrem Platz. Die beiden übrigen lagen zwischen den Sägespänen auf der Werkbank herum, ausgesägt, aber noch nicht glatt geschliffen. Das am stärksten ins Auge fallende Detail des unvollständigen Werkstücks war der Draht, der aus der Spitze des Obelisken ragte und schon ein wenig Rost angesetzt hatte – ohne dass irgendwo der zu Kugelform geschliffene Holzblock zu sehen war, der darauf festgespießt werden sollte, sei es in Rubinrot, sei es in Gold oder unbemalt.

Opa organisierte das vierzigjährige Hochzeitsjubiläum auf seine Art, was in erster Linie bedeutete: möglichst viele Familienmitglieder zusammenzubringen, egal, wie weit sie dafür reisen mussten. Er liebte Betrieb und Geselligkeit um sich herum, auch wenn er selbst, wie seine Töchter behaupteten, »den ganzen Abend den Mund nicht aufmachte«. Alle einzuladen war logistisch gesehen ziemlich aufwändig, weil Ende der sechziger Jahre fast niemand in der Familie Telefon hatte (mit der günstigen Ausnahme der Kassenaars in Breda). Opa löste das, indem er auf der Post bei Nachbarn und Ladenbesitzern von Verwandten in Den Bosch und Amsterdam anrief: Diese Nummern befanden sich, für Notfälle, schon länger in seinem Besitz.

Dass alle diese Leute an einem solchen Tag auch zu essen und zu trinken haben mussten, war ihm bewusst, genau wie seine begrenzten finanziellen Mittel. Er kaufte von allem, was gebraucht wurde, nur das absolut Notwendige, und das so billig wie möglich. Ach was, es ging doch um die Geselligkeit und dass alle noch einmal zusammenkamen, bevor das große Sterben einsetzte. Also stapelte er vier Kisten Pils im Keller aufeinander und stellte ein paar Flaschen mit rotem, violettem und gelbem Inhalt auf den Tisch, außerdem eine Sahnetorte vom Kaufhaus Hema, alles unter sechzig Eingeladenen zu verteilen. Was die Bedienung anging, zählte er ganz selbstverständlich auf seine zwei verfügbaren Töchter: Tiny und Hanny. Sie waren die letzten vierzig Jahre für ihn gerannt und hatten geschuftet, warum denn jetzt nicht, an einem so wichtigen Tag.

»Die verheimlichen mir was«, flüsterte mir Opa zu Beginn des Festes zu. »Ich hab so 'ne Ahnung, dass

sie meine Tochter aus Australien hergeholt haben. Irgendwo haben sie sie versteckt … ich spür es. Wenn du
mehr darüber weißt, Albert, dann musst du's mir sagen.
Angenommen, sie steht plötzlich vor mir … mir würde
das Herz stehenbleiben.«

»Meine Tochter aus Australien«. Ich war mir in dem
Moment sicher, und im Nachhinein bin ich noch stärker davon überzeugt, dass ihm ihr Name nicht einfiel.
Es war ja auch schon wieder fünfzehn Jahre her, seit
sie sie zum Schiff gebracht hatten. Zwischendurch war
Sjaan (oder Janet, wie sie sich in Melbourne nannte) für
eine Woche zu Besuch gewesen, zu Karneval, weil sie
dieses Fest so gern noch mal feiern wollte. Erst später
ging mir auf, dass der mit verdünntem Zichorienkaffee
braun geschminkte Mexikaner in der Lynxstraat meine
ausgewanderte Tante war.

Wer jedenfalls bei der Rubinhochzeit nicht fehlte, war
seine jüngste Tochter Tientje. Als sie aus dem Opel von
Onkel Koos stieg (oder sprang), bog ich gerade mit dem
Rad in die Straße: Ich war in der Schule von den letzten beiden Unterrichtsstunden befreit worden, damit
ich nichts von dem Fest verpasste. Tante lief schon auf
Hochtouren. Sie winkte mich heftig zu sich heran, während sie sich ihres Mantels entledigte, so dass die ganze
Nachbarschaft die Schürze sehen konnte, die sie über
ihrem perlgrauen Kleid trug. Koos saß noch hinter dem
Lenkrad. Tiny warf ihren Mantel (den mit dem Pelzkra-
gen) auf die Rückbank.

»Kusch, Tien«, ertönte es aus dem Auto. »Ganz ruhig.
Das Fest hat noch nicht mal angefangen.«

Ich stoppte vor Tiny, einen Fuß am Boden.

»Fest«, rief sie und zerrte an ihrer Schürze, als wolle

sie sie geradeziehen. »Ich hab mich schon mal in meine Sklavenmontur geworfen. Ich muss ja doch wieder vor den hohen Gästen durch den Staub kriechen. Fest, ja, aber nicht für mich.«

Sie zog ein gelbes Staubtuch aus der Schürzentasche und winkte damit in Richtung der Nachbarn, die sich tatsächlich hier und da an den Fenstern zwischen den Zimmerpflanzen zeigten. Koos knallte die Autotür zu und stellte sich zu uns.

»Benimm dich, Tien. Wart mit dem Putzen, bis du drinnen bist.«

Er versuchte, ihr das Tuch wegzunehmen, doch so einfach war das nicht. Sie wedelte weiter damit herum, außer Reichweite seiner Hände. Ich hatte keine Lust, Koos zu helfen, auch wenn ich fürchtete, dass das Staubtuch sich am heutigen Tag als das Epizentrum einer Stoßwelle entpuppen könnte, als Funke im Herzen der Explosion.

»Das dürfen alle sehen«, rief sie. »Alle dürfen sehen, dass meine Alten mich den ganzen Weg aus Breda kommen lassen, damit ich hier für sie arbeite. Die ganzen Leute in dieser Straße … sie sind alle mitschuldig. Alle wussten, dass ich dort in Nummer 83« (sie zeigte mit ihrem Lappen hin) »als Geisel gefangen gehalten wurde. Um Sklavenarbeit zu verrichten. Jawohl. Alle wussten es, und niemand tat was. Diese feigen katholischen Hunde.«

Koos schob seine Frau zur Haustür. Ich fuhr durch den schmalen Gang zwischen zwei Häuserblocks zur Rückseite von Nummer 83. Ich war noch gerade rechtzeitig im Haus, um die Bestürzung unter den bereits eingetroffenen Gästen mitzuerleben. Tiny rannte umher, wobei sie willkürlich mit ihrem Tuch um sich schlug, nicht nur auf die Möbel, sondern auch auf die Schultern der anwesenden Männer, als wolle sie deren Sonntagsanzüge von Schuppen befreien. Einige Familienangehörige, die sie nur als Kind in Erinnerung hatten, lachten und applaudierten, weil sie glaubten, das wäre eine Nummer, mit der der Rubinhochzeit noch mehr Glanz verliehen werden sollte. (Tochter parodiert Putzwut der Mutter und sagt gleich das dazugehörige Gedicht auf.) Diejenigen, die über Tinys Faxen Bescheid wussten, verlegten sich aufs Schweigen, in der Hoffnung, das Gewitter würde sich rasch verziehen.

»Tien, kusch jetzt.« Koos stand in der Tür zum Flur. »Wenn du dich nicht bremsen kannst, dann geh in die Küche.«

Wenn Tiny in einer solchen Stimmung war, verstand sie es sogar, aus hohen Absätzen ein schlurfendes Geräusch herauszuholen, was in der nun eingetretenen Stille gut zu hören war. So demonstrativ hatte noch nie ein Dienstbote eine Küche betreten.

Am Kopfende des ausgezogenen Tisches saßen meine Großeltern Seite an Seite, um Glückwünsche und Geschenke in Empfang zu nehmen. Oma weinte, wie sie an all den Samstagen geweint hatte, wenn Tiny hier die Rolle des Dienstmädchens (und Henkersknechts) gespielt hatte. Abscheulich echt.

»Heul nicht, Mensch«, sagte Opa. »Du kennst sie doch. Das gibt sich wieder.«

Wie üblich unternahm niemand etwas gegen die demütigenden Kapriolen »unserer Tinus«. Auch ich nicht, sosehr mir die Hände juckten – oder, besser gesagt, die Stimmbänder. Ich fragte mich, ob meine Lähmung die

Folge der allgemeinen Tatenlosigkeit in Bezug auf Tinys Terror war oder ob ich zu feige war, mich gegen ein Familienmitglied zu erheben. Zum Glück dachten die Neuankömmlinge, Oma weine vor Glück und Rührung über so viele herzliche Glückwünsche. Allenfalls wische sie sich eine zusätzliche Träne wegen der vierzig Jahre weg, die in guten wie in schlechten Zeiten verronnen waren – wobei andererseits anzumerken war, dass sie und ihr Pau immer noch beieinander waren. Das konnte ihnen niemand nehmen.

»So, Leute, Kaffeezeit.« Tiny kam mit einem Tablett leerer Tassen ins Zimmer geschlurft. Sie hatte die Löffel auf die Untertassen gelegt, so dass es beim Abstellen ordentlich klirrte. »Jeder einen Teelöffel von der Sahnetorte, dann reicht's gerade man für alle.«

Ich stand mit meiner Schwester und meinem Bruder in einer Ecke des Zimmers und wusste nicht so recht, wie es jetzt mit dem Fest weitergehen sollte. Tante Tiny kam auf uns zu geschlurft, mit den Absätzen Furchen durch den Teppich ziehend. Die Hände in die Seiten gestemmt, baute sie sich vor uns auf.

»Da sind sie ja«, höhnte sie, »die drei Egberts-Asse. Aber denkt ihr auch manchmal nach? Eine Rubinhochzeit, was heißt das? Na, Freekje Egberts … du, als Klassenbester …«

»Vierzig Jahre verheiratet«, sagte mein Bruder stolz.

»Und du, Riëtte … wie alt ist eure Mutter neulich geworden?«

Mariëtte dachte kurz nach. »Zweiundvierzig … oder?« Sie sah mich an.

»Zweiundvierzig«, sagte ich.

Tante Tiny bohrte sich den Zeigefinger in die Schläfe

und drehte ihn um wie einen Schlüssel. »Dann rechnet mal, Kinder.«

Sie schlurfte, krumm vor Lachen, zum Tisch zurück, nahm das leere Tablett und verschwand in die Küche. Freek und Riëtte sahen sich erschrocken an. Ich wusste, worauf Tante Tientje hinauswollte. Unzählige Male hatte mein Vater nachts, wenn er betrunken randalierte, hinausposaunt: dass seine Schwiegereltern erst geheiratet hatten, als ihr erstes Kind zwei Jahre alt war. Er hielt das offenbar für ein Argument, das er gegen seine Frau verwenden konnte anstatt gegen seine Schwiegereltern (mit denen er es sich tunlichst nicht verscherzen wollte). Meine Mutter brauchte ihm nur vorzuwerfen, er sei zu spät aus dem Wirtshaus nach Hause gekommen und habe das Haushaltsgeld verjubelt, schon brachte er die unauslöschliche Schande in Stellung, die sie mit ihrer vorehelichen Geburt über die Familie gebracht habe – offenbar auch über die Familie, die er mit ihr gegründet hatte, und immer so weiter, bis ins achte Glied. Um für die außereheliche Geburt zu büßen, hatte Hanny als Kind bei jeder Mahlzeit am Tisch stehen müssen, während sie gezwungen war zuzuschauen, wie die beiden Jüngsten von Vater und Mutter auf dem Schoß gehätschelt wurden.

Die Tatsache, dass sie unerwünscht war, ließ sich offenbar immer und überall verwenden – auch jetzt bei der Rubinhochzeit ihrer Eltern, bei der sie mit ihren zweiundvierzig Jahren, als Störenfried, nicht willkommen sein sollte.

»Als sie, verdammt noch mal, das Alter erreicht hatte, Brautjungfer für die eigenen Alten zu spielen …« Nächtliche Parolen, die ich nicht mehr aus dem Kopf bekam.

Und jetzt rechnete Tante Tientje, die für diesen Anlass ihre gemeinste Visage aufgesetzt hatte, uns noch mal vor, wie durch und durch verdorben unsere Familie war.

Tiny fand sichtlich Gefallen an ihrer Enthüllung. Immer wieder schoss sie aus der Küche, um sich an ein Grüppchen Familienmitglieder zu wenden und ihnen ihre Rechnerei aufzudrängen. Die meisten wussten natürlich schon lange davon und wunderten sich, dass jemand Leute mit solcher Heftigkeit an den Schandpfahl nagelte, die sich nun weiß Gott bereits hinlänglich geschämt hatten. Tinys Philippika war ihren Eltern inzwischen auch zu Ohren gekommen: Erstarrt saßen sie am Kopfende des Tisches, nicht einmal mehr imstande, bei einem Glückwunsch zu lächeln. Es wurde immer stiller in der Wohnstube und, jenseits der Schiebetür, im Vorderzimmer.

»Eine Rechenaufgabe, die ihr daheim auch hättet machen können«, knatschte Tante Tiny weiter, an niemanden im Besonderen gerichtet. »Heutzutage denkt keiner mehr nach. Ich muss allen alles vorkauen.«

Wenn sie eines ihrer schönen Kleider oder Kostüme trug, konnte sie durchaus wie eine nach den Anstandsregeln erzogene Dame kerzengerade gehen, die Schultern zurückgenommen und das sorgfältig frisierte Haupt erhoben. Heute schien sie, wenn sie die Küche verließ, in den Knien nachzugeben und sich in einer Art *duck walk* fortzubewegen, wie ich es bei Chuck Berry in Filmbildern gesehen hatte, wenn er das Gitarrensolo in *Johnny B. Goode* spielte. Gift krümmte ihren Rücken. Sie bewegte sich mit ruckenden kleinen Schritten durch den Raum. Die abgeknickten Handgelenke fuhrwerkten in der Luft herum. Es schien, als kraule sie wassertretend.

»So machen diese scheinheiligen Katholiken das«, rief sie. »Den einen Tag feiern sie den zweiundvierzigsten Geburtstag ihrer Tochter. Eine Woche später ihren eigenen vierzigsten Hochzeitstag. Als sei das das Normalste auf der Welt. Während sie gleichzeitig jederzeit bereit sind, jeden in Grund und Boden zu stampfen, der nicht so gut aufgepasst hat …«

Aha, ich hatte schon die ganze Zeit das Gefühl, dass sie mit etwas anderem auftrumpfen wollte, wofür die Differenz zwischen vierzig und zweiundvierzig nur den Aufhänger darstellte. Die Niedertracht in ihren Augen ließ manchmal einen Panikfunken aufblitzen, der ihr bei aller Gemeinheit etwas Wehrloses verlieh – was ich vielleicht lieber nicht bemerkt hätte, nicht jetzt. Sogar eine Knallharte wie Tiny van der Serckt musste offenbar einigen Widerstand überwinden, als sie sich jetzt anschickte, ihr Äußerstes in der Rolle zu geben, die ihr wie auf den Leib geschneidert war: die Rolle der Denunziantin.

Meine Augen suchten meine Mutter, die bei einer meiner Großtanten stand. Sie ruckte mit den Schultern, gleichzeitig beschwichtigend die Lippen schürzend. Die Entschuldigung in Person – im Namen ihrer blindwütigen Schwester. Ich hatte mich schon immer gefragt, woher Mama das viel zu schicke elfenbeinfarbene Kleid hatte, in dem sie sich viel hölzerner bewegte als in ihren normalen Sachen.

»Wo hat Mama dieses Kleid her?«, fragte ich meine Schwester.

»Von Tante Tiny«, sagte Riëtte. »Sie waren zusammen bummeln.«

Mir kam ein Gedanke, den ich eigentlich nicht zulassen durfte. Hatte Tientje meine Mutter für viel Geld neu eingekleidet, damit ihre Schwester bei der Rubinhochzeit zu ihr hielt?

»Und ihr?«, rief Tiny ihren Eltern am Kopfende des Tisches zu. Sie stützte beide Hände auf das andere Ende. »Sitzt da rum wie das Königspaar. Lasst euch bedienen von den eigenen Töchtern.«

Der Spüllappen in ihrer Linken hinterließ einen nassen Fleck auf dem weißen Tischtuch, das eigentlich ein Betttuch war. Es wurde noch stiller in den beiden Räumen.

»Seid ihr uns nicht allmählich eine Erklärung schuldig?«, fuhr sie fort. »Zweiundvierzig minus vierzig ist zwei. So alt war unsere Hanny, als endlich geheiratet wurde. Wir fünf sind in Ehre und Tugend erzogen worden. Das heißt ... unter dem Terror von Ehre und Tugend. Es waren die Ehre und die Tugend der St.-Josephs-Kirche. Ich wurde in meinen jungen Jahren im Namen unseres Herrgotts hier an die Kette gelegt. Hatte gerade genug Bewegungsfreiheit, um für euch rumzutraben. Ihr habt mir nicht getraut ... man musste ständig ein Auge auf mich haben ... sonst würde ich mich ja aus vollem Herzen in die große, böse Außenwelt stürzen ... mit unabsehbaren Folgen ...«

Tiny legte den grauen Spüllappen auf eine Untertasse, die sie mit einem gut gezielten Wurf über den Tisch hinweg in Richtung ihrer Eltern schleuderte. Sie landete kurz vor ihnen, der nasse Lappen lag noch halb darauf. »Und dann fängt man eines Tages zu rechnen an, und dann zeigt sich, dass diese rechtschaffenen, prüden Alten sich in ihrer Jugend selber liederlich und lasterhaft aufgeführt haben. Wo ist es denn passiert ...

in einer Waschküche? Oder auf der Heide? Was ich sicher weiß, ist, dass unsere Han dafür hat büßen müssen. Und später ich. Sjaan war so schlau, rechtzeitig mit dem Schiff nach Australien zu verschwinden. Ihr habt uns den Anstand um die Ohren gehauen … und dann stellt sich heraus, dass ihr selbst nicht mal anständig genug wart, zu heiraten, als die Kuh kalben musste.«

»Jetzt reicht's aber, Tien«, rief Koos. »Jetzt gehst du zu weit.«

Ich schaute in seine Richtung. Er bemühte sich um eine strenge Miene, aber sein rosa glänzendes Gesicht verriet, dass er es genoss. Er wusste, es würde geschehen. Es war zu Hause in einer endlosen Generalprobe vorbereitet worden.

Meine Mutter hatte beide Hände zu einer Art Schnauze oder Maulkorb vor ihrem Gesicht zusammengelegt, das so, mehr als durch ihre Augen, die Angst vor dem ausdrückte, was jetzt kommen würde.

»Ja, wir mussten heiraten«, sagte mein Großvater auf einmal, »aber wir konnten nicht heiraten.«

Meine Mutter, die zu wissen glaubte, was Opa gleich sagen würde, versuchte, ihn davon abzuhalten. Sie ging ein paar Schritte auf den Tisch zu, stellte sich hinter ihn und legte ihm die Hände auf die Schultern. »Nicht jetzt, Pa. Nicht heute. Lass dich von ihr doch nicht provozieren.«

Opa versuchte, die Hände seiner Tochter abzuschütteln, doch das war nicht so einfach. Meine Mutter verstärkte ihren Griff. »Nicht, Papa. Sie ist es nicht wert.«

»Eine Welt voller Mussheiraten«, jubelte Tiny, die spürte, dass sie ins Schwarze getroffen hatte. »Ein Land voller geschwängerter Fabrikmädchen … aber bei unseren beiden hier musste die Kleine zwei Jahre alt werden, bis sie gelernt hatten, Ja zu sagen. Ist ja auch ein schwieriges Wort, das gebe ich zu. Ich habe es selbst einmal zu oft gesagt.«

»Wir konnten nicht heiraten«, sagte Opa ruhig. »Mich hatte's erwischt.«

»Die Krise, jaja«, sagte Tiny in etwas normalerem Ton. »Ich kann mir vorstellen, dass jemand dann am Boden ist. Keine Arbeit, kein Geld.«

»Mich hatte es erwischt«, wiederholte Opa. »Ich saß im Gefängnis. In Veenhuizen.«

Tiny stimmte ein Triumphgeheul an. »Zuerst hieß es immer nur Ehre und Tugend. Jetzt kommen noch Galgen und Rad dazu.«

»Ich hatte keine Arbeit, das stimmt«, fuhr Opa fort. »Ich ging nach Frankreich, Trauben pflücken. Dort erhielt ich die Nachricht, dass ich Vater wurde. Ich bin sofort zurück. Zu Fuß, denn ich hatte kein Geld für den Zug. Ab und an konnte ich auf einem Wagen oder in einem Lkw mitfahren. Gleich hinter der Grenze, bei Maastricht, gab's Zoff …«

Er kratzte mit dem Fingernagel an der braunen Narbe neben seinem Mundwinkel. »Ein Messer wurde gezückt. Nicht von mir, ich hatte nie ein Messer dabei.«

»Aber eine Traubenschere«, presste Oma mit einem hohen Schluchzer hervor.

»Die hatte ich in der Eile vergessen im Château zurückzugeben«, sagte Opa, den Blick auf den Spüllappen gesenkt. »Als ich aus Veenhuizen nach Den Bosch zurückkam, haben wir so schnell wie möglich geheiratet. Hanneke war gerade zwei geworden, das stimmt.«

Meine Mutter stemmte sich von den Schultern ihres Vaters ab und trat einen Schritt zurück. Sie war bleich. »Warum erfahre ich das erst jetzt?«

»Eine doppelte Schande«, plärrte Tante Tien. »Ich versteh immer besser, warum ihr Hals über Kopf aus Den Bosch weggezogen seid. Hier in Tivoli wusste man von nix. Rechtschaffene neue Nachbarn. Gute Katholiken.«

5

Tientjes Verhalten und das kindliche Geplärr, das sie dazu produzierte, kamen mir bekannt vor. Schließlich hatte ich sie, so klein ich damals auch war, noch in ihrer Pubertät erlebt. Quengelnd, aufstampfend, jaulend. Die Welt eine große Retourkutsche und Tientje ihr schimpfender Mittelpunkt. Sie hatte den aufsässigen Teenager, der Recht bekommen und seinen Willen durchsetzen will, noch immer auf Abruf parat.

»Ich habe immer unserer Han gehorchen müssen«, knatschte sie. »Dass sie Hasje die Brust geben durfte … dass sie ihn windeln durfte … das war ihr alles nicht genug. Nein, sie musste mich auch noch haben. Sie wollte auch Tientje in ihre Macht bekommen.«

»Als ob Hasje mir nicht schon gereicht hätte«, sagte meine Mutter mit ihrer typischen Ellbogenbewegung, die wahrscheinlich »Ach, Mensch« oder »Na, komm schon« bedeutete. »Ich wäre lieber ganz einfach nur die älteste Tochter gewesen.«

Tiny blökte wie ein Schaf vor dem Gesicht ihrer Schwester. Es war fast ein Wunder, wie die Hässlichkeit bei ihr in Gestalt von ein paar Nasenfalten und einer zwischen den Zähnen herausgestreckten Zunge im Handumdrehen ihre Schönheit durchbrach. »Nein, Han, du hast es genossen. *Status aparte* ... diesen Ausdruck kenn ich von irgendwo her. Du hattest in unserer Familie einen *Status aparte.* Irgendwie gehörtest du nicht richtig dazu, andererseits aber doch. Das kam durch diese zwei Jahre, die du außerehelich warst ... diese Veenhuizener Jahre in deiner Lebensgeschichte ... Du hast dich später immer zurückgesetzt gefühlt. Weil du mit einem Bein in der Familie standest und mit dem anderen draußen. Du warst die älteste Tochter, aber auch Aushilfsmutter ... so wie es Aushilfsnikoläuse gibt. Die beiden Jüngsten erziehen, ins Bett bringen, ihnen die Leviten lesen ... das gab dir Macht. Du hast es genossen. Ich habe darunter gelitten. Und als du verheiratet warst, ging es einfach so weiter. Es war die reinste Tyrannei. Du hast den Boss gespielt. Ich war deine älteste Tochter. Ohne wirklich gegen dich rebellieren zu können, denn du warst ja nicht meine richtige Mama. Die war nämlich von der Mutterschaft befreit. Lag im Bett. Angeblich krank. Ich durfte sie pflegen. Währenddessen hast du, meine älteste Schwester, mich weiter bemuttert und tyrannisiert.«

Tiny warf giftige Blicke auf Oma, die mit hängenden Schultern dasaß und leise weinte.

»Ich hab's zu spüren bekommen«, rief Tiny. »Ich hab's am eigenen Leib erfahren, was es bedeutet, eine ältere Schwester als Mutter zu haben. Es macht dich kaputt.«

»Ich weiß wirklich nicht, wovon du redest«, sagte meine Mutter. »Ich habe einfach getan, was mir aufgetragen wurde. Und später, als ich verheiratet war, hab ich dir mit Rat und Tat beigestanden. Ja, wirklich, wie eine ältere und vielleicht etwas klügere Schwester.«

»Rat und Tat, das kann man wohl sagen«, entrüstete sich Tiny. »Guter Rat und schlechte Tat. Denk mal gut drüber nach, Hanny. Ich kann das jetzt hier nicht laut sagen, weil, wir feiern, und es sind Kinder dabei. Ich hoffe, du ziehst selbst die richtigen Schlüsse.«

»Bin ich denn so eine schlechte Mutter gewesen?«, fragte Oma mit zittriger Stimme. »Fünf Kinder hab ich großgezogen.«

»Du warst mir überhaupt *keine* Mutter«, schnauzte Tiny. »Du hast deine beiden jüngsten Kinder an deine älteste Tochter abgetreten. Vielleicht um sie für ihre unerwünschte Existenz zu bestrafen, was weiß ich … aber mich hast du damit genauso gestraft. Du hast mich von unserer Hanny adoptieren lassen, bist aber meine Arbeitgeberin geblieben. Chefin mit einer speziellen Art elterlicher Gewalt. Das heißt, du konntest mich schuften lassen, ohne mich dafür bezahlen zu müssen. Du hattest mich angeblich abgetreten, hast aber doch mal eben verfügt, dass ich vor meinem zwanzigsten Lebensjahr nicht aus dem Haus durfte, und dann auch nur mit Trauschein. Und warum? Angeblich weil ich nichts taugte und man mir außerhalb des Hauses nicht trauen konnte. In Wirklichkeit aber, weil du mich so lange wie möglich als Hausklavin behalten wolltest. Als Dienstmädchen und persönliche Krankenschwester. Als Fußwärmer. Aber auch um jemand um dich zu haben, den du runtermachen konntest, wenn dir der Sinn danach stand. Keiner weiß besser als ich, wie schön das sein kann. Warum? Weil mich nach einer gewissen Zeit die gleiche Lust überkam. Mitsamt den dazugehörigen

Phantasien. Heute oder morgen lasse ich ihnen freien Lauf, und dann mach ich euch alle fertig.«

»Tien! Tien!«, rief Koos aus dem Vorderzimmer. »Jetzt gehst du zu weit! Kusch jetzt!«

»Was ich euch übelnehme«, sagte sie zu ihren Eltern, »ist, dass ihr die ganze Verantwortung abgegeben habt. An Hanny. Von meiner Arbeit im Haushalt profitieren, aber jemand anderen die Entscheidungen treffen lassen.«

»Aber was war um Himmels willen denn falsch daran?«, rief Opa verzweifelt. »Ja, ich geb ja zu … wir haben uns vielleicht etwas zu stark auf Hanny gestützt. Auch bei der Erziehung der beiden Jüngsten, ja. Das will ich gern zugeben. Aber du tust, flixnochmal, so, als ob dadurch die größten Katastrophen passiert wären.«

Tiny mimte jetzt endlose Geduld und seufzte tief, den Blick auf die Zimmerdecke gerichtet. »Man kann sich ja wünschen, dass die Leute weniger dumm wären, aber ich sehne mich allmählich danach, selbst ein Stück dümmer zu werden als die meisten Dummbeutel. Dann würde das Leben auch ein Stück weniger wehtun. Also gut, fangen wir an. Ihr, meine Eltern … dem Namen nach meine Eltern … habt mich jahrelang an der kurzen Leine gehalten. Unter Berufung auf ›dieses ganz Schlimme‹. Aber das Kind, dieses ganz schlimme Kind, wurde nie beim Namen genannt. War auch nicht nötig, wir wussten alle, worum es ging. Wegen dieses ganz furchtbar Schlimmen durfte ich vor meinem Zwanzigsten nicht aus dem Haus und vor meinem Zwanzigsten auch nicht heiraten. Ihr hattet mich in eurer Gewalt. In euren würgenden Klauen. Wegen etwas, das ich angeblich verbrochen hatte. Und wenn ich jetzt behaupte, dass für dieses große Verbrechen und seine Folgen Hanny verantwortlich war? Und weil ihr sie als Mutter für mich eingesetzt hattet, wart ihr genauso verantwortlich dafür. Auch wenn ihr nicht alles wusstet.«

»Ich hab dir nur helfen wollen, du niederträchtige Giftkröte«, sagte meine Mutter, jetzt wirklich böse. »›Wer Gutes tut, dem wird Gutes widerfahren‹, heißt es manchmal. Es gibt aber welche, die eine helfende Hand ausschlagen. Es gibt auch welche, die eine helfende Hand an den glühenden Ofen drücken … oder jeden Finger einzeln brechen …«

»Eine helfende Hand, Hanny«, sagte Tiny, »macht auch manchmal was fürs ganze Leben kaputt. Nicht unbedingt absichtlich.«

»Man kann doch über alles reden«, sagte Opa. »Warum hast du bis heute damit gewartet? Warum musstest du unser Fest kaputtmachen?«

»Weil ihr sonst ja nie zuhört«, rief Tiny. »Und an solchen Festtagen seid ihr anscheinend etwas weniger taub. Warum? Weil dann die ganze Familie mithört.«

6

Großonkel, Großtanten, Großnichten – mit dem Zug oder zu mehreren in einem Auto waren sie alle wieder nach Den Bosch oder Amsterdam zurückgefahren. In meiner Vorstellung hörte ich sie wie vor den Kopf geschlagen miteinander sprechen: Es war die gebieterische Vorstellungskraft des »Was werden die anderen wohl dazu sagen«, die ich von meiner Mutter geerbt hatte.

»Was Tientje bloß hatte …«

»Vierzigster Hochzeitstag, und dann so bloßgestellt zu werden.«

»Und für so was nimmt man sich einen Tag frei.«

»Ich hab mich die ganze Zeit zu Tode geschämt.«

Hasje war auf Weltreise. Der Freek lag oben und schlief seinen Rausch aus. Koos war in seinem Opel Richtung Breda gefahren – ohne Tante Tiny, denn die saß immer noch murmelnd am Tisch und starrte auf den Rest Rosinenbranntwein in einem Schnapsglas. Unsere fünfköpfige Familie wartete in den Mänteln, obwohl der Taxifahrer bereits geklingelt hatte: es könne losgehen. Ich sollte als Einziger mit dem Fahrrad nach Hause fahren. Meine Mutter hatte vorgeschlagen, es hier stehen zu lassen, aber ich sagte, ich wolle am nächsten Morgen nicht mit dem Bus in die Schule. Mein Vater, angetrunken und bleich, schwankte leicht auf den Beinen. Der Rest sah müde und besorgt aus.

Das Taxi hupte kurz. Opa und Oma saßen noch immer nebeneinander am Kopfende des ausgezogenen Tischs, ein Ehrenplatz, den sie als Rubinhochzeitspaar den ganzen Tag kaum verlassen hatten. Meine Großmutter, mittlerweile das Gesicht rot verheult, tupfte sich noch immer mit einem zusammengeknüllten Taschentuch die Tränen ab. Es verströmte einen schwachen Eau-de-Cologne-Duft, der für meine schläfrige Nase aus dem Rosinenbranntweinglas aufzusteigen schien. Mein Großvater setzte die gleiche reglose Miene auf wie auf seinem Staatsporträt als Husar anno 1921, auf dem Hasje mit Ölfarbe die Tressen koloriert hatte. So glich er seinem politischen Opponenten Joseph Luns mehr denn je, allerdings mit Narbe und ohne Schnurrbart.

Wieder hupte das Taxi, schon etwas länger. Die Egberts wollten nach Hause, das war deutlich, aber meine Mutter wagte nicht, Tiny mit ihren Eltern allein zu lassen. Tientje Putz, noch immer mit umgebundener Schürze, schien unberechenbarer denn je, man musste sich nur ihr monomanes Gemurmel anhören.

»Also, Tien, was machen wir«, sagte meine Mutter, was niemand mehr erwartet hatte. Das genau war so zum Kotzen fabelhaft an ihr: dass sie für alles die Verantwortung übernahm. Ihre außereheliche Geburt hatte das Fest verdorben, nicht Tiny van der Serckts falsche Zunge. »Kommst du mit uns im Taxi mit, oder was ist? Freekje fällt um vor Müdigkeit. Ich muss es jetzt wissen.«

»Ich will mit dem Weib nicht ins selbe Taxi«, sagte mein Vater. »Und in mein Haus kommt sie mir auch nicht.«

Es war bemerkenswert, dass Koos, der über die Ausfälligkeiten seiner Frau zunächst noch feige gegrinst und gefeixt hatte, Tiny schließlich ihrem Schicksal überlassen hatte: Es war selbst ihm offenbar zu bunt geworden.

»Hier wollen wir sie auch nicht haben«, sagte Opa. »So ein undankbares Miststück. Ich erkenne sie nicht mehr als meine Tochter an.«

»Dann zieh ich eben in ein Hotel«, sagte Tiny, ohne den Blick von dem Glas zu lösen. »Koos hat das Portemonnaie, aber keine Sorge … ich geh heute Nacht in Eindhoven einfach auf den Strich.«

»Jetzt mach keine Dummheiten«, sagte meine Mutter.

»Das musst grade du sagen.« Tiny sprang vom Stuhl auf und stand zitternd vor ihrer Schwester. »Keine Dummheiten … sehr witzig. Darf ich lachen?« Sie sagte dreimal ohne Fröhlichkeit ha! und spuckte dann meiner Mutter ins Gesicht. »Dummheiten machen … das darfst in der ganzen Familie ja nur du. Weil du so vernünftig bist. So anständig. So verantwortungsbewusst.«

Mein Vater gab ihr eine Ohrfeige. »Das ist für das Bespucken von Hanny. Und jetzt zum Taxi, bevor ich richtig böse werde.«

Tiny begann wieder wie ein gekränktes Schulmädchen loszuplärren, genauso unecht wie immer. Mein Vater schob Riëtte und den kleinen Freek vor sich her in den Flur. Im Vorbeigehen grüßte er seine Schwiegereltern knapp, indem er einen Mundwinkel hochzog.

»Albert, los, aufs Fahrrad«, sagte meine Mutter. »Ich möchte hören, wie du nach Hause kommst, bevor ich einschlafe.«

»Jetzt tu bloß nicht so besorgt um deinen Sohn, scheinheilige Johanna«, höhnte Tiny. »Apropos Dummheiten … ich habe keinen Sohn, um den ich mir Sorgen machen könnte. Dank deiner Dummheiten. Und auch keine Tochter. Denk da mal drüber nach.«

Und wie sie es an diesem Tag so oft getan hatte, hämmerte sie sich mit den Knöcheln ihrer geballten Faust an die Stirn.

»Menschenskind, wovon sprichst du«, sagte meine Mutter. »Lass dich mal gründlich untersuchen.«

»Ich habe mich untersuchen lassen«, rief Tiny. »Und rat mal, was dabei rauskam?«

»Ich bin weg«, sagte meine Mutter. »Fahr los, Albert. Jetzt sofort. Hintenrum. Über den Zwarte Pad. Ich möchte, dass das Taxi dich gleich überholt. Vorher habe ich keine Ruhe.«

Meine Mutter schob ihr Gesicht zwischen die Köpfe von Opa und Oma, schlang ihre Arme um sie und drückte die Wangen an ihre. »Nehmt's euch nicht so zu Herzen. Davon abgesehen war es ein schönes Fest. Morgen ist alles vergessen.«

Sie erwiderten nichts. Meine Mutter ging auf den Flur, doch bevor sie die Tür ganz hinter sich schließen konnte, riss Tiny sie auf und schrie: »Ich mach euch das Leben zur Hölle, das sag ich euch. Dir zuerst, du Tugendliesel. Du wirst es schon merken. Wenn's zu spät ist. Ich hab's auch merken müssen, als es zu spät war.«

Ich hatte mich schon bei meinen Großeltern für das Fest bedankt. Es war also nicht allzu unhöflich, schnell, bevor Tiny sich umdrehen konnte, durch die Küche in den Garten zu witschen und dort mein Rad aufzuschließen.

7

Ich fuhr nicht gleich in die Nacht hinein. Ich schob das Rad vor die Tür zum Garten, wo zwischen den Übergardinen ein Lichtstreif herausfiel, durchschnitten von ein paar niedrig hängenden Girlanden. Mir war nicht wohl bei der Vorstellung, was zwischen Tiny und ihren Eltern vorfallen mochte beziehungsweise ihren »Alten«, wie sie selbst immer sagte.

Tiny hielt sich nicht länger im Wohnzimmer auf. Die Flurtür war geschlossen. Ich konnte mir nicht vorstellen, dass sie nach oben gegangen war, denn wenn Opa sagte, dass jemand verschwinden solle, dann meinte er das auch, und dann half kein Bitten und kein Betteln. Es bestand noch eine geringe Chance, dass Mama ihre Schwester doch ins Taxi geschleppt hatte und ihr jetzt auf der Rückbank die Leviten las. Dann würde Tiny bei

Mariëtte schlafen, und morgen früh beim Frühstück ging's wieder los. Nein, Papa wollte »dieses Weib« nicht in seinem Taxi und nicht in seinem Haus, das hatte er klargestellt.

Opa und Oma saßen am Kopfende des Tisches. Sie sprachen abwechselnd, aber ohne einander anzusehen. Auf dem weißen Tischtuch standen ein paar Flaschen Hochprozentiges mit Ausgießer, wie in einer Kneipe, ein paar leere dickbäuchige Heinekenflaschen und der halbvolle Topf Rosinenbranntwein: Hier war gefeiert worden. Niemand konnte jetzt mehr sagen, er habe es nicht gewusst: Meine Mutter war zwei Jahre älter als die Ehe ihrer Alten, und ihr Vater hatte zum Zeitpunkt ihrer Geburt im Veenhuizener Gefängnis gesessen. Diese Erkenntnis hatte die Rubinhochzeit zumindest gebracht.

Während ich die Straße hinunterradelte, ging mir das Gespräch zwischen Opa und Oma im Kopf herum – es machte offenbar nichts aus, dass ich nicht wörtlich hörte, was sie sagten.

»Das eigene Kind …«

»Warum heute? Sie hätte es doch ein andermal sagen können, wenn sie darüber so erbittert ist.«

»Du hättest Veenhuizen aus dem Spiel lassen müssen, Pau.«

»Es ging nicht anders.«

»Das eigene Fleisch und Blut.«

»… immer viel zu nachsichtig gewesen.«

»Wie lange ist sie jetzt verheiratet, unsere Tien?«

»Schon wieder sieben Jahre. Und keine Kinder.«

»Es ist nicht gut, wenn eine Ehe kinderlos bleibt.«

»Dann denkt man irgendwann an nichts anderes mehr.«

»Wo ist sie jetzt?«

»Ich hab gehört, wie die Haustür zugeknallt ist. Mir egal, wo sie schläft. Und wenn's in der Gosse wär'. Ich will sie nie wieder sehen.«

»Lass uns ins Bett gehen. Aufräumen tun wir morgen.«

»Ach ja, Mensch.«

Wenn ich mutig genug gewesen wäre, über den Zwarte Pad nach Geldrop zu fahren, hätte ich sie nicht gesehen. Was meine Mutter nicht wusste, war, dass ich auf dem Zwarte Pad (beziehungsweise Puttense Dreef) eines Abends vom Fahrrad gezerrt worden war – ungefähr in Höhe des Hauses, in dem bis zu Nicos Tod die Familie van Dartel gewohnt hatte. Es war mir nichts passiert, außer dass ich, das Vorderrad zwischen den Beinen, den Lenker geradebiegen musste. Ich konnte im Dunkeln nicht einmal erkennen, wem ich den Überfall zu verdanken hatte. Es entfernte sich ein unterdrücktes Lachen, das war alles. Seitdem nahm ich immer die Strecke mit den Straßenlaternen.

Tante Tiny stand unter dem Schutzdach einer Haltestelle, die noch auf Stunden hinaus von keinem Bus angefahren werden würde. Ich steuerte auf sie zu. Das Licht der Natriumlampen machte sie noch blasser.

»Hau ab«, sagte sie. »Lass mich in Ruhe.«

»Der letzte Bus ist schon durch. Der nächste kommt um halb sechs.«

»Ich warte nicht auf den Bus«, fauchte sie mich an. »Ich warte auf einen Freier. Hau lieber ab. Sonst denken die, ich bin schon versorgt. Das ist verdienstschädigend.«

Über den nackten Armen trug sie eine dünne Strickjacke: was sie im Auto getragen hätte. Das gelbe Staubtuch, mit dem sie am Morgen ihr beleidigendes Entree in der Lynxstraat 83 hingelegt hatte, musste sich in der Handtasche mit dem ulkigen langen Henkel befinden. Es war nicht die richtige Stunde, an einem Haus reicher Leute zu klingeln, um ihre Dienste als Putzfrau anzubieten, womit sie sich die Rückfahrt hätte verdienen können.

»Albert, verschwind jetzt«, fauchte sie. »Ich will nicht, dass du mich so siehst.«

Ich zog meinen Geldbeutel heraus. »Für ein Hotelzimmer hab ich nicht genug Geld, aber …«

»Ich nehm nur Freier, die sich ein Hotel leisten können.«

»Ich denke, es reicht für eine einfache Fahrt nach Breda. Ich kann dich ein Stück zum Bahnhof begleiten.«

Und so gingen wir kurz darauf, das Rad zwischen uns, zum Eindhovener Bahnhof. Tiny klagte über die Kälte.

»Alle haben sie mich ausgekotzt«, sagte sie. »Außer dir. Das ist mir eigentlich gar nicht so recht. Am liebsten wäre ich die ganze Familie los. Die van der Serckts, die Egberts, die Kassenaars. Die können mir alle gestohlen bleiben.«

»Ich versteh's nicht richtig«, sagte ich. »Was du heute Nachmittag alles gesagt hast und so. Es war doch Opas und Omas vierzigster Hochzeitstag.«

»Genau darum.« Sie rief es laut durch die stille Straße. »Vierzig Jahre katholische Heuchelei. Eine schwangere Braut, das hat immer schon Hölle und Verdammnis bedeutet. Während sie selber … einer musste doch mal die Wahrheit auf den Tisch legen. Oder? Und dabei bin ich noch nicht mal zu dem gekommen, was sie mir mit ihrer Scheinheiligkeit angetan haben. So kurz wie sie mich gehalten haben … außer wenn's ums Schuften ging, da gab's keine Grenzen … Sie haben mir mein ganzes Geld abgenommen. Ich taugte nichts, also stand es ihnen zu. Oh, vielleicht hatten sie ja recht. Sklavenarbeit, die ist umsonst. Als Sklave bist du das Eigentum anderer.«

Wir ließen Stratum hinter uns und gingen Richtung Innenstadt.

»Warum bist du so auf meine Mutter losgegangen? Die kann doch nichts dafür …«

»Irgendwann wirst du das verstehen. Jetzt ist es noch zu früh dafür. Ich habe eine dicke Rechnung mit deiner Mutter zu begleichen. Sie hat keine Ahnung, wie dick. Aber ich will dich damit nicht belasten.«

Das nahm mich wieder für sie ein. Indem sie meine Mutter bei mir anschwärzte, wäre die der »Hölle« wieder ein Stück näher gerückt, die Tiny der gesamten Familie angedroht hatte. Der nächtliche Spaziergang hatte sie offenbar mild gestimmt.

»Weißt du noch, dieser Ferienzwinger für Hunde?«, fragte sie. »Mit diesem alten Frauchen, das auch Zeitungsrollen verkauft hat?«

Ich erinnerte mich vor allem daran, dass Tiny ein scharfes Messer eingesteckt hatte, das sie nach dem Besuch wieder in die Schublade zurücklegte. Es war nicht zum Einsatz gekommen. Sie hatte eine Papprolle mit etlichen Metern unbedrucktem Zeitungspapier für mich gekauft, auf dem ich zeichnen konnte. Meine frisch gespitzten Buntstifte hinterließen kleine Löcher, was mir die ganze Freude vergällte.

»Du wolltest Bobby in diesem Zwinger unterbrin-

gen«, sagte ich. »Aber Bobby war schon eine Weile tot.
Ich hab's nicht verstanden. Als ob du vergessen hättest,
dass Bobby im Garten begraben lag.«

»Das war eine Ausrede, um in ihr Haus zu kommen«,
sagte Tiny. »Die Rechnung, die ich mit deiner Mutter zu
begleichen habe ... die hat was damit zu tun. Mehr sage
ich nicht.«

»Du hattest ein Messer dabei«, sagte ich.

Da tauchte, gegenüber dem noch dunklen Bahnhof,
die Neonbeleuchtung an der Fassade des Hotels 't Sil-
veren Seepaert auf, mit ihren versetzten Röhren in Rosa
und Hellblau, die zusammen das Logo eines überdi-
mensionierten Seepferdchens bildeten. Wenn ich genug Geld hätte, würde ich dort ein Zimmer nehmen,
und dann würde ich Tiny während des Rests der Nacht
über alles aushorchen, was in ihrem Leben passiert war.
Notfalls würde ich beim Roomservice eine große Tafel
Schokolade bestellen, damit ich sie jederzeit, wenn sie
das wünschte, mit Vorschüssen füttern konnte und die
Geschichte bis zur Morgenröte nicht aufhören würde.

»Ein Messer ... was für ein Messer?«

»Das Hascheemesser von Oma. Aus der Küchenschublade.«

»Ich weiß nichts von einem Messer.«

»Du wirst Mama doch nichts antun, oder?«

»Jedenfalls nicht mit einem Messer.«

8

Der Bahnhof wurde mehr als rechtzeitig vor Abfahrt
der ersten Züge geöffnet. Was war das nur mit der Fa-

milie? Tante Tiny hatte am Tag zuvor die Rubinhochzeit meiner Großeltern verpestet, die Gäste beleidigt und meiner Mutter die Hölle angedroht, was immer das bedeuten mochte. Das alles hinderte mich nicht daran, hier im Morgengrauen neben der Teufelin auf einer Bahnsteigbank zu sitzen, um ihr bis zur Ankunft des Zugs nach Breda Gesellschaft zu leisten.

Familie, das war Loyalität über allen Widerwillen hinweg. Nein, das war Quatsch, denn wenn ich loyal sein musste, dann gegenüber meiner bedrohten Mutter – was bedeutete, dass ich mich gegen die Giftkröte Tiny wenden musste. Familie, das war ein einziger großer Loyalitätskonflikt: Das war's schon eher. Hier lag vielleicht der Grund, weshalb so viele Menschen sich im Erwachsenenalter von ihrer Familie abwandten und in andere gesellschaftliche Biotope auswanderten. So viele gegensätzliche Loyalitäten machten sie mit der Zeit fertig. Und falls es ihnen nicht gelang, sich von ihrer Familie zu lösen, so blieb nur die Hoffnung, dass dieser oder jener bald sterben würde.

»Das lasse ich nicht auf mir sitzen«, sagte Tiny nach längerem Schweigen. Sie klang entschlossen. »Die werden noch was erleben.«

Ich hatte sie noch nie eine Zigarette eine Zigarette nennen hören, und was sie jetzt anzündete, mit einem gemeinen, nach innen gerichteten Fauchen, war ihren Worten zufolge eine »Kippe«. Sie rauchte, hustete, rauchte.

»Ich nehme an«, sagte ich, »ich seh dich vorläufig nicht in Tivoli, oder?«

»Nicht? Jetzt hör mal gut zu. Ab jetzt werde ich jede Woche da sein. Ich werde ihnen jedes Mal dasselbe ins

Bewusstsein hämmern. So lange, bis sie es langsam kapieren. Sie sind hartköpfig, aber ich habe alle Zeit und Geduld der Welt. Koos ist nie zu Hause, und ich hab noch nicht mal Bälger, um die ich mich kümmern müsste. Keine Elefantenhaut kann so dick sein, dass ich nicht doch irgendwann einen Winkel reinreiße.«

Am anderen Bahnsteig hielt ein internationaler Zug. Es stiegen nur wenige Reisende aus. Was hatte ein Mensch auch schon in Eindhoven zu suchen, dieser Lichterstadt mit ihren Sparlampen?

»Ich rate dir also, Albert, samstags wieder etwas öfter in die Lynxstraat zu kommen. Da wirst du was erleben … wie ich harte Köpfe knacke und die Wahrheit reinpuste. Da kannst du was lernen.«

Ein einsamer Schäferhund trabte den Bahnsteig entlang, blieb ein Stück weiter an der Kante stehen und bellte in die Ferne, wo die Schienen in einem Punkt zusammenliefen. Vielleicht war es ja so ein kluger Hund, der gewöhnt war, in einen bestimmten Zug zu springen und ihn an einem Zielort, den man ihm eingebläut hatte, wieder zu verlassen. Es konnte sein, dass er aus Protest bellte, weil sein Zug wieder einmal Verspätung hatte. Gleich würde man sein Herrchen hören.

»Schönen guten Morgen, die Dame, der Herr.« Vor uns standen zwei Polizeibeamte in Lederjacken. Derjenige, der uns begrüßt hatte, wandte sich an mich. »Sind Sie Herr Egberts, Rufname Albert, geboren am 30. April 1950?«

Der Schäferhund kam angerannt. Er gehörte also offensichtlich zu den Männern. Das Tier blieb reglos vor mir stehen und blickte streng zu mir auf, als wolle es mich zu einem Geständnis zwingen.

»Ja«, sagte ich.

»O nein, nicht schon wieder«, sagte Tiny leise neben mir. »Hört das denn nie auf?«

»Wie bitte?«, fragte der Beamte, der bisher geschwiegen hatte.

»Ich sagte, dass mein jüngster Bruder nicht mehr im Weglaufalter ist. Er ist jetzt Kunstmaler.«

»Ach, das ist Ihr jüngster Bruder ...« Der andere zog sein Notizbuch zu Rate. »Mir wurde gesagt: ein Neffe.«

»Ja, der hier ist mein Neffe«, sagte Tiny. »Meinen jüngsten Bruder habt ihr mal aufgegriffen, als er als Anhalter am Boschdijk stand. Da war er fünfzehn. Er wollte in Amsterdam eine neue Existenz als Kunstmaler anfangen. Das ist zwölf Jahre her. Er befindet sich jetzt auf einer Weltreise. Nicht weggelaufen, sondern ganz normal ... mit dem Geld und dem Segen der Alten. Ich bin inzwischen verheiratet, also geben Sie sich keine Mühe.«

»Mevrouw, Sie bringen uns durcheinander, dabei würden wir gern unsere Arbeit machen«, sagte der erste Polizist.

»Schon gut«, sagte Tiny. »Arbeitet Polizeiwachtmeister Henneman noch bei euch? Der hat meinen Bruder damals nach Hause gebracht.«

Die beiden Polizisten sahen sich an. »Karel Henneman?«, fragte der eine.

»Ja, der. Ich war früher mit ihm verlobt.«

»Karel ist Kommissar auf unserer Dienststelle.«

»Genau die Laufbahn, die meine Eltern sich erhofften«, sagte Tiny. »Verheiratet ... Kinder?«

»Hören Sie mal, Mevrouw. Wir sind nicht hier, um ...«

»Ihr könnt mir doch eben mal erzählen, wie es ihm geht.«

»Eine Familie, ja. Zwei Jungs, zwei Mädchen.«

»Das wollte ich hören. Grüßt ihn herzlich von Tientje van der Serckt. Und sagt dazu: verheiratet, keine Kinder. Das versteht er dann schon.«

Der Schäferhund hatte sich hingelegt, den Kopf auf den Vorderpfoten. Seine Zunge lag dampfend auf einer Steinplatte.

»Mijnheer Egberts«, sagte der Polizist, der als Erster gesprochen hatte, »Sie sind von Ihren Eltern als vermisst gemeldet worden. Sie sollen letzte Nacht um halb eins mit dem Fahrrad in der Lynxstraat 83 aufgebrochen sein. Sie hätten eine halbe Stunde später in der elterlichen Wohnung in Geldrop sein müssen. Dort sind Sie aber nicht eingetroffen. Ihre Eltern haben zwei Stunden gewartet und dann Alarm geschlagen.«

Tiny blies Rauch aus und lachte. »Gut so«, sagte sie leise vor sich hin. »Genau das Chaos, das ich mir vorgestellt habe. Es funktioniert.«

»Pardon, Mevrouw«, sagte der andere Polizist. »Können Sie das wiederholen?«

»Ich habe gesagt, dass ich meinen siebzehnjährigen Neffen hier entführen wollte. Nach Breda. Um ihn als Sexsklaven zu benutzen. Ganz für mich allein. Jedes Mal wenn ich mir etwas in den Kopf gesetzt habe, schiebt die Polizei einen Riegel vor. Das ist nicht fair.«

Tiny gab eine Probe ihres Backfischgequengels zum Besten, bei dem die Polizisten große Augen machten. Der eine fragte uns nach unseren Fahrscheinen für den Zug nach Breda.

»Die wollten wir unterwegs beim Schaffner kaufen«,

sagte Tiny. »An so 'nem Schalter, da wird man schon festgenommen, bevor man auf dem Bahnsteig steht. Ja, ist doch so, oder?«

»Mevrouw, darf ich Sie darauf hinweisen, dass es strafbar ist, einen Minderjährigen der elterlichen Gewalt zu entziehen?«

»Ich bin seine Tante.«

»Die Leute leben in Angst und Schrecken.« Der Beamte wandte sich an seinen Kollegen. »Rufst du mal eben auf dem Revier in Geldrop an?«

Der Kollege ging zu einer der beiden Telefonzellen auf dem Bahnsteig. Der Hund folgte ihm und richtete sich, nachdem die Tür zugefallen war, an der Glasscheibe zu voller Länge auf. Mir war klar, dass ich jetzt besser so schnell wie möglich nach Hause fuhr. Direkt in die Schule nach Eindhoven wäre sinnvoller, aber ich wusste, damit würde ich nicht davonkommen. Wenn die lähmende Angst abgeflaut war, würden meine Eltern sich eine passende Bestrafung nicht entgehen lassen.

»Da.« Ich gab Tiny alles Geld, das ich im Portemonnaie hatte. »Ich hoffe, das reicht bis Breda.«

»Du bekommst es zurück«, sagte sie. »Mit fetten Zinsen. Wenn ich Koos das Fell über die Ohren ziehen kann, dann tu ich's.«

9

Einer der beiden Polizisten blieb mit dem Schäferhund bei Tante Tiny, vielleicht um ihr wegen ihrer Entführungspläne weiter auf den Zahn zu fühlen. Ich hoffte, dass sie kein Sittendelikt daraus machten, denn dann würde ich vielleicht verhört werden und über früher aussagen müssen: die schlüpfrigen Geschichten, die Tientje mir im Bett erzählt hatte … ihre beiläufigen Berührungen einer Unebenheit in meinem Pyjama … all die Dinge, die als Vorbereitung zu einem geplanten Kidnapping ausgelegt werden konnten. Besser nicht.

Der andere Beamte begleitete mich aus dem Bahnhof. Er stellte mein Rad hinten in den Polizeibus (oder Überfallwagen, wie wir so ein Fahrzeug seit den Fernsehbildern der Amsterdamer Provo-Randale nannten) und deutete auf den Platz neben sich. So fuhren wir nach Geldrop. Er fragte mich, wie ich genau mit meiner Tante auf den nächtlichen Bahnhof geraten sei. Ich erzählte ihm von der Rubinhochzeit, die in Streit endete, worauf ich mich der ausgestoßenen Tante erbarmt hätte. An seinen Reaktionen merkte ich, dass er eine pikantere Geschichte erwartet hatte: Neunundzwanzigjährige Tante entführt siebzehnjährigen Liebesneffen oder so was Ähnliches. Es lief darauf hinaus, dass seine Enttäuschung mich zum Tagträumen brachte. Ja, wie wäre das wohl gewesen … Tiny, die mich, ob aus Rache gegen ihre älteste Schwester oder nicht, in ihrem Bredaer Schlafzimmer verführte … Sie brauchte keine Liebesworte zu flüstern. Sie durfte sich gern mit ihrer gemeinen Stimme und hohntriefenden Zunge über mich hermachen.

»Leg dich da hin. Nein, ab … ab, sag ich. Platz, hinlegen. Keine Bewegung, verstanden? Ich komme gleich.«

Und hinterher: »Was war das jetzt? Du hast dich gehenlassen wie ein ungezogener Junge. Du leckst ja wie ’ne verrostete Gießkanne. Weißt du überhaupt, was das für Folgen haben kann? Es wäre nicht das erste Mal, dass Blutschande zu einem behinderten Kind führt. Koos hätte das sofort spitz.«

Es würde ihr nicht gelingen, mir Angst einzujagen. Ich hatte den Brief gesehen, der ihr lebenslange Unfruchtbarkeit garantierte. Peer Portier hatte daraus vorgelesen. Dieser Brief, vom St.-Josephs-Krankenhaus, war mein Verhütungsmittel.

Offenbar hatte der telefonierende Polizeibeamte meinen Eltern die Situation detailliert dargelegt, denn ich brauchte nichts mehr zu sagen und wurde doch wie ein Verräter empfangen. Wie konnte ich mich nur unterstehen, jemandem, der über die Familie derartige Schande gebracht hatte, die Hand zu reichen?

»Sie stand mitten in der Nacht an einer Haltestelle«, sagte ich. »Da kam auf Stunden hinaus kein Bus.«

»Wegen mir hätte sie da vor Kälte krepieren können«, sagte mein Vater. »Meinetwegen hätten sie sie niederstechen können. Und was machst du? Du sorgst dafür, dass sie mit heiler Haut in den Zug nach Hause kommt. Du hast doch gehört, was sie zu deiner Mutter gesagt hat … dass sie ihr das Leben zur Hölle machen wird. Uns allen übrigens. Du wolltest bestimmt, dass sie ihre Kräfte schonen kann … damit sie dann extra hart zuschlagen kann? Ich verstehe. Kommt dir sehr gelegen, wenn so ein Biest die ganze Familie kaputtmacht. Dann brauchst du's nicht mehr selber zu tun. Dann kannst du deine feinen Hände sauber halten.«

Je mehr sie mir zusetzten, umso schlimmer begann mich die Erektion zu quälen, die schon im Polizeibus nicht hatte verschwinden wollen. Es war Tag geworden. In einer Stunde musste ich in die Schule. O Gott, gib mir zehn Minuten irgendwo allein, damit ich mich dieses ganzen Kidnappingszenarios von Tante Tientje entledigen kann. Letzten Endes waren mir fünf Minuten vergönnt, weil ich ja meine festliche Kleidung gegen bequem sitzende Schulklamotten tauschen musste. In meiner bittersten Vision erwartete Tiny nichts anderes, als dass ich versagen würde. Sie leistete meinem Fiasko mit kleinen Beleidigungen Vorschub, ihre Hände versuchten mich nach Kräften zu hindern – und gerade dadurch gelang es mir glorreich, mit einem gedämpften Triumphschrei. Die Entführung hatte sich als Erfolg erwiesen.

»Das kommt alles nur, weil wir noch immer kein Telefon haben«, sagte ich beim Gehen zu meiner Mutter. »Sonst hätte ich irgendwo von unterwegs oder vom Bahnhof aus anrufen können. Dann hätte ihr euch keine Sorgen machen müssen. Ihr hinkt hinter der Zeit her.«

»Du hättest auf direktem Wege nach Hause fahren müssen, du Ekelpaket«, sagte sie. »Dann wärst wenigstens du nicht hinter der Zeit hergehinkt.«

Kapitel VII

1

Von Jean Genets Theaterstück *Die Zofen* ist mir das Bild einer schicken Madame in Erinnerung geblieben, die der Dienstbotin ihre abgetragenen Kleider schenkt, um sich als großzügige Arbeitgeberin fühlen zu können. Den Kassenaars ging es blendend. In den Jahren nach der Rubinhochzeit versorgte Tante Tientje meine Mutter mit immer teureren Kleidern, die die Schenkende als »funkelnagelneue Ableger« bezeichnete, was heißen sollte, dass Tiny sie höchstens zweimal getragen hatte, zweifellos um aus einer Art Revierdenken heraus ihre Formen und Düfte darin zu hinterlassen.

»Schönes Kleid hast du an, Hanny«, sagte Koos manchmal, ohne zu wissen, dass er das Kleid, das er noch immer auf brabantische Art »Kleedchen« nannte, selbst bezahlt hatte. Wenn es ihr eigenes Kleidungsstück gewesen wäre, hätte sie mit einer wegwerfenden Handbewegung gerufen: »Ach, an mir sitzt zurzeit alles so blöd. Ich habe nicht die richtige Figur dafür.«

Da es sich nun aber um ein Geschenk ihrer Schwester handelte, nahm meine Mutter das Kompliment beschämt und schweigend entgegen. Sie sagte höchstens, wobei sie sich auf die Lippe biss: »An mir kommt so ein schönes Kleid nicht richtig zur Geltung.«

Dann konnte sie mit lautem, galantem Protest seitens der Herren rechnen.

Ich war ein paarmal Zeuge, wie Tiny an einem Wochentag, wenn die Männer zur Arbeit waren, mit einem Koffer voll teurer Kleidung in meinem Elternhaus ankam. Mein armes Mütterchen wusste nicht, wie sie darauf reagieren sollte.

»Ach Tientje … solche teuren Sachen. Das kann ich doch nicht annehmen. Was wird Altje sagen, wenn er mich in so 'ner schicken Bluse sieht? Er wird denken, das ganze Haushaltsgeld geht für meine Garderobe drauf.«

»Sag ihm ruhig, dass das meine abgelegten Klamotten sind. Hauptsache, Koos erfährt nichts davon.«

»Findest du es nicht ein bisschen schade, Tiny, meinen Kleiderschrank von seinem sauer verdienten Geld zu füllen?«

»Sauer verdientes Geld? Wenn's jemand sauer aufstoßen könnte, dann dem Trottel, der von Koos übers Ohr gehauen wird. Dieser Erpresser. Innerlich macht es mir gerade den größten Spaß, wenn ich dich in einem von diesen Kleidern sehe, weil es von seinem Geld gekauft ist. Ohne dass er es weiß. So fühle ich mich ein bisschen wie Robin Hood. Ich bestehle den Betrüger und gebe die Beute dem, der's gut gebrauchen kann. Und außerdem … ach, ist egal.«

»Außerdem?«, beharrte meine Mutter.

»Alles was er zusätzlich verdient, sollte angeblich unseren Kindern zugutekommen. Kindern? Als er mich geheiratet hat, wusste er natürlich längst, dass die Ehe kinderlos bleiben würde. Aus dem einfachen Grund, weil seine Wichse nichts taugt. Tja, hätte er das mal laut vor dem Altar gesagt: ›Ich bin unfruchtbar.‹ Aber nein, nur Lug und Trug … In guten wie in schlechten Zeiten, und mehr von solchen Lügen.«

»Aber Tiny«, versuchte meine Mutter noch schwach einzuwenden, während sie sich etwas steif vor dem Spiegel drehte, »was du mit Koos auszufechten hast, damit will ich nichts zu tun haben, hörst du. Angenommen, es kommt raus. Ich würde mich zu Tode schämen.«

Ich saß dabei und sah und hörte alles, ohne Mama gegen die Machenschaften ihrer jüngsten Schwester in Schutz zu nehmen. Zweifellos wollte Tiny ihrem sterilen Mann eins auswischen. Dass sie dafür meine Mutter missbrauchte, war schon peinlich genug. Aber da war mehr … da war noch etwas … Mit ihren Geschenken (darunter regelmäßig eine goldene Kette oder eine silberne Armbanduhr) und der Abhängigkeit, die sie damit bei meiner Mutter erzeugte, drückte sie auf subtile Weise ihre Verachtung und Geringschätzung für ihre älteste Schwester aus. Ich durchschaute das Spiel nicht ganz. Vorläufig lautete meine These, dass Tiny meiner Mutter eine moralische Überlegenheit vorwarf, die sie selbst nicht besaß. Wollte die goldehrliche Hanny nur solide, billige Kleidung tragen, die sie sich selbst hatte kaufen können, indem sie sparsam mit dem Haushaltsgeld umging? Dann würde Tiny sie mit einem Koffer teurer Sachen in Verlegenheit bringen, gekauft mit Geld unklarer Herkunft und ohne Wissen des Mannes, der es rangeschafft hatte.

Meine Mutter hatte es noch viel schwerer gehabt, früher, zu Hause, als später die gut zehn Jahre jüngere Tiny. Sie wurde gezwungen, wie eine junge unverheiratete Mutter ihren jüngsten Bruder großzuziehen. Wenn irgendjemand das Recht gehabt hätte, nachtragend zu sein, dann Hanny, der auf jede erdenkliche Weise die Schuld an ihrer unzeitigen Geburt in die Schuhe geschoben wurde. Falls sie nachtragend war, ließ sie es niemanden spüren. Hanny besuchte fast jedes Wochenende mit der ganzen Familie ihre Eltern – samstagabends und sonntagnachmittags. Mein Vater unterdrückte seinen Widerwillen, ging aber hinterher in die Kneipe, um seine Wut mit Alkohol zu entfachen. Tiny fuhr auch jede Woche nach Tivoli, aber nur um ihre Eltern zu quälen und zu demütigen und so Rache dafür zu nehmen, dass sie ihre Jugend in Sklaverei hatte verbringen müssen.

Möglicherweise warf Tientje ihrer ältesten Schwester nicht nur ein Zuviel an moralischer Überlegenheit vor, sondern auch ein Zuwenig an Boshaftigkeit und aktiver Rache.

»Ach, Hanny, stell dich nicht so an. Nimm den Rock doch auch noch. Er steht dir ausgezeichnet. Auf jeden Fall mit diesem Gürtel. Es ist besser, wenn ich von Koos seinem Geld einen Rock und eine Bluse für dich kaufe, als wenn er es verspielt oder in windige Aktien steckt.«

Auch für meinen Vater, obwohl bei der Arbeit, war es ein erniedrigendes Ritual. Meine Mutter hütete sich, in seiner Nähe Tinys »funkelnagelneue Ableger« zu tragen, doch wenn das Ehepaar Kassenaar am Wochenende zu Besuch kam, blieb ihr nichts anderes übrig: Dann musste sie eine stille, nicht für Koos bestimmte Dankbarkeit an den Tag legen, die sie nicht empfand und nur dadurch zum Ausdruck bringen konnte, dass sie die geschenkten Kleider anzog.

Ich war mehrmals Zeuge eines solchen Schauspiels und der Verkrampfung, die es bei Mama hervorrief. Mein Vater in seiner sonntäglichen Konfektionskluft, neben sich meine herausgeputzte Mutter, viel zu schick in dem, was Tiny für sie ausgesucht hatte, und außerdem behängt mit einem kleinen Vermögen an Schmuck. Koos saß wie üblich hingelümmelt da und strahlte selbstzufrieden, die Lippen fast obszön lüstern geschürzt.

»Tja, Albert«, sagte er zu meinem Vater, »teure Frauchen haben wir. Uns speisen sie mit so einem C & A-Teil ab. Aber doch schön anzusehen, die Zerckjes, nicht wahr.«

Meine Mutter traute sich nicht einmal, nach ihrem Kaffee zu greifen, aus Angst, das empfindliche Kleid zu bekleckern. Keine eingebildete Angst, denn ihre Hände zitterten – noch nicht von dem Parkinson, dem sie später ausgeliefert sein sollte, sondern weil sie wusste, was folgen würde, wenn die Kassenaars weg waren.

»Raus aus diesem Ding«, rief mein Vater dann, während Onkel Koos in seinem Mercedes (endlich hatte er den ewigen Opel gegen etwas Besseres eintauschen können) noch nicht einmal ganz die Straße hinunter war. »Zieh was Normales an. Was Anständiges. Das hier ist kein Bordell für Edelnutten. Deine Schwester, dieses Miststück … wie die dich anschaut. Als ob sie sagen will: ›Dein Kerl kann sich so was nicht leisten, was.‹ Verdammt noch mal, und das in meinem eigenen Haus. Das nächste Mal sag ich was dazu.«

»Lass das bloß bleiben«, sagte meine Mutter. »Koos weiß nichts davon. Das gäbe nur den größten Zoff.«

»Ebendeshalb. Es ist doch unglaublich, dass das alles hinter dem Kassenaar sei'm Rücken geschieht. Ich finde, er muss das wissen. Diese Tientje Putz, mit ihren schmutzigen Machtspielchen.«

»Dann tu, was du nicht lassen kannst.«

Mama ging die Treppe hinauf nach oben, um eines ihrer eigenen, soliden Kleider anzuziehen. Mein Vater lief auf den Flur und rief ihr nach: »Und wenn dieses Mistweib beim nächsten Mal gleich nach der Ankunft wieder zu wienern anfängt, dann erwürg ich sie mit ihrem eigenen Staubtuch. Oder besser noch mit ihren Schürzenbändern, die reichen nämlich mindestens fünfmal um ihren Hühnerhals. So ist es doch, verdammt noch mal.«

2

Die Geschichte gehörte jahrelang zu meinem geschlechtlichen Standardrepertoire. Ich hatte in Nimwegen zu studieren begonnen, hauptsächlich um eine vermeintliche Cousine aufzuspüren und zu erobern und bei ihr, dank des Beigeschmacks der Blutschande, von meiner rätselhaften Impotenz zu genesen. Es kam alles anders. Das Mädchen, das mich letztendlich von meinem männlichen Unvermögen erlöste, halste mir im gleichen Zug eine unstillbare Form von Priapismus auf – zumindest soweit damit nicht ausschließlich »eine anhaltende Erektion krankhaften Ursprungs« gemeint war. Ich weiß nicht, was genau meine Wohltäterin bei mir freisetzte, jedenfalls war ich, nachdem sie den Schaden behoben hatte, unersättlich wie eine Nymphomanin. Es gibt schlechtere Wege, dem Wahnsinn zu verfallen.

Auch wenn sie nicht länger als Heilmittel herhalten musste, blieb die Vorstellung eines Inzests weiterhin meine Obsession. Wir schrieben Mai 1976, ich war gerade sechsundzwanzig geworden. Ich liebte neben etlichen jungen Freundinnen regelmäßig die fast vierzigjährige Gattin meines Vermieters, zugleich die Stiefmutter meines besten Freundes Thjum. Vor allem Letzteres verlieh meinen Liebesstunden mit ihr etwas, wenn auch nicht im wörtlichen Sinn, Inzestuöses, vielleicht weil Thjum und ich zertifizierte Blutsbrüder waren. Ich war, kurz gesagt, voll am Experimentieren, und so kehrten eines schönen Frühlingstags unter der Dusche meine Gedanken zu dem Spaziergang zurück, den ich acht Jahre zuvor mit Tante Tientje durch Eindhoven gemacht hatte. Wie sie auf dem Bahnhof zwei Polizisten mit unverrückbarer Miene erzählte, sie habe vor, ihren siebzehnjährigen Neffen in ihre Wohnung in Breda zu entführen, um ihn dort als Sexsklaven zu benutzen … Ich verlor mich in den Monaten danach physisch und mental fast in den Visionen, in denen Tiny als meine persönliche Sklaventreiberin auftrat. Mit all dem spritzigen Samen, der in mir war, gelang es mir immer nur sehr kurzfristig, sie zu vertreiben. Ich verfiel nie auf die Idee, meine Tante in Breda tatsächlich zu besuchen, um meinen Phantasien wenigstens die Gelegenheit zu geben, Gestalt anzunehmen. (Die Zeit meiner Besuche als Kind lag hinter uns. Der Weg zur Unschuld war abgeschnitten.)

Jetzt, in Nimwegen, ganze acht Jahre später, war die Situation eine andere. Die hohle Hand und das volle Geschlecht: Das gesamte Instrumentarium war bereitwillig zur Stelle, um eine lebensgefährliche Vision vor der Verwirklichung zu bewahren – und trotzdem entschied ich mich anders. Etwas in mir, ich weiß nicht, was, begnügte sich diesmal nicht mit einem Körper, der sich in Ekstase auf die Zehen erhob, um seinen Saft außerhalb des dampfenden Duschwasserkegels zu verspritzen. Ich drehte die Hähne zu, trocknete mich ab, zog mich an und stieg in den Zug nach Breda. Unangekündigt.

Priapus begleitete mich. Nicht einmal die langweilige niederländische Landschaft vermochte meinen kneifenden Knorren zum Schrumpfen zu veranlassen. Mein Glied begann zu schmerzen, wie es mitunter nach zwei-, dreimaligem Einsatz inklusive Ejakulation der Fall ist (Thjums Stiefmutter legte sich das erschöpfte, dahinschwindende Überbleibsel immer auf die Handfläche und sprach mit den Worten »Armes totes Vögelchen« darauf ein) – aber ich … ich musste ja erst noch, sofern es mir die Umstände gestatteten. Bei der Aussicht darauf wurden zwei Speicheldrüsen irgendwo unter meiner Zunge ärgerlicherweise aktiv. Sie taten wahrscheinlich schon das ganze Leben lang nichts anderes, als nützliche Spucke zu produzieren, doch nie zuvor war es mit so viel sprudelnder Gewalt einhergegangen. Es war wie ein Krampf in den Kiefern. Ich musste so unaufhörlich schlucken, dass es der Frau mir gegenüber aufzufallen begann. Sie sah mich immer argwöhnischer an, als könnte ich jeden Moment losspucken, und setzte sich schließlich auf einen anderen Platz.

Erst auf dem Bredaer Bahnhof traute ich mich, Tante Tiny von einer Telefonzelle aus anzurufen, um zu fragen, ob es ihr passte. Es klingelte, und ich bat Gott und den Teufel, dass nicht Onkel Koos abnahm. Litt nicht Guy de Maupassant an chronischem Priapismus? Ich hatte seine Erzählungen schon immer gemocht, doch von heute an würde ich den Autor auch als Menschen verstehen, als Mann. Endete er nicht in einer Anstalt, seinen eigenen Kot essend? Das stand mir ebenfalls bevor, ich spürte es.

»Ja, hallo.« Die wunderbar schnauzige Stimme von Tientje Putz. »Hallo, wer ist da?«

»Albert Egberts. Hannys Sohn. Dein leibhaftiger Neffe. Also nichts zu fürchten.«

»Ja, hallo, hier Tiny Kassenaar. Was gibt's? Etwas mit der Familie?«

Ich sah sie vor mir, wie sie während des Telefonierens mit ihrem Staubtuch die Fettfingerabdrücke vom Hörer wischte. So, erinnerte ich mich, hatte ich bei Besuchen meine Tante telefonieren sehen: Einmal war die Verbindung (mit ihrer Schwester in Australien) unterbrochen worden, weil sie auch dem Gehäuse rings um die Wählscheibe und der Gabel zu Leibe rückte. Falls in ihrer Wohnung mal ein Mord verübt würde, hätte die Spurensicherung die größte Mühe, Fingerabdrücke zu finden: Mit all ihren Pulvern und Pinseln würden sie höchstens die chemische Zusammensetzung des Reinigungsmittels feststellen können.

»Ich musste zufällig nach Breda«, sagte ich, »und da dachte ich …«

»Pech für dich«, sagte Tiny. »Koos hat außerhalb der Stadt was zu tun. Er kommt bestimmt nicht vor Mitternacht nach Hause.«

»Schade, sehr schade. Aber wenn es dir recht ist, komme ich trotzdem mal schnell auf eine Tasse Kaffee vorbei.«

Bildete ich mir das ein oder zitterte meine Stimme? Die Speicheldrüsen arbeiteten immer noch schmerzhaft. Es fühlte sich ein bisschen wie Mumps an, erinnerte ich mich aus meiner Kindheit. Während Tiny mir erklärte, welchen Stadtbus ich am besten nahm, tastete ich mit den Fingerspitzen, dabei den Hörer von der einen Hand in die andere wechselnd, den Bereich unmittelbar hinter den Ohren ab: ob die Drüsen dort schon anschwollen.

Bevor ich zur Bushaltestelle ging, kaufte ich an einem Sonderstand in der Bahnhofshalle, der etliche Wochen nach Ostern Schokoladenhasen und -eier zu Schleuderpreisen im Angebot hatte, ein unverschämt großes Ei (zartbitter) mit bunter Zuckerwerkdekoration, das Ganze in Zellophan verpackt und mit seidenen Bändern geschmückt. Wenn Tante Tientje die Anspielung nicht verstand, jammerschade, aber so musste ich wenigstens nicht mit leeren Händen bei ihr ankommen. Ich bat den Verkäufer, es zusätzlich in eine Tüte zu stecken, damit es nicht kaputtging.

3

Sie empfing mich in einem cremefarbenen Deuxpièces, das das teurere Modegeschäft verriet und ihr perfekt stand: Mit achtunddreißig hatte sie noch dieselbe gute Figur wie vor fünfzehn Jahren an ihrem Hochzeitstag. Wie konnte es sein, dass meine Mutter, die so viel Ähnlichkeit mit ihr hatte, schon vor ihrem dreißigsten Lebensjahr ergraute, während Tiny ihre dunkelbraune Haarfarbe behalten hatte, ohne einen einzigen Silberfaden? Und dass die ältere der beiden Schwestern schon seit zehn Jahren ein runzliges Altfrauengesicht hatte, während das der jüngeren noch hübsch und straff war, mit großen braunen Augen, deren Lider sich nicht infolge ständiger Übermüdung gesenkt hatten? Tiny hatte sich dezent geschminkt, gerade genug, um das Besondere ihrer Gesichtszüge zu betonen. Eine Dame, *every inch*. Aber aufgepasst.

Vielleicht hätte ich sagen müssen: Troispièces, denn über dem Kostüm trug sie eine Haushaltsschürze von derselben Cremefarbe, mit Rüschen und großer Schleife, deren Enden auf ihren Pobacken tanzten, als sie mir ins Wohnzimmer voranging. In der Wohnung hatte sich wenig verändert, seit ich als elf-, zwölfjähriger Junge ein paarmal hier zu Besuch gewesen war. Dasselbe Mobiliar, noch wie neu, die Teakholzlehnen nicht einmal ein bisschen ausgeblichen. Ein großer Farbfernseher stand jetzt an der Stelle des kleinen hellblauen Radios, an dem ich mich damals, in der Blütezeit des Rock-'n'-Roll, gelabt hatte. Vielleicht etwas mehr Grünpflanzen und nirgends Aschenbecher, zumindest nicht sichtbar – ansonsten alles wie früher. Ich setzte mich etwas unbehaglich auf die Couch, nach wie vor (und seit dem Empfang sogar in verstärktem Maße) vom Priapismus à la Guy de Maupassant behindert.

Ich fragte Tiny, ob sie noch immer die gleiche Art Kaffee mache: sehr stark und mit kochender Milch verdünnt.

»Koos trinkt ihn jetzt anders«, sagte sie wenig freundlich, »aber für dich kann ich ihn schon noch mal nach der alten Methode kochen.«

Tiny verschwand in die Küche. Sie hatte noch immer diese geziert ruckhafte Art sich fortzubewegen, mit halb erhobenen Unterarmen und abgeknickten Handgelenken – auch ein wenig schlurfend, obwohl sie jetzt ihre höchsten Absätze trug. Das stand im Widerspruch zu ihrer anfänglichen Erscheinung als Dame, was möglicherweise ihre Absicht war. Ein Clown mit vorgebundener Schürze, das konnten sie haben, die Leute.

Einander gegenübersitzend tranken wir, blasend, den starken Kaffee mit heißer Milch. Zwischen uns der Teakholzcouchtisch, den Tiny noch immer »Klostertisch« nannte. Nicht einmal die Becher aus matter Keramik waren ausgetauscht worden: Bei Krächen schmiss das Ehepaar Kassenaar offensichtlich nicht mit Geschirr um sich.

»Mach keine Ringe auf den Klostertisch«, sagte sie. »Du hast gekleckert.«

Sie sprach in barschem Ton, doch das war vielleicht Pose, weil sie dachte, das werde von ihr erwartet. Ich hatte Lust auf sie. Ich wollte von ihr angeschnauzt und herumkommandiert und schändlich missbraucht werden. Wie stellte ich das bloß an? Jetzt, da ich ihr gegenübersaß, wurde sie wieder zu meiner Tante, zu jemandem mit einem Titel und einem Wappen in der Familienhierarchie.

»Wie geht's so, hier im Hause Kassenaar?«, fragte ich. Die braune Milchhaut hatte sich um meinen Löffel gewunden, und die lutschte ich jetzt ab, genau wie früher.

»Mies geht's«, sagte Tiny. »Das Rote Ekel ist so gut wie nie zu Hause. Auch an den Wochenenden, er hat immer irgendwas zu erledigen.«

»Weißt du eigentlich, Tiny, dass ich nie verstanden habe, was er eigentlich macht, dein Koos.«

»Geschäfte«, sagte Tiny. »Handel. Das ist alles, was ich darüber weiß. Solange er mir rechtzeitig Haushaltsgeld gibt und Klamottengeld und kein Kleiderschrank von einem Inkassobüro auf der Matte steht, frage ich nicht weiter. Ganz einfach.«

»Du verwaltest also ein Haushaltsportemonnaie voll Schweigegeld.«

»Wenn du es so nennen willst. Im Schrank hängt das Schweigegeld auf Bügeln.«

Tiny machte eine zweite Runde Kaffee. Die Milch musste aufgekocht werden, ich hatte also etwas Bedenkzeit. Ich wusste: Wenn ich noch länger gezwungen wäre, ihrer bissigen Stimme zuzuhören und währenddessen auf Madames Busen zu schielen, der sich hinter der Schürze des Dienstmädchens, das sie selbst war, verbarg, dann würde mein auf die Folter gespanntes Fleisch explodieren und meine wahnsinnige Lust im Bein meiner Jeans versickern. Jetzt musste etwas passieren. Bei allem Respekt vor Guy de Maupassant hatte ich keine Lust, mich auf der Rückfahrt irgendwo auf der Höhe von Rotterdam an die Notbremse zu hängen, um danach in Spannlaken eingeschnürt von Pflegern aus dem Zug geholt zu werden und in einer Ecke der Isolierzelle meine eigenen Ausscheidungen genüsslich zu vertilgen.

»Geht dir das manchmal auch so, Tiny«, sagte ich, als wir die Haut auf unserem Kaffee wieder faltig bliesen, »dass die Wehmut über früher dich packt und du unablässig einen Zipfel der Vergangenheit zu fassen versuchst? Ich meine, wenn ich bei meinen Eltern in Geldrop bin, dann überkommt mich manchmal die unbezähmbare Lust, auf dem Fahrrad meiner Mutter in die Lynxstraat zu flitzen. Nur um einen Blick auf mein Geburtshaus zu werfen. Beim letzten Mal entdeckte ich, dass sie das ganze Viertel renoviert haben. Die ganzen hohen, dicken Bäume haben sie gefällt, um für Parkflächen Platz zu schaffen. Was vom grantigen Tivoli übrig blieb, waren rosa Neubauwohnungen mit Alufenster-rahmen. Ich sah Oma am Fenster sitzen und rausspä-hen, als ob alles noch beim Alten wäre.«

»Sehr gut, dass sie gegen das alte Zeug mal vorgegan-gen sind«, schnauzte Tiny. »Die Bäume haben alles Licht weggenommen. Es war immer dunkel im Haus. Auch an Sommertagen. Und so feucht, dass es einem in die Knochen kroch. Du kamst ja nur ab und an zu Besuch. Aber was glaubst du, wie es war, dort als junges Mäd-chen gefangen gehalten zu werden … im Dunkeln … im Klammen … Von mir aus hätten sie ganz Tivoli plattmachen dürfen. Und dann nie mehr ein Wort dar-über verlieren.«

»Ich war ja vielleicht noch ein Arschkrümel, wie du es nanntest … aber ich habe gespürt, dass du es schwer hattest. Vor allem als sie dich von Lata wegholten. Natürlich, für mich hatten meine Besuche dort etwas Unverbindliches. Ich litt nicht unter den düsteren Zim-mern. Ich schnupperte die Atmosphäre meines Ge-burtshauses, und nach ein paar Nächten schlief ich wie-der in meinem eigenen Bett. Aber … gönn mir doch die Nostalgie, die für mich mit der Lynxstraat verbunden ist.«

»So einem Idioten gönn ich alles.«

»Heute Morgen erinnerte ich mich auf einmal an die Zeit, als Hasje in Neuguinea Soldat spielte. Es war in den Osterferien, und ich war in der Lynxstraat zu Be-such. Elf war ich da. Nicht viel später hast du Koos ge-heiratet. Morgens kroch ich zu dir ins Bett, und dann erzähltest du mir spannende Geschichten von den Pa-puas und …«

»Als du elf warst, ließ ich dich nicht mehr zu mir ins

Bett«, rief Tiny. »Als Steppke von vier, fünf Jahren … ja. Aber doch nicht als großen Jungen von elf. Ich bin doch nicht verrückt. Huschhusch ins Gefängnis, so kurz vor meiner Hochzeit.«

Ihre Entrüstung war verdächtig. Möglicherweise erinnerte sie sich in genau diesem Moment an die schwüle Atmosphäre, ihre immer zweideutiger werdenden Geschichten, die beiläufigen Berührungen …

»Du hattest dir so ein System mit Vorschüssen ausgedacht«, sagte ich. »Ich hatte von Oma ein großes Schokoladenei bekommen, weil ich in dem Jahr kurz nach Ostern auch noch Geburtstag hatte. Bei jeder Wendung in deiner Geschichte hast du ein Stück vom Osterei verlangt. Sonst würdest du nicht weitererzählen. Offenbar hast du so spannend erzählt, dass mir die Schokolade egal war. Und ja, ganz allmählich wurde es sogar ein bisschen obszön. Fand ich toll.«

»Du Lügenbold!« Sie rief es so laut, dass sie sich die Hand vor den Mund schlug und ihre Blicke von links nach rechts und wieder nach links huschten: *Denk an die Nachbarn.* Dann leiser: »Das ist gelogen. So was hat's nie gegeben.«

»Heute Morgen, ich stand gerade unter der Dusche, bekam ich auf einmal schreckliche Sehnsucht nach diesen Erzählstunden. Mir wurde fast schlecht. Das ist mir in dem Maß nur einmal vorher passiert. Als ich dich nach der Rubinhochzeit von Opa und Oma zum Bahnhof gebracht hatte. Du hast dem Polizisten gesagt, dass du mich nach Breda entführen wolltest und …«

»Um sie auf die Palme zu bringen«, rief sie wieder viel zu laut. »Ich hab das keine Sekunde lang ernst gemeint. Ihr Schäferhund war ernsthafter als ich.«

»Na gut, aber ich hatte in den Tagen und Wochen danach so meine Probleme. Ich konnte mich nicht mehr auf meine Hausaufgaben konzentrieren.«

»Du bist damals aber nicht nach Breda gekommen. Zumindest habe ich dich nicht gesehen. Vielleicht standst du ja auf der anderen Straßenseite und hast gespannt.«

»Ich war siebzehn. Ich habe mich nicht getraut.«

»Heute offenbar schon. Ich wette, du hast sonst nichts in Breda zu suchen.«

»Doch, dich.«

Tiny lachte höhnisch. Es machte mir nichts aus. Die Speicheldrüsen unter meiner Zunge zogen sich zusammen. Mein Mund füllte sich mit Wasser, als wäre ich hungrig und auf dem Herd stünde ein herrlich duftendes Gericht. Das Rote, das Rote da.

»Wen bringst du dafür mit?«

Lange nicht gehört, diesen Satz. Er wurde früher in meinem Dorf von B gesagt, wenn A drohte, B zusammenzuschlagen. A: »'ne Tracht Prügel kannste kriegen.« B: »Wen bringste dafür mit?«

»Nicht wen«, sagte ich. »Was.«

Ich entfernte die Plastiktüten und stellte das große, mit Bändern geschmückte Osterei auf den Klostertisch.

»Was ist denn das«, sagte Tiny, auf der Hut. Trotz der dicken Zellophanverpackung stieg der starke Duft von zartbitterer Schokolade zwischen uns auf.

»Der Vorschuss auf die Geschichte.« Ich gab mir größte Mühe, unterkühlt zu klingen, konnte aber nicht verhindern, dass meine Stimme wieder bebte. »Wir können es auf zweierlei Weise spielen. Das ganze Ei auf einmal und dann auch die komplette Geschichte. Oder das Ei in Stücke schlagen und dann alles häppchenweise. Mit Cliffhängern.«

4

Tiny schlug die Decke zurück und breitete ein kleines Handtuch auf dem Laken aus, genau an der Stelle, an der ich vor vierzehn Jahren einen großen Blutfleck im Bett gefunden hatte. Das Land der Aufgehenden Sonne.

»Hast du kein größeres?«, fragte ich. »Wenn du schon Spuren verhindern willst … so eine kleine Serviette wurstelt man sofort in irgendeine Bettecke.«

»Halt dich da raus«, sagte sie. »Ein großes Badetuch ist mir zu viel zum Waschen.«

Ich zog die Schleife an ihrer Schürze auf.

»Nicht so ungeduldig«, sagte sie spitz. »Ich hätte gern ein Stück vom Ei.«

Sie ging aus dem Schlafzimmer – offenbar ins nebenan gelegene Bad, denn kurz darauf hörte ich Wasserrauschen. Ich zog das Zellophan vom Osterei und versuchte vergeblich, mit dem Fingerknöchel ein Loch in die Schokoladenhülle zu schlagen. Deshalb nahm ich einen von Tinys Pumps vom Fußboden und hämmerte mit dem Absatz eine Öffnung ins Ei, die ich dann mit den Fingern erweitern konnte, breitete das Zellophan auf dem Nachttisch aus und legte ein paar Schokoladenstücke verschiedener Größe darauf. An einem klebte ein Küken aus hartem Marzipan.

Im Badezimmer klapperte eine WC-Brille. Kurz darauf wurde die Spülung betätigt, doch sie kam nicht zurück. Ich zog mich aus und schlüpfte unter die Decke, wobei ich achtgab, dass das kleine Handtuch nicht verrutschte. Noch immer war ich krank und fiebrig vor Geilheit, doch Priapus hatte mich im Stich gelassen. Nicht darauf achten. Tiny würde es schon richten. Vielleicht hoffte ich auf schuppige Arbeitshände, Finger wie grobe Feilen, ruppige Gebärden. Das Zimmer füllte sich mit einem fast Übelkeit erregenden penetranten Schokoladengeruch.

Endlich waren ihre entschiedenen Schritte auf dem Parkett im Flur zu hören, dröhnend wie bei jemandem, der nicht nur den Fußballen aufsetzt, sondern die ganze Sohle. Sie sollte aufpassen, dass sie nicht ausrutschte, denn ich hatte nebenbei gesehen, wie spiegelglatt sie den Fußboden gebohnert hatte. In der Einsamkeit ihrer Wohnung war sie mehr denn je Tientje Putz.

Sie hatte das Kostüm und die Bluse ausgezogen, merkwürdigerweise aber nicht ihre Küchenmädchenschürze, deren Bänder sie wieder ordentlich, mit gleich großen Schleifen, auf dem Rücken zugebunden hatte. Ansonsten trug sie noch ihren BH mit einem durchsichtigen Hemdchen darüber sowie eine Unterhose, die ihr fast bis zum Nabel ging. Vom Strumpfhalter hatte sie die Strümpfe gelöst, was einen schlampigen Eindruck machte, der nicht zu ihr passte: Der eine fing gerade an, hinunterzurutschen, der andere war bereits in kringeligen Falten in ihrer Kniekehle angekommen.

»Ist das die Macht der Gewohnheit?«, fragte ich.

»Was?« Sie warf mir einen scheelen Blick zu, mit dem sie gleichzeitig meinen Oberkörper abtastete, soweit er nicht unter der Decke war. »Was, die Macht der Fronarbeit?«

»Na ja, dass du die Küchenschürze anbehalten hast. Was ist denn das …« Ich zeigte auf die aufgenähte, rüschenverzierte Tasche auf der Vorderseite, die sich wie ein Kängurubeutel vorwölbte. Tiny griff hinein. Eine Sekunde lang blitzte in ihren Finger das grelle Gelb eines Staubtuchs auf, das genauso schnell wieder verschwand. Sie kehrte mir den Rücken zu.

»Du musst die Schleife noch einmal aufziehen«, sagte sie spitz.

»Ja, so kommen wir der Sache näher.« Ich erfüllte ihre Bitte.

Sofort knotete sie die Bänder wieder zusammen, noch fester als vorhin. »Noch mal.«

»Sag mal, Tiny, was soll das …«

»Der Moment, in dem der Knoten aufgeht«, sagte sie, »das ist einfach ein tolles Gefühl. Du verstehst aber auch gar nichts.«

Ich ruckte an einem der Bänder. In dem Moment, in dem die Schleife im Knoten verschwand und er sich löste, ging ein leichter Schauder durch Tiny.

»Das erinnert mich«, sagte ich, »an die Zeit, als mein Vater mir beibrachte, wie man Schleifen macht. Immer wieder von vorn. Bis ich es konnte.«

Ohne die Schürzenbänder ein weiteres Mal zu binden, schlüpfte Tiny neben mich ins Bett. »Das muss dann aber vor der Zeit meiner Überstunden bei Lata gewesen sein.« Sie sprach noch immer in diesem schnauzenden Ton, und das würde wohl auch so bleiben, denn es war nun mal ihr Stil. »Das weißt du natürlich nicht mehr. Ich kam abends mit großen Taschen voller Schuhe von der Bushaltestelle. Daheim klebte ich Sohlen darunter, und du hast mir beim Senkeln geholfen. Die Schuhbänder mussten nicht nur eingezogen werden, sondern auch zugebunden, damit es im Laden nach was aussah. Das hast du gut gemacht.«

Ihre Stimme schoss in ein höhnisches Lachen. »Für zehn Cent pro Stunde. Gutes Geschäft für mich.«

»So billig bin ich nicht mehr«, sagte ich.

»Ich dachte, du bringst jetzt mir einen Vorschuss.«

Tiny nahm sich das größte Schokoladenstück vom Nachttisch, das mit dem aufgeklebten Küken, und schob es quer in den Mund. Beide Wangen zeigten jetzt eine eckige Ausstülpung – bis sie das Stück zerbiss und zu kauen begann. Die harte Zuckergussmasse des Kükens knirschte zwischen ihren Backenzähnen. Vermischt mit ihrem Speichel entwickelte die Schokolade einen noch stärkeren Geruch. Ihre Kiefer mahlten gierig.

Ich legte meine Hand auf ihren straffen Bauch. »Du hast immer noch deine alte Figur.«

»Ist ja kein Kunststück, wenn man in meinem Alter noch keine Kinder bekommen hat.« Sie stieß die Worte so heftig hervor, dass Schokoladenspritzer herumflogen und zu ihrem Missvergnügen die weiße Bettwäsche besudelten. »Du aber auch, mit deinem Osterei. Damit du's nur weißt, es war bestimmt im Angebot, so viele Wochen nach Ostern. Geizkragen. Nimm auch ein Stück, du hast es schließlich bezahlt.«

Tiny richtete sich etwas auf und drehte sich zum Nachttisch, aber ich hielt ihren ausgestreckten Arm auf.

»Ich will schon was«, sagte ich. »Aber in anderer Form. Vorgekostet.«

Ich zog sie unter die Decke zurück, schob meinen Arm unter ihren Nacken und presste die Lippen auf ihren Mund. Meine Zunge versank in einem Meer geschmolzener Schokolade, vermischt mit den spitzen Körnern des Zuckergusskükens. Sie protestierte laut summend und machte Anstalten, meine Kehle mit beiden Händen zu würgen, um meinen Kopf zurückzudrängen. Ich nahm das Erstickungsgefühl in Kauf und rührte so lange wie möglich mit meiner ausgestreckten Zunge in ihrer Mundhöhle herum. Erst als der Kakaogeschmack ihres Speichels schwächer wurde, zog ich mich zurück. Dabei löste ich mit meiner Zungenspitze die kleine Prothese, die sie ihr »Hasenfüßchen« nannte: die beiden künstlichen Schneidezähne im oberen Gebiss, die mit Hilfe eines gespaltenen rosa Kunststoffstreifens an ihrem Gaumen haften sollten.

Als es Tiny nicht gleich gelang, das Hasenfüßchen zurückzuschieben, hob sie halb und halb quäkend zu weinen an. »Du ... du willst mich lächerlich machen, du Scheusal.«

Sie versuchte mich mit der flachen Hand zu treffen, wo sie nur konnte, aber es waren die Schläge eines Mädchens, schwach und ungezielt. Weil ich ihren Mund sauber ausgewischt hatte, besudelten ihre Spuckespritzer das Bettzeug nur noch mit schwach beigefarbenen Flecken.

»Früher hast du versucht, mich mit diesem Hasenfüßchen zum Gruseln zu bringen«, sagte ich. »Du hast unzählige Male versprochen, mir zu erzählen, wie du dazu gekommen bist. Nie hast du Wort gehalten. Mit vierzehn Jahren, mehr hast du nicht verraten.«

»Es war keine Geschichte für kleine Jungen.«

»Ich bin jetzt sechsundzwanzig und ganz und gar Ohr.«

»Vom Fahrrad gefallen«, sagte sie, immer noch etwas

weinerlich. »Lippe durchgebissen … Zähne mit dem Lenker ausgeschlagen … was weiß ich. Alles, woran ich mich noch erinnere, ist, dass ich einen Klingeldeckel mit einem vierblättrigen Kleeblatt hatte. Das Letzte, was ich sah.«

»Das Letzte … bevor?«

»Na, bevor ich in Ohnmacht fiel natürlich.«

»Bist du so hart aufgeschlagen?«

»Das kam durch den Blutverlust.« Sie schniefte wie ein kleines Mädchen.

»Moment mal … du bist mit den Zähnen auf den Lenker geschlagen, und dadurch hast du so viel Blut verloren, dass du bewusstlos auf der Straße lagst?«

»Das Blut kam nicht aus meinem Mund. Und jetzt will ich nicht mehr darüber sprechen.«

»Hilft es, wenn ich dich mit einem weiteren Stück Osterei füttere?« Hinter ihr streckte ich die Hand zum Nachttisch aus. Sie ließ die Lippen fest zusammengepresst, nahm mir das Schokoladenstück vorsichtig aus den Fingern und steckte es mir in den Mund. »Jetzt will ich aber wissen«, sagte ich, »was da los war … wie es ausging.«

»Das Blut strömte nur so an meinen nackten Beinen hinunter … und in meine Socken und Schuhe rein. Es tropfte von den Pedalen. Ich hatte schon literweise Blut verloren, bevor die beiden Zähne abbrachen.«

»So hat man dich von der Straße aufgesammelt. Bewusstlos vom Blutverlust.«

»Von wegen aufgesammelt.« Sie schlug meine Hand weg. »Es war auf dem Zwarte Pad … du weißt schon, dem Puttense Dreef. Dort ist kaum Verkehr. Ich kam wieder zu mir. Wenn du jetzt glaubst, dass sich ein Prinz mit einem Fläschchen Riechsalz über mich beugte, dann irrst du dich gewaltig. Ich kam zu mir, blutüberströmt. Ich habe das Fahrrad liegenlassen und bin zum Haus von Nico van Dartel gestolpert. Ich habe geklingelt. Es war niemand zu Hause. Ich habe mich in den Vorgarten gelegt. Auf die nassen Kiesel, neben dem Goldfischteich. Ich war mir sicher, dass ich dort sterben würde. Ich verlor wieder das Bewusstsein.«

»Du lebst noch.«

»Die van Dartels haben mich gefunden. Mehr tot als lebendig. Sie riefen eine Ambulanz, und so kam ich ins Krankenhaus. Noch gerade rechtzeitig für eine Bluttransfusion. Als ich wieder zu mir kam … das Erste, woran ich mich erinnere, ist, dass ich mit der Zunge eine Lücke zwischen den oberen Zähnen spürte. Ich dachte: Jetzt will ich nicht mehr leben. Alle werden mich verspotten.«

»Du bist wieder auf die Beine gekommen.« Ich streichelte ihr mit dem Handrücken über die Wange. »Du hast sogar einen Ersatz bekommen.«

Tiny schüttelte meine Hand mit einer raschen Kopfbewegung ab, als würde sie eine Fliege verjagen. »Auf die Beine gekommen vielleicht. Aber nie darüber weggekommen.«

»Erzähl mir dann um Himmels willen endlich, was mit dir los war.«

»Heute nicht.«

»Ich habe vorhin erwähnt, wann und wie ich zu dir ins Bett gekrochen bin … ja, auch noch mit elf. Widersprich mir nicht. Einmal hast du mich nicht unter die Decke gelassen. Du fühltest dich unsauber, hast du gesagt. ›Ich stinke.‹ Bei mir daheim war Aufklärung klein

159

geschrieben. Du hast mir damals erklärt, was das war, die Tage haben, hast erzählt, dass sie jeden Monat wiederkommen, dass es in deinem Fall aber ... dass du sie unregelmäßig bekamst. War das so was, da, auf dem Puttense Dreef? Dieser enorme Blutverlust ... lag das an deiner unregelmäßigen Menstruation?«

Tiny schnaubte verächtlich. »Bis zu meinem vierzehnten Lebensjahr kam die Regel pünktlich wie die Uhr. Das Unregelmäßige, das war erst später. Und jetzt hör ich auf. Mir wird jedes Mal kotzübel davon.«

»Fast verblutet ... das kann ich mir irgendwie vorstellen.«

»Nein, kannst du nicht, Albertje Egberts, mit all deinen Vorlesungen und all deiner Gelehrtheit. Wenn ich sage, mir wird jedes Mal wieder schlecht davon, dann nicht, weil ich damals beinahe verblutet wäre, sondern weil ich letzten Endes nicht verblutet bin. Ich schleppe diesen ganzen Mist jetzt schon fast ein Vierteljahrhundert mit mir herum. Feine Sache, sag ich dir.«

Dank des schokoladengetränkten Kusses hatte sich Priapus meiner wieder erbarmt. Jede Faser, jeder Nerv meines Körpers spannte sich für die hinausgeschobene Entladung an, aber jetzt, wo Tiny mit ihrer Geschichte so weit gekommen war, wollte ich erst alles wissen. Nicht umsonst hatte ich mich all die Jahre, auch als mein Denken noch kindlich primitiv war, gefragt, was nur in meine hübsche Tante gefahren war ... was nur diesen tiefen Hohn gegen alles und alle in ihr geweckt hatte ...

»Dann erzähl jetzt doch mal die ganze Geschichte«, sagte ich. »Bei mir ist sie sicher.«

»Wenn ich dir alles erzählen würde, würdest du dir

hinterher wünschen, du hättest es nie gehört. Und sei es nur wegen der Rolle deiner Mutter.«

»Jetzt will ich's aber wirklich wissen.«

»Also gut. Als ich mein Fahrrad wiederbekam, zeigte sich, dass die Klingel verbeult war … du weißt schon, die mit dem vierblättrigen Kleeblatt. Ich konnte nicht mehr klingeln. Nur wenn ich den Deckel etwas losdrehte, klang sie klar. Dann aber bestand die Gefahr, dass er runterfiel und im Rinnstein landete. Letztendlich ist der Klingeldeckel in einen Gully gerollt. Der Freek hat noch versucht, ihn rauszuangeln. Mit einem Magneten an einer Schnur.«

5

Die kurze Schürze, die nur noch mit einer Art Henkel um Tinys Hals hing, baumelte inzwischen wie ein Lumpen an ihrem Oberkörper. Das Hemdchen darunter ließ sich mühelos ausziehen, genau wie der Büstenhalter (ich schreibe das Kleidungsstück genauso hin, wie es aussah), trotz des stützenden Bandes unten, das ein halbes Korsett daraus machte.

Außer im Säuglingsalter, das zwar Spuren, aber keine Erinnerungen hinterlässt, hatte ich den Busen meiner Mutter ein einziges Mal entblößt gesehen, mit dreizehn, und da auch nur versehentlich. Sie beugte sich leicht vor, um ein Nachthemd über Kopf und Schultern fallen zu lassen. Die Brüste schwangen in dieser Haltung hin und her und hingen infolge ihres Gewichtes gleichzeitig, wodurch sich stellenweise eine leichte Pockennarbigkeit in der schneeweißen Haut zeigte. Was mir vor allem auf-

fiel, waren die dunkelbraunen Brustwarzen als Kontrast
zu den glasig rosigen Nippeln, die in dieser Zeit meine
Tagträume beflügelten.

Tante Tiny war jetzt so alt wie meine Mutter damals.
An ihren Brüsten, vor allem den dunklen Höfen, erkannte ich die ihrer ältesten Schwester wieder. Ich streichelte sie, doch die Nippel wurden, obwohl sie sich ein
wenig zusammenzuziehen schienen, nicht so hart, wie
man es gerade bei solchen braunen erwarten würde. Ich
rollte sie zwischen meinen Fingern, kratzte ein wenig
daran und biss sanft hinein: Nach kurzer Verhärtung,
vielleicht nicht mehr als eine Pawlow'sche Reaktion,
wurden sie wieder weich.

»Es ist dir doch recht, wenn ich sie berühre?«

»Tu, was du nicht lassen kannst.«

Um an das Gummiband ihrer ziemlich groß ausgefal-
lenen Unterhose zu kommen, musste ich den Strumpfhalter hochziehen. Was ich da hinunterschob und wofür
ich beide Hände brauchte, war ein bedeutend stattli-
cheres Textilstück, als ich bei meinen Freundinnen in
Nimwegen gewöhnt war. Wenn ich die Augen schloss,
erschien das Wort SCHLÜPFER in zynischen Neonbuch-
staben auf meiner Netzhaut.

»Streicheln?«

»Ich sag doch: Tu, was du nicht lassen kannst.«

Als ich ihre Beine zu spreizen versuchte, reagierte sie,
möglicherweise unwillkürlich, ziemlich spröde. Sie zog
das eine Bein an und legte es über das andere. Mit dem
Hintern rutschte sie auf dem Laken hin und her, wie
um eine stabilere Position zu suchen, schien die richtige aber nicht zu finden. Schließlich zwängte ich meine
Hand einfach zwischen ihre Schenkel, die sie daraufhin

nur noch fester zusammenpresste. Das machte Marike de Swart in Nimwegen auch, aber erst nach dem großen Moment, als wolle sie die Hand, die ihr so viel nicht auszuhaltenden Genuss bereitet hatte, zerquetschen, zermalmen, zerbröseln. Tante Tiny schien eher etwas verhindern zu wollen.

Ich durfte ihr das nicht verübeln. Die Situation war etwas misslich. Ich war ihr Neffe, sie meine Tante, eine Schwester meiner Mutter. Dazu kam, ich erwähne es zum wiederholten Male, dass Tiny mehr von ihrer ältesten Schwester als von ihrer eigenen Mutter erzogen worden war, was mir eine ältere Schwester aufhalste (die zugleich meine Tante war). Der Gedanke an Blutschande, der mich stimulierte, hemmte sie möglicherweise, auch wenn sie einverstanden gewesen war, mit mir ins Schlafzimmer zu gehen.

Die Aussage, dass ihre Drüsen nicht richtig arbeiteten, wäre medizinisch gesehen vielleicht unzutreffend, aber meine Finger stießen einzig und allein auf Sprödigkeit. Sie atmete durch die Nase, doch es war ein trockenes Schnauben, das keinerlei Lust verriet, geschweige denn Leidenschaft.

»Tiny, soll ich dich … mit der Zunge streicheln? Dann musst du die Beine aber ein bisschen weiter auseinander nehmen.«

Mein Vorschlag überraschte sie offenbar derart, dass sie zu sagen vergaß, ich solle vor allem tun, was ich nicht lassen könne. Als beeile sie sich, einen Befehl auszuführen, zog sie rasch die Beine hoch, wobei ihre Schenkel auseinanderklafften. Ich drückte sie mit beiden Daumen auf. Näher konnte ich meiner Mutter nicht kommen.

Schon bei der ersten Berührung mit meiner Zunge

schrie Tante erschrocken auf. Ihre Drüsen begannen jetzt zu arbeiten. Mein Speichel, noch schokoladegesättigt, färbte ihre Säfte. Tiny stieß Schreie aus wie jemand, der unversehens mit eiskaltem Wasser begossen wird. Ihr Körper zuckte und zitterte – eher vor Schmerz, so schien es, denn vor Genuss. Ich spürte die scharfen Zuckerkörner auf meiner Zunge und fragte mich, ob sie womöglich ihren Kitzler kratzten. Sie stützte sich auf die Ellbogen, stemmte sich in die Matratze und schien sich jeden Moment nach hinten schieben zu wollen – weg, nur weg von diesem grässlichen Maul.

Als es ihr kam, begann sie zu wimmern. Sie drückte die Fersen in die Matratze und krümmte sich aufwärts in die Kissen. So hörte sich nur jemand an, der in die Enge getrieben wurde und dessen Atem stockt und dann wieder hoch und pfeifend losgeht.

Später kehrte sie mir den Rücken zu. Die Abdrücke der vier BH-Häkchen folgten exakt der Linie ihrer Wirbelsäule. Ich betastete sie mit der Fingerspitze.

»Lass das.«

»Ich sollte doch tun, was ich nicht lassen kann.«

Sie drehte sich um. »Ich habe zum ersten Mal seit einer Ewigkeit wieder mal wahnsinnige Lust auf eine Kippe.«

»Ich kann dir keine geben. Ich rauche nicht. Nimm ein Stück vom Osterei.«

Ich wollte sie fragen, ob sie es genossen habe, aber sie kam mir zuvor.

»Macht ihr so was in eurem Studentenleben? Du hast gegrunzt und geschlabbert wie ein Schwein. Ich dachte jeden Moment: Jetzt beißt er zu … jetzt frisst er mich auf …«

»Man könnte ja meinen, man hat es dir noch nie auf diese Art … besorgt.«

»Wer schon? Koos hat keine Ahnung von Tuten und Blasen. Der grunzt zwar, aber nicht zwischen meinen Schenkeln. Er hat viel zu viel Angst, dass ich ihn mit meinen Beinen erwürge. Wer wollte ihm das verübeln?«

Tiny hatte mich bis dahin noch mit keinem Finger berührt. Ich gab zu verstehen, ich wolle jetzt auch meinen Teil.

»Gar nicht dran gedacht«, sagte sie. »Dann komm mal schnell her.«

Als ich mich zum Kopfende hin bewegte, fiel ihr Blick auf den nassen braunen Fleck aus verdünnter Schokolade mitten auf dem Laken. Wieder begann Tiny zu wimmern, diesmal in einem etwas haushaltsmäßigeren Ton.

»Ich hatte doch extra ein Handtuch hingelegt. He, verflixt noch mal, Albert. Da kommst du nach ungefähr fünfzehn Jahren wieder mal her, und schon gibt's Schmierkram … die reinste Sauerei … Gut möglich, dass es durchgesickert ist, und dann ist auch die Matratze hin.«

Von da an hieß es Priapus gegen Tientje Putz. Ein ungleicher Kampf, den Ersterer unmöglich gewinnen konnte. Tiny bewegte Daumen und Zeigefinger um meine Vorhaut in der gleichen schnipsenden Weise, mit der sie vor vielen Jahren meine schlummernde Männlichkeit zum Leben erweckt hatte, aber sie konnte nichts mehr von dem ranzigen Paarungstrieb retten, der mich an diesem Tag nach Breda getrieben hatte. Weil ich dachte, die Lust würde durch die Tat zurückkehren,

165

unternahm ich noch einen Versuch, meiner Tante alle Ehre zu erweisen. Ich blieb impotent.

»Neffe und Nichte / liebt sich bei Lichte«, deklamierte Tiny. »Neffe und Tante ... da fällt mir auf die Schnelle nichts ein, was sich darauf reimt. Vielleicht etwas mit Kante oder rannte.«

Noch während ich mich anzog, machte sich Tiny über das Bett her, nachdem sie sich die Schürze wieder fest umgebunden hatte. Sie zog das Laken heraus, schlug es auf und kontrollierte den Moltonmatratzenschoner, auf dem ein etwas kleinerer Schokoladenfleck zerflossen war. Die Matratze selbst hatte geringen Schaden erlitten, trotzdem genug, um Tientje Putz zum Zetern zu bringen.

»In diesen Studentenheimen, da wird nur rumgesaut. Essen im Bett ... Prinzessin auf der Erbse ... kein Problem. Pinkeln ins Waschbecken, kacken auf eine Zeitung ... und so was soll demnächst an der Spitze unserer Gesellschaft stehen. Fieslinge, ihr. Sieh dir das an. Eine teure Matratze im Eimer. Wir hatten gerade die Sommerseite nach oben gedreht. Wie bist du versichert?«

»Gegen alles«, sagte ich. »Über die Police meiner Eltern. Musst ihnen nur erklären, was hier passiert ist. Schokoladenei zerdrückt während erotischen Beisammenseins von Albert mit seiner Tante Tientje. Dann werden sie schon blechen.«

6

Auf dem Weg zur Diele durch den Flur ging ich am Gästezimmer vorbei, in dem ich Anfang der sechziger

Jahre ein paarmal eine Sommerwoche lang geschlafen hatte. Ich hatte nicht vor, einen Blick hineinzuwerfen, etwa aus sentimentalen Gründen (Tiny hatte mich wieder zur Genüge an die alte Zeit erinnert), aber dann blieb ich doch vor der Tür stehen. Im Zimmer lief Musik. ABBA. *Dancing Queen.* Jemand musste da drinnen sein. Koos? Ach wo, dann hätte Tiny mich ja nicht ins eheliche Bett geschleppt. Es sei denn … dass Koos unerwartet nach Hause gekommen war, an der Schlafzimmertür gelauscht hatte und jetzt, sich zusammennehmend, Radio hörte. In dem Fall tat ich gut daran, die Wohnung so schnell wie möglich zu verlassen.

Meine Neugier siegte. Ich schaute zum anderen Ende des Flurs, wo aus der offenen Badezimmertür das Geräusch einer sich schwappend drehenden Waschmaschinentrommel drang, die die Schokoladenpaste aus den Bettlaken schlug. Im Zimmer daneben war Tiny fluchend damit beschäftigt, die Matratze zu wenden: die Winterseite nach oben. Ich legte mein Ohr an die Tür. *Dancing Queen* ging zu Ende, und ein Moderator übernahm mit aufgeregter Stimme. Ich klopfte. Keine Antwort. Ich drückte die Klinke hinunter. Die Tür war abgeschlossen. Der Schlüssel steckte außen. Ich drehte ihn um.

In einem Sessel am Fenster saß meine Großmutter, eingenickt, den runzligen Kopf auf die kleine Faust gestützt, aus der der Zipfel eines zusammengeknüllten Taschentuchs lugte. Im Zimmer stank es. Zu Füßen der alten Frau stand ein mit einer zusammengefalteten Zeitung abgedeckter Topf. Auf einem Bord mit Fettpflanzen befand sich das hellblaue Radio, aus dem Lautsprecher tönte die Erkennungsmelodie, einen Werbeblock ankündigend. Meine Großmutter war mit einem zu

langen Nachthemd mit fleckigem Saum und einem viel
zu weiten Morgenmantel aus verblichenem Frotteestoff
bekleidet, den ich vor langer Zeit an Tiny gesehen hatte.
Ich berührte sanft ihre Schulter.

»Oma …«

Sie wurde ruckartig wach und sah mich ängstlich an,
als erkenne sie mich nicht.

»Oma, nicht erschrecken. Ich bin's, Albert.«

Ich hatte automatisch meine Stimme gedämpft, als
ahnte ich, dass die Entdeckung meiner Großmutter ihrer Tochter nicht lieb sein würde.

»Wer bist du? Sprich nicht so leise. Ich bin ziemlich
schwerhörig.«

Ich schloss die Tür, so dass ich nicht mehr zu flüstern
brauchte. »Albert. Dein ältester Enkel.«

»Albertje … jetzt seh ich's. Ach herrje, mein Junge,
was machst du hier?« Gleich nachdem sie mich erkannt
hatte, rannen Tränen aus ihren Augen.

»Ich besuche Tante Tiny. Ich wusste nicht, dass du
hier bist. Sie hat nichts gesagt. Warum weinst du?«

Oma machte eine wegwerfende Handbewegung
in die Richtung, in der sie ihre Tochter vermutete. Sie
schüttelte den Kopf mit dem ungekämmten weißen
Haar, öffnete den Mund, brachte aber kein Wort heraus.
Sie deutete auf das Radio und gab mir mit einer Drehbewegung ihrer Hand zu verstehen, ich sollte es leiser
stellen. Sicherheitshalber schaltete ich es ganz aus. Oma
sah mich dankbar an, weinte aber lautlos weiter. Sie begann, ihr zusammengeknülltes Taschentuch auseinan-
derzuzupfen, um sich das Gesicht abzutrocknen, und so
sah ich, dass ihr Arm mit einem Riemen um den Stuhl
gebunden war. Es handelte sich um eine rote Lackleine,

deren Ende um die Lehne durch die Schlaufe gezogen und mit dem Karabinerhaken an Omas Armband festgemacht war.

»Oma, was ist das … bist du hier angekettet wie ein Hund?«

Ich hatte in der Familie Geschichten vom verschärften Terror gehört, den Tiny in letzter Zeit über ihre Mutter ausübte. Sie fuhr oft während der Woche nach Eindhoven, um Oma »abzuseifen«, wie sie das nannte. Meine Mutter war einmal unerwartet vorbeigekommen, als Tiny mit Oma unter der Dusche stand – Tiny in Badeanzug und Bademütze, die alte Frau nur in ihrer runzligen Haut. Fassungslos hatte Mama minutenlang von der Badezimmerschwelle aus zugeschaut, wie Tiny ihre betagte Mutter durch die Dusche scheuchte, indem sie sie an ihrer Hand eine Art Pirouette drehen ließ, so dass Oma, wieder losgelassen, schwindlig und benommen gegen die gefliesten Wände stieß und um Gnade wimmerte.

»Tien, hör auf. Mir wird schlecht davon. Ich muss mich übergeben.«

»Es geht nicht anders, Mensch. Du hast dich dein Leben lang nie gewaschen. Der Dreck muss einweichen und allmählich abgehen. Ich sorge dafür, dass die Strahlen überallhin kommen.«

Als Tiny die alte Frau ruppig mit einem nassen Waschlappen zu bearbeiten begann, beendete Mama die Sache. Künftig würden sie Oma einmal die Woche gemeinsam versorgen. Aber Tiny holte Oma auch regelmäßig nach Breda, und was dort geschah, entzog sich der Kontrolle meiner Mutter. Niemand konnte ahnen, dass die alte Frau hier im wahrsten Sinne des Wortes kurz gehalten wurde und wegen der Hundeleine nicht einmal genügend Bewegungsfreiheit besaß, um das schikanös laut auf Popmusik eingestellte Radio leiser zu drehen.

Ich griff nach der Leine und hakte sie von dem Armband los. Oma versuchte, mich daran zu hindern. Sie deutete auf die Tür und auf ihren Mund und bewegte dann ihren Finger hin und her: Ihrer Tochter dürfe ich nichts sagen. Oma versuchte, den Haken wieder am Armband festzumachen, was ihr aber nicht gelang. Ich nahm ihr die Leine ab und löste sie von der Lehne. Über Omas runzliges Gesicht strömten unentwegt Tränen, von Falte zu Falte kullernd.

»Bekommst du denn zu essen?«, fragte ich.

Oma zeigte auf eine angebrochene Keksrolle auf der Fensterbank. Trinken konnte sie aus einer vollen Gießkanne, deren Schnabel sie nur an den Mund zu setzen brauchte. Ich leerte den Nachttopf in die Toilettenschüssel und spülte ihn unter dem Wasserhahn aus. Auf die Klospülung verzichtete ich, damit Tiny nicht auf das Geräusch hin angestürmt kam. Ich wollte sie nicht mehr sehen. Diese Frau mit ihrem miesen, sadistischen Charakter verabscheute ich, ganz abgesehen von der Impotenz, die sie mir in der Blüte meines Lebens wieder aufgehalst hatte. Meiner Mutter würde ich Omas Geiselhaft melden, und dann sollte die Familie das unter sich ausmachen. Ich hatte meine eigenen Probleme.

Ich stellte den Nachttopf wieder auf seinen Platz und beugte mich zu meiner Großmutter, um ihr einen Abschiedskuss zu geben. Ihre Wange war nass, aber die Tränenflut schmeckte nicht salzig. Machte das Alter das mit einem: dass sogar die Tränen fade zu schmecken begannen?

»Tschüs, Oma. Ich komm dich im Sommer in der Lynxstraat besuchen.«

Sie nickte dankbar, brachte aber immer noch kein Wort heraus. Ich ließ die Tür einen Spaltbreit offen, als Zeichen für Tiny, dass ich die angekettete alte Frau entdeckt hatte. Den Schlüssel steckte ich in die Tasche, um ihn später wegzuwerfen, in einen Gully oder so. Die Hundeleine ließ ich in der Diele, um den Schirmständer geschlungen. Was war eigentlich in der Plastiktüte in meiner Hand? Ach ja, die übrig gebliebene Hälfte des Ostereis, die ich nicht zurücklassen wollte. Natürlich hätte ich die Schokolade meiner Großmutter geben können, als Ergänzung zu ihrer Keksdiät, aber das kam mir dann doch etwas zu albern vor nach allem, was an diesem Nachmittag passiert war.

7

Ich sollte mich jetzt besser mal neu auf die Bedeutung der Blutschande für meine Libido besinnen. Bei der guten Milli Händel, die vielleicht meine Cousine war, vielleicht aber auch nicht, war es mir 72 nicht gelungen, meine erotische Formkrise zu überwinden. Nach vier sorglosen Jahren, in denen ich wie ein Tier rammelte, hatte ich mich heute von dunkleren Trieben als der normalen Brünstigkeit leiten lassen: dem Geruch und Geschmack des eigenen Bluts. Das Ergebnis? *Dass ich mich, verdammt noch mal, bei meiner eigenen Tante als impotent erwiesen hatte.*

Jetzt saß ich mit hängenden Ohren im Intercity zurück nach Nimwegen. Der einzige Geruch und Geschmack, die mir geblieben waren, stammte von dem halben Schokoladenei auf der Hutablage im Abteil. Auf der Hinfahrt hatte ich Schmerzen zwischen den Beinen von all dem, was mich an herrlich Verdorbenem erwartete. Jetzt, in umgekehrter Richtung, verspürte ich Stiche in den Hoden von der ausgebliebenen Befriedigung. Es verlockte mich auf einmal äußerst stark, nachher, nach Ankunft in Nimwegen, bei dem Mädchen vorbeizuschauen, das mir vor vier Jahren bei der Wiederherstellung meiner Manneskraft so geduldig zu Diensten gewesen war. Marike de Swart: damals meine Retterin in der Not und jetzt vielleicht wieder.

Am Bahnhof nahm ich den Bus in den Stadtteil Hatert, in dem sie wohnte. Marike war überrascht, dass ich vor der Tür stand. Wir schwelgten kindlich verschwörerisch in der übrig gebliebenen Schokolade. Damals hatte sie sich mit viel Verständnis und Mitgefühl meine Geschichte von der Cousine angehört, die, unbeabsichtigt, mein Unvermögen in komplette Lähmung verwandelt hatte. Marike hatte sich ohne das geringste Zögern darangemacht, an meiner Heilung zu arbeiten. Aus diesem Grund und in der sicheren Erwartung, auf die gleiche Weise behandelt zu werden, traute ich mich, ihr von meinem katastrophalen Besuch bei Tante Tientje in Breda zu erzählen. Ich hoffte sogar, der Bericht würde sie ein wenig erregen. Deshalb ließ ich, tollkühn, kaum ein Detail aus. Von meinem eigenen Vortrag mitgerissen, bemerkte ich zu spät, wie sich Marikes Gesicht bezog und wie sie erbleichte. Als ich vom Osterei anfing, sprang sie auf, rannte zum Waschbecken und ließ einen Mundvoll noch nicht ganz zermahlener Schokolade hineintropfen.

»Igittigitt«, rief sie aus und drehte den Hahn auf, »und das bringst du mir dann zum Essen. Du Perversling!«

Sie spülte sich den Mund gründlich aus und wischte sich dann mit einem rauhen Handtuch über die Lippen, bis sie rot waren. Danach schickte sie mich ohne Brimborium weg.

»Marike, hör doch zu … ich kann dir alles erklären. Es hat eine ganz traurige Vorgeschichte.«

»Ja, deine Vorgeschichten kenne ich jetzt allmählich. Mir dreht sich der Magen um. Geh jetzt …«

»*Seine Fahrt nach Westbrabant ist immer unaufgeklärt geblieben.*« So würde meine Lebensgeschichte sicher nicht enden. Was in mir weiternagte, war der Gedanke, dass ich mich nach wie vor im Unklaren darüber befand, was Tante Tiny zu einem so unmöglichen und hasserfüllten Menschen gemacht hatte. Die Ostereistücke als Vorschussgeld hatten wieder nicht zum Ziel geführt, und ihre Enthüllungen waren nicht über diesen einen Cliffhänger hinausgelangt.

Alles, aber auch alles war heute schiefgegangen, genau wie in diesem Lied von Ramses Shaffy. Obwohl … das große Osterei mit Zuckergussdekor und seidenen Bändern war ein Schnäppchen gewesen, sein Verlust brauchte nicht als großer Minusposten verbucht zu werden. Auf dem Weg zur Bushaltestelle sang ich leise den Refrain von Shaffys Song:

> Aber wir leben noch
> Ja, wir leben noch
> Und wir leben noch
> Also nicht gejammert

Zu seiner Rubinhochzeit hatte Opa diverse Ergänzungen zu seiner elektrischen Eisenbahn geschenkt bekommen (darunter eine vierzig Zentimeter lange Eisenbahnbrücke), doch der alte Traum von der Minischweiz verflog schon bald, und zwar für immer. Er übergab alles meinem Bruder Freek, der mit seinen vierzehn Jahren inzwischen eigentlich auch schon zu alt dafür war, es aber nicht abzulehnen wagte. Spielen, das bedeutete 1970 für einen Vierzehnjährigen: immer offener an einer Zigarette nuckeln, die erste selbständige Mopedfahrt auf der Puch eines älteren Freundes, die Tasten der Jukebox in der Snackbar Maréchal, »Tiefschlundküsse« auf dunklen Feten, bei denen der Zapfenstreich galt. Doch wenn der eigene Großvater fast flehentlich fragte, ob man »noch immer Zigarrenbauchbinden sammele«, dann nahm man sie voller Dankbarkeit entgegen und sagte: »Oh, schön. Diese große von Velázquez hatte ich noch nicht.«

Eine Jugend lang Eiertanz: Selbst aus großer Entfernung erkannte man uns am vorsichtigen Gang.

Ich besuchte meine Großeltern in dem lodernden Sommer 76 und merkte, dass ich mich in ihrem Haus unbehaglich fühlte nach dem, was einige Monate zuvor zwischen Tiny und mir vorgefallen war. Ich erkundigte mich bei Opa nach Dem Monument. Ja, das würde er natürlich noch fertig machen, das wäre sonst ja zu schade, aber das war dann endgültig das Ende dieses Hobbys. Eine rubinrote Kugel als Krönung des Obelisken war nicht mehr nötig – es sollte jetzt eine goldene werden, im Vorfeld seines fünfzigsten Hochzeitstags.

Daraus wurde nichts. Opa brachte selbst bei milden Temperaturen nicht mehr die Energie auf, sich vom Wohnzimmer in den kleinen Schuppen zu begeben. Es stellte sich heraus, dass er an Altersdiabetes litt, aber das erklärte nur zum Teil seinen völligen Mangel an Lebenslust.

»Dass Tineke jede Woche herkommt und die Kacke zum Dampfen bringt, das macht mich fertig«, sagte er bei einer späteren Gelegenheit zu mir. »Koos genauso. Sie hören nicht auf, über Aktien zu labern, die ich nicht habe. Ich muss wirklich ein verdammt schlechter Vater gewesen sein, anders kann ich es mir nicht erklären. Das macht mich ganz krank.«

»Sag ihnen doch einfach, dass sie nicht länger willkommen sind.«

»Ich habe sie schon mal vor die Tür gesetzt, die beiden. Raus mit euch und lasst euch nie wieder blicken. Zwei Wochen später standen sie wieder auf der Matte … nein, schon im Flur. Sie kamen ins Wohnzimmer und setzten sich. Keine Stunde später gab's wieder Zoff. Die Aktien. Die alte Socke mit dem Ersparten. Tineke sagte: ›Ich wette, meine Lohntüten von Lata liegen noch in der Schublade. Ungeöffnet. Mein Geld.‹ Sie behauptet steif und fest, ich schulde ihr einen Haufen Geld.«

Niemand unternahm etwas gegen den Bredaer Terror. Auch ich nicht. Ja, ich sprach noch mal mit meiner Mutter darüber, ob sie denn keine Lösung wisse. Ich bemerkte ihren besorgten, fast schon ratlosen Blick. Sie seufzte tief und zuckte mit den Schultern. »Jemine, was ist das Leben doch kompliziert.« Erst später wurde mir klar, dass auch sie, allerdings auf viel subtilere Weise, von Tientje Putz erpresst wurde.

Währenddessen siechte ihr Vater in Diabetes und Bitterkeit dahin. Er mied die Ärzte. Seine letzten Worte lauteten: »Keinen Doktor.«

Opa starb im September 77. Er wurde achtundsiebzig. »Das wünsch ich mir auch«, sagte Koos bei der Beerdigung.

Ich wollte vorschlagen, Das Monument, unvollendet wie es war, auf sein Grab zu stellen, verzichtete aber schließlich darauf. Es hat noch jahrelang im hinteren Garten der Lynxstraat 83 gestanden. Tauben hackten in den braun gewordenen Gips, wobei die Hieroglyphen ihren Schnäbeln Halt boten. Der gekrümmte Draht, der aus der Spitze des Obelisken ragte, sah aus wie der Docht einer Kerze, die lange nicht gebrannt hat.

9

In den achtziger Jahren wurden meine Eltern ein paarmal vom Ehepaar Kassenaar in den Urlaub mitgenommen. Ich war dabei, als Koos mit dem Vorschlag herausrückte. Ich mischte mich nicht ein, wurde aber ungewollt Zeuge der Pläneschmiederei, die vonseiten der Kassenaars etwas Aggressiv-Aufdringliches hatte.

»Dann habt ihr wenigstens auch mal was.«

So wurde es zwar nicht buchstäblich gesagt, aber diese Worte stellten doch eine perfekte Zusammenfassung des Besprochenen dar. Meine Eltern fuhren nie in Urlaub. Sie hätten es sich, nachdem die Kinder aus dem Haus waren, vielleicht leisten können, hatten aber keine Lust dazu. Ich bot ihnen einmal für zwei Wochen unser Haus in Amsterdam-Zuid an, als Zwanet und ich mit der kleinen Cynthia in Avignon auf einem Festival waren (wo ein Stück von mir aufgeführt wurde, unter französischer Regie), was sie nach langem Zögern annahmen. Ich hinterließ tausend Gulden für sie, damit sie ein paarmal essen gehen konnten. Später erfuhr ich per Zufall, dass sie das Geld komplett meiner Schwester hatten zukommen lassen, die mit Schulden kämpfte. Sie blieben genauso gern daheim, in ihrem kleinen Haus im Eindhovener Stadtteil Achtse Barrier. Urlaub, so ein Heckmeck.

Koos und Tiny wollten meine Eltern in der Bretagne dabeihaben.

»Mal schön durchpusten lassen an der Küste«, sagte Koos zu meinem Vater, strahlend, fast funkelnd vor Nächstenliebe. »Der Seewind ist gut für deine Bronchien, Albert. Unter einer Bedingung. Wir bezahlen alles. Angefangen vom Benzin bis hin zum Eis: Ich zieh das Portemonnaie.«

Meine Eltern sahen sich an – ganz flüchtig, aber ich spürte schon jetzt, wie aufgeschmissen sie sich fühlten.

»Das werden wir noch sehen«, sagte meine Mutter.

»Nein, das ist die Bedingung«, sagte Koos. Er konnte seine Augen so schön bis zur Unauffindbarkeit zusammenkneifen, wenn er keinen Widerspruch duldete. »Wenn wir uns darüber nicht einig werden, wird nicht gefahren.«

So gern sie es auch getan hätten, meine Eltern trauten sich nicht, es abzulehnen. Ich saß auf dem Sofa, während die beiden Ehepaare am Tisch alles besprachen, und hätte am liebsten geschrien: »Tut es nicht! Das kann nur schiefgehen!« Aber ich hielt den Mund. Wieder einmal griff ich nicht bei dem schrecklichen Zores ein, in den Tientje Putz die Familie immer wieder hineinritt. Denn es war ursprünglich ihr Vorschlag, da war ich mir sicher, und nur Gott weiß, was sie damit im Schilde führte. Bei ihrer Ankunft war sie ganz schnell, ohne dass meine Mutter es sah, mit ihrem gelben Staubtuch über die Sessellehnen gefahren, was normalerweise auf einen unmittelbar bevorstehenden Anfall von Regelwut und Wahrheitsliebe hindeutete.

»Das ist nicht gut für das Emphysem deines Vaters, dieser ganze Staub«, hatte sie entschuldigend gesagt, als ich sie dabei ertappte. »Man sieht's nicht, aber er schwirrt trotzdem in der Luft. Davon kommt dieser üble Reizhusten.«

»Bei der letzten Untersuchung hat man knallgelbe Fasern in seinem Lungengewebe gefunden«, sagte ich. »Unter dem Mikroskop, ich durfte auch mal schauen, sehen sie aus wie Getreideähren in Marschformation. Sie heften sich bombenfest an die Lungenbläschen. Vor allem der giftgelbe Farbstoff kann den Tod beschleunigen.«

Tiny stellte ihr Staubwischen schnell ein und verwahrte das Tuch in einem verschließbaren Plastikbeutel, den sie in ihre Tasche steckte. »Du auch immer«, sagte sie.

Der gemeinsame Urlaub fand statt, und es ging schief. Aus dem späteren Bericht meiner Mutter konnte ich schließen, dass die Kassenaars die Kampfarena ihres ewigen Wohnzimmerkriegs an einen neutralen Ort an der bretonischen Küste verlagert hatten, um ihre Wortgefechte dort in Gegenwart zweier beteiligter Zeugen fortzusetzen. Sie kamen für die Reise- und Aufenthaltskosten meiner Eltern komplett auf, mit der unausgesprochenen Forderung, die Zuhörer sollten Partei ergreifen. Natürlich bestand Tiny darauf, dass ihre Schwester und ihr Schwager in jedem Teilkonflikt des großen Streits sich beide eindeutig auf ihre Seite stellten. Koos seinerseits versuchte, das Ehepaar Egberts davon zu überzeugen, dass er recht hatte.

»Es war fürchterlich anstrengend«, sagte meine Mutter. »Und das ganze Gezanke ließ sich immer wieder auf das Eine zurückführen. Ihr kinderloses Haus. Egal welche schrecklichen Vorwürfe sie einander sonst noch machen, es läuft immer wieder darauf hinaus. ›Du hast schwachen Samen.‹ ›Du wolltest keine IVF.‹ Von morgens bis abends in einer Tour. Koos zufolge hat unsere Tien seinerzeit das Ergebnis einer Fruchtbarkeitsuntersuchung absichtlich beiseitegeschafft.«

»Es gibt immer eine Kopie im Archiv.«

»Die zwei, Albert, sind nicht bereit, dem anderen auch nur einen Millimeter nachzugeben. Natürlich hätten sie sich nur um eine Kopie bemühen müssen … sie hätten sich auch noch einmal testen lassen können, selbst jetzt noch … aber sie haben alle beide eine Heidenangst davor, dass der andere recht haben könnte. So stecken sie gemeinsam immer tiefer in dieser Horrorehe fest.«

»Haben sie eigentlich je an eine Adoption gedacht?«

»Die haben viel zu viel Angst, dass so ein kleines Vietnamesenkind der lebende Beweis dafür sein könnte, dass sie beide unrecht haben. Papa hat mal vorsichtig gefragt, ob sie früher jemals eine In-vitro-Fertilisation in Erwägung gezogen haben. Also, das hättest du miterleben müssen, mein Junge. Für den Krach war das Haus oder, besser gesagt, das Hotel zu klein.«

Natürlich, auch IVF bedeutete, dass der eine beim anderen in der Kreide stehen würde. Über den Kinderwunsch waren sie schon seit Jahrzehnten hinaus. Jeder der beiden wollte nur noch recht bekommen. Das hielt sie zusammen, in einer mörderischen Umarmung.

»Und wenn man dann noch daran denkt, dass es sowieso zu spät ist«, sagte meine Mutter. »Unsere Tien ist voll in den Wechseljahren. Falls sie all die Jahre fruchtbar war – jetzt ist sie es jedenfalls nicht mehr. Aber das scheint für die beiden keinen Unterschied zu machen. Sie wollen recht bekommen, wenn nicht in Bezug auf die Gegenwart, dann in Bezug auf die Vergangenheit. Und immer dieses Gefühl ... dass man ihnen nach dem Mund reden muss, mal dem einen, mal dem anderen, um sich diesen Misturlaub zu verdienen.«

»Wenn ihre Ehe so miserabel ist ... woher nehmen sie dann die Stirn, ein anderes Paar in die Bretagne mitzunehmen. Dazu noch Familie. Und sehr gepflegt. Zum Kotzen.«

»Bei allem Ärger war es manchmal wirklich zum Lachen«, erzählte meine Mutter weiter. »Ich sehe uns noch in Douarnenez den Boulevard entlangspazieren ... Koos und Tiny vorneweg, wir zwanzig Meter dahinter. Manchmal wehte der Wind in unsere Richtung, dann konnten wir Wort für Wort verstehen, was sie sich alles an den Kopf warfen. Das bekannte Lied, nur noch einen Grad schlimmer. Und, wirklich wahr, je mehr die beiden sich beharkten, umso besser lief es zwischen Papa und mir. Wir mussten uns nur ansehen ... die alte Verliebtheit, hätte man meinen können. Dann nahmen wir uns spontan bei der Hand, während die beiden vor uns heftig rumfuchtelten und jeden Moment aufeinander losgehen konnten. Das hat uns dann richtig Spaß gemacht. Tut mir leid, dass ich das sage.«

Nach ihrer Urlaubskleidung gefragt, gestand meine Mutter, dass sie einen Koffer voll mit »funkelnagelneuen Ablegern« von Tiny in die Bretagne mitgenommen hatte, so dass sie zweimal am Tag etwas anderes anziehen konnte, um so, mit im steifen Seewind flatterndem Kleid oder Rock, ihre Dankbarkeit auszudrücken. Koos hatte sich über den Umfang ihrer Garderobe erstaunt gezeigt.

»Du bist genau so eine Kleiderfresserin wie deine Schwester.«

Er sagte es leicht bedenklich, als frage er sich, ob es wohl richtig war, jemandem mit einem derart gut gefüllten Kleiderschrank den Urlaub komplett zu bezahlen.

Nach diesem ersten Mal fuhren meine Eltern noch zweimal mit den Kassenaars in die Bretagne, einzig und allein weil sie keine Möglichkeit sahen, sich zu weigern. Jedes Jahr wurde die Situation unhaltbarer. Pa und Ma kamen völlig erledigt nach Hause. Nicht lange vor dem geplanten vierten gemeinsamen Urlaub musste mein Vater ins Krankenhaus, weil er Blut spuckte. Meine Mutter zeigte die ersten Symptome dessen, was sich später als Parkinson entpuppte. Eine Reise nach Douarnenez war nicht mehr möglich.

Tiny und Koos machten sich gegenseitig Nachkommen streitig, die es nie geben würde, fortan jedoch ohne Zeugen, die als Gegenleistung für ihre Parteilichkeit in den Urlaub mitfahren durften.

Dass Oma ihre Leiden nicht nur simulierte, sondern auch wirklich krank werden konnte, bewies ihr Ableben im Jahr 1986. Meine Mutter machte sich bis zu ihrem eigenen Tod Vorwürfe, dass sie nicht dabei gewesen war. Sie musste sich mit einem Bericht Tinys begnügen, bei der Oma zu Besuch war, als sich das Ende plötzlich ankündigte.

»Ach, die Arme hatte doch so einen schweren Tod«, erzählte mir meine Mutter. »So etwas Schreckliches wünscht man keinem.«

Aber das stammte aus zweiter Hand. Ein Bild, das ich nie vergessen werde, ist das des brennenden Brautschleiers. Oma erlebte ihren Todeskampf im Gästezimmer der Kassenaars (ebendem, in dem ich sie einmal an einen Stuhl gekettet angetroffen hatte). An der Wand über dem Bett hing, vergrößert, das offizielle Hochzeitsfoto von Koos und Tiny. In ihrem Todeswahn zeigte Oma mit schwachem Arm und zitterndem Finger auf das Porträt, auf dem sie den Brautschleier brennen sah.

»Es brennt … schnell, löschen.«

Auf Anraten von Koos nahm Tiny das Foto von der Wand, doch damit war die lichterloh brennende Braut keineswegs verschwunden – nur mit dem Unterschied, dass die Flammen jetzt aus dem ganzen Kleid schlugen.

»Tientje, du verbrennst bei lebendigem Leib … löscht doch mal schnell.«

Indem sie meine Mutter ständig mit teurer Kleidung versorgte, hatte Tante Tiny sich immer wunderbar auf zweifache Weise rächen können: an ihrer ältesten Schwester und an ihrem sterilen Ehemann. Die süße Rache fand Anfang der neunziger Jahre ein Ende. Der Parkinson, der sich bei Mama entwickelte, war von einer progressiven Form, die das Ankleiden, sogar mit Hilfe, allmählich immer schwieriger machte. Sie zog lieber ein Nachthemd an und darüber einen Morgenmantel. Tante Tinys Kleider blieben im Schrank.

»Nimm sie nur mit«, sagte meine Mutter zu ihrer Schwester. »Ich hab nichts mehr davon. Lass eins hängen … für demnächst, im Sarg.«

»Was soll ich damit?«, sagte Tiny. »Meine Schränke quellen schon über. Soll ich sie im Gästezimmer an die Gardinenstange hängen? Das könnte Koos auf Gedanken bringen. Stell dir vor, es kommt jetzt noch raus. Lieber nicht.«

Nun, da sich Hanny in einem so wehrlosen Zustand befand, brauchte Tiny ihre älteste Schwester auch nicht mehr mit diesen viel zu schicken Kleidern in Verlegenheit zu bringen. Tiny standen nun einfachere Mittel zur Verfügung, um Macht über Hanny auszuüben. Ihre Mutter war, nach allen Qualen, die Tiny ihr angeblich aus Sorge und Pflege zugefügt hatte, inzwischen tot und begraben. Jetzt war die älteste Schwester an der Reihe.

Ich führte in Amsterdam mein eigenes Leben, mit einer Familie und meiner Arbeit als Dramaturg eines großen Theaterensembles, das heißt, ich konnte meine Mutter nicht vor dem Terror ihrer Schwester beschützen. Ich sprach mit meinem Bruder und meiner Schwester darüber – und erst da zeigte sich, wie heikel das Thema war. Dem Anschein nach gab es meist keine Probleme. Tiny besuchte Hanny so oft wie möglich, viel häufiger als beispielsweise ich, und das trug ihr bei Außenstehenden nur Komplimente ein.

»Die Kinder lassen sich selten blicken«, sagten die Nachbarn, »aber die Schwester von Hanny, Tineke, die steht jederzeit für die Kranke bereit.«

Ja, Tineke war eine Art Heilige. Allerdings nicht für jemanden, der wie ich ihre geweihten Werke schon seit Jahrzehnten unter einem selbstgebauten Menschenmikroskop untersuchte und so die vielen Facetten ihres Verhaltens kennengelernt hatte. Ich schildere hier einen Vorfall unter vielen.

Ich wurde von einer Eindhovener Nachbarin mit der Mitteilung angerufen, meine Mutter sei an diesem Morgen in der Toilette gefallen und habe nicht mehr aus eigener Kraft vom kalten Fußboden aufstehen können. Indem sie so laut wie möglich rief, versuchte sie, die Nachbarn (oder Passanten) auf sich aufmerksam zu machen. Die Frau, die mich anrief, war gerade erst nach Hause gekommen, als meine Mutter dort schon seit Stunden lag. Sie hörte die Rufe. Als sie durch die nicht verschlossene Hintertür ins Haus eilte, sah sie zu ihrem Erstaunen Tiny im Wohnzimmer. Diese gab vor, nichts gehört zu haben. Die Nachbarin fand das sehr merkwürdig, denn wenn sie selbst durch eine dicke zweischalige Wand hindurch meine Mutter gleich nach dem Nachhausekommen um Hilfe hatte rufen hören, dann hätten die Rufe Tiny, so nahe, doch ganz bestimmt alarmieren müssen.

»Außerdem«, sagte sie am Telefon, »wenn diese Frau, die sich kaum noch bewegen kann, stundenlang nicht von der Toilette zurückkommt, dann sieht man doch eben mal nach, oder? Wohlgemerkt, sie hatte deine Mutter eigenhändig auf die Brille gesetzt. Mir erscheint das merkwürdig.«

Ich rief Tiny an, die gerade wieder in ihre Wohnung in Breda zurückgekehrt war. Sie zeigte sich bestürzt. »Die arme Hanny, stundenlang auf dem kalten Fliesenboden. Ich weiß nicht, was mit mir los war. Ich hatte sie auf die Toilette gebracht und mich dann kurz aufs Sofa gesetzt. Bis sie fertig wäre. Ich muss eingenickt sein. Ich bin aufgewacht, als die Nachbarin plötzlich im Zimmer stand.«

Tiny produzierte ihr altbekanntes Theaterschluchzen, eine Art trockenes Schniefen, das sich für Telefongespräche hervorragend eignete. »Ich fühle mich so schuldig. Es wird nicht mehr vorkommen.«

Ich wusste genug. Doch mit diesem Wissen konnte ich meine Mutter nicht hinreichend schützen. Eltern werden in der Regel krank und liegen im Sterben, wenn man selbst, das älteste Kind, ein Alter erreicht hat, in dem man seine ganze Zeit benötigt, um die Karriere zu verfolgen, zu der sie einen mit ihrer strengen Erziehung angespornt haben. »Hör zu, Mama«, würde man gern rufen, »ich hab's fast geschafft. Nur noch ein bisschen, dann sitze ich fest im Sattel ... und dann komme ich zu dir ...«

Bei ihrer Schwester Tiny war das anders. Die nahm sich die Zeit. Ihr Groll erforderte Geduld. Sie saß getrost ein Stündchen länger auf dem Sofa und lauschte Hannys Hilferufen. Wie Musik klang ihr das in den Ohren. Wie ein Rufer in der Wüste, so musste der Soundtrack der Rache klingen. Wurde es nicht Zeit für sie? Ach nein, alle halbe Stunde ein Bus zum Bahnhof, alle Stunde ein Zug nach Breda. Keine Kinder, die daheim auf sie warteten. Dank der fruchtlosen und unfruchtbaren Bemühungen Koos Kassenaars, des Pater familias ohne Nachkommen.

12

»Wer als Erster bei Oma ist«, rief Thjum Cynthia zu. Er rannte schon mal los – aus dem Atrium in den langen Gang, der, wie er wusste, zum kleinen Apartment meiner Mutter führte. Cynthia, mit ihren längeren Beinen, gönnte ihrem Halbbruder den Vorsprung und sprintete dann hinter ihm her.

Bevor ich selbst den Gang erreicht hatte, waren sie schon wieder zurück. Thjum kniff sich die Nase zu. »Papa, da stinkt's«, rief er mit angeekelter Miene.

»Nach neuen Schuhen«, erklärte Cynthia keuchend. »Dort stehen ungefähr hundert neue Schuhe.«

Ich sah mich um. Soweit sich Bewohner des Pflegeheims im Atrium aufhielten, saßen sie im Rollstuhl, manchmal mit einem Besucher aus der Familie dahinter. So abwegig war es vielleicht gar nicht: Wer nicht mehr gehen konnte, brauchte trotzdem gutes Schuhwerk, und sei es nur, um die Füße warm zu halten. Ich schob die Kinder vor mir her wieder in den Gang. Thjum hielt sich sicherheitshalber weiterhin die Nase zu.

Seit meine Mutter in ihrem eigenen Haus stundenlang auf dem kalten Toilettenfußboden gelegen hatte, angeblich weil die sorgsame Tiny ihre Hilferufe nicht hörte, fanden wir, es sei nicht länger zu verantworten, dass sie allein wohnte. Den größten Teil des Tages hatte sie Hilfe, das Haus war behindertengerecht eingerichtet, und die Nachbarn sahen ebenfalls nach dem Rechten. Doch was hat eine alte Dame von einem Treppenlift, wenn sie sich nicht vom Bett zu ihm bewegen kann? Mama bekam dazu Mühe mit dem Sprechen. Gut, schweigen konnte man daheim auch, für sich allein, aber sie war nicht imstande, ihr Inkontinenzmaterial selbst zu wechseln, und essen konnte sie ohne Hilfe gar nicht mehr. Mit Schluckproblemen hatte es begonnen. Bald danach wurden ihre Kiefer vom Parkinson erfasst, und sie konnte nicht mehr kauen. An der mit dem Löffel oder einem Strohhalm verabreichten flüssigen Nahrung verschluckte sie sich unaufhörlich. Der Tag war nicht mehr fern, da sie nur noch mit der Sonde am Leben erhalten werden könnte. Ein kleines Apartment in einem Pflegeheim wurde für sie gefunden. Wir atmeten auf. Ich sprach es gegenüber meinem Bruder und meiner Schwester nicht aus, aber bei mir hing die Erleichterung auch mit dem Ende von Tante Tinys Hausbesuchen zusammen, der ich seit dem besagten Sturz meiner Mutter nicht mehr über den Weg traute. Was zwischen den beiden in Zukunft auch vorfiel, meine Mutter würde die Worte dafür nicht mehr finden – ja, finden vielleicht schon, aber ohne ihnen eine Stimme geben zu können.

Das Einzimmerapartment war vom Gang durch eine kleine Diele getrennt, der die Küche und das Badezimmer gegenüberlagen. Meine Mutter wurde hauptsächlich von zwei sich abwechselnden Pflegern versorgt, die in einer Homobeziehung lebten. Immer schon hatte sie

Probleme mit der Homosexualität gehabt, von der sie sich einfach keine Vorstellung machen konnte (»Wer ist denn nun der Mann und wer die Frau?«), und jetzt musste sie sich in ihren letzten Monaten auch bei intimen Dingen von zwei geselligen Kicherschwulis pflegen lassen, die zusammenlebten und auf für sie unvorstellbare Weise miteinander verkehrten. Sie befreiten meine Mutter von vollen Windeln, wuschen sie und zogen ihr frische Windeln an. Infolge der flüssigen Sondennahrung war ihr Stuhlgang entsprechend. Einer der Pfleger, Jeremy, fühlte sich manchmal berufen, mir in ihrem Beisein plastisch zu berichten.

»… hab ich ihr grade eine saubere Pamper umgelegt, da hör ich *platsch!* und kann wieder von vorn anfangen. Aber ja, dafür sind wir ja da.«

Meine Mutter verzog leicht verschmitzt die Lippen. Ein leises Zischeln zwischen ihren Zähnen zeigte an, dass sie lachte. Es war bezeichnend für ihren Großmut, in dieser Endphase ihres Lebens ihre Vorurteile gegen Homos beiseitezuschieben und zuzugeben, dass ihre Abneigung unbegründet gewesen war. Zwischen ihr und dem Pflegerpaar entwickelte sich eine schöne Beziehung.

Cynthia und Thjum warteten vor der Tür auf mich.

»Da sind Leute bei ihr«, sagte Cynthia leise. »Tante Tientje und Onkel Kusch.«

Thjum nickte heftig. »Sie schreien Oma an«, sagte er.

Wenn meine Mutter nicht gleich antwortete, erhoben die Leute ihre Stimme, weil sie davon ausgingen, einen halb tauben Menschen vor sich zu haben anstatt jemanden, der durch eine Muskellähmung mit Stummheit geschlagen war. Die Beschränktheit derer, die sich im Vollbesitz ihrer Fähigkeiten wähnten. Widerwillig ging ich hinein.

Tatsächlich standen Koos und Tiny heftig redend am Bett meiner Mutter. Der mitleidige Ton vermochte die Besserwisserei nicht ganz zu übertönen. Hanny solle dies fordern und vor allem jenes nicht hinnehmen.

»So ist es doch«, schloss Tiny ihren guten Rat in dem Moment ab, als wir das Zimmer betraten. »Ja, so läuft das doch.«

»Na, Schönheit«, rief Koos der dreizehnjährigen Cynthia zu, ohne seine Lautstärke zu zügeln. Cynthia krümmte sich unter seinem Kompliment. Ich beugte mich über meine Mutter und küsste sie auf die Stirn. Sie war an den Beutel mit der Sondennahrung angeschlossen. Mit sechs Personen war es viel zu voll in dem kleinen Zimmer. Ich drückte meiner Stieftochter ein paar Münzen in die Hand und sagte:»In der großen Halle ist eine Softeismaschine. Spielautomaten gibt es da auch.«

Thjum jubelte. Die Kinder rannten auf den Gang hinaus. Ich klingelte nach Hilfe. Kurz darauf erschien Jeremy, der die Infusion abstellte (oder auf Pause setzte), meiner Mutter unter die Achseln griff und sie in den Rollstuhl verfrachtete, als wäre sie gewichtslos. »Wo wollt ihr sitzen?«, fragte er.

»In der Kaffee-Ecke am Ende des Gangs«, sagte ich. »Wie sonst auch.«

»Da wird aber gleich Schuhgeschäft gespielt«, sagte Jeremy.

Und so saßen wir kurz darauf zwischen Kartons mit Pantoffeln, Slippern und solidem Schuhwerk für die ältere Dame und tranken Kaffee. Der Geruch war gerade noch erträglich, doch penetrant genug, so dass sogar meine Mutter, die infolge der Parkinsonkrankheit kaum noch riechen konnte, ein paarmal nach ihrer Nase griff – und sie verfehlte.

»Ich weiß, was du meinst, Han«, rief Tiny ihrer Schwester zu. »Ich habe auch gerade an Lata gedacht. Schöne Jugend hatten wir. Das kann uns keiner mehr nehmen.«

Mir fiel auf, dass Tiny jetzt permanent eine böse Miene zeigte. Sie versuchte gar nicht mehr, ihre Wut hinter einem falschen Lächeln oder einem clownesken Ausdruck zu verbergen. Ich kannte meine Tante gut genug, um zu spüren, dass das Gift in ihr am Gären und Brodeln war: Der Ausbruch konnte nicht mehr lange auf sich warten lassen. Ich tastete in meiner Innentasche nach dem länglichen Umschlag, den ich als Geheimwaffe bei mir trug. Bei den letzten Besuchen bei meiner Mutter hatte ich ihn jedes Mal eingesteckt für den Fall, dass ich Tiny antreffen würde: Wenn sie es zu weit trieb und die wehrlose Hanny mit all ihrem Gift angriff, würde ich der Schlange mit dem Brief das Maul stopfen, den ich an meinem Herzen trug. Koos' Anwesenheit heute war nicht vorgesehen.

Koos hob den Deckel von einer Schachtel und nahm einen Wildlederschuh aus dem Seidenpapier. »Sieh mal einer an, Salonschleicher für Opa. Solange der Mensch Schuhe braucht, steht es noch nicht so schlimm um ihn. Nicht wahr, Hanneke?«

Letzteres rief er in Richtung meiner Mutter, die, schief in ihrem Rollstuhl zusammengesackt, höflich lachte und nickte, zu krumm, um dem Sprecher ins Gesicht sehen zu können.

»Dann würde ich mir an deiner Stelle aber mal Sorgen machen«, giftete Tiny ihren Mann an. »Du alter Schlappschwanz, du. Wenn du demnächst hingestreckt in so einem Heim liegst ... halb gelähmt ... dann hast du nicht mal Kinder, die dir die Schuhe zubinden könnten. Hast du dir das schon mal überlegt, mit deinem Grinsschädel?«

»Tien! Tien! Nicht wieder die Tour, okay?«, sagte Koos. »Kusch jetzt. Wir haben zusammen keine Kinder, oder?«

»Zusammen nennt er das. Zusammen.« Sie spie das Wort förmlich aus, so dass Speicheltröpfchen vor dem großen Schiebefenster sichtbar wurden. »Zusammen bekommt man Kinder. Wenn sie nicht kommen, liegt es meistens an einem der beiden. In unserem Fall an dir, Koossie Kassenaar. Schon an dem Tag, als wir geheiratet haben, das Fest war noch in vollem Gang, hast du mich runtergemacht ... in Gegenwart aller Gäste ... mit deinem Gequatsche, ich könnte angeblich keine Kinder bekommen. Alles nur, um von dir abzulenken. Von deinem Samen, der so schlapp ist wie Magermilch.«

»Wenn du jetzt wieder mit der Tour kommst, Tien«, sagte Koos, »dann sollten wir besser gehen. Wie oft muss ich noch zugeben, dass ich dich damals mies behandelt habe? Dass es mir leidtut? Du hast mir ein paarmal verziehen. Gequält, aber immerhin ... wenn man jemandem verzeiht, dann muss man dabei bleiben. Und nicht immer wieder davon anfangen. Ja, ich hatte unrecht. Ich hätte nicht auf diesen Tratsch reinfallen dürfen. Stimmt, die unfruchtbare Partei, das war ich. Auch wenn ich das damals noch nicht wissen konnte. Genauso wenig wie ich Hinweise darauf hatte, dass du Kinder bekommen konntest.«

»Erzähl das deiner Großmutter«, fauchte Tiny. »Man hat mir damals nachgesagt, ich hätte ein paar Jahre vor meiner Heirat eine Fehlgeburt erlitten. Damit bin ich damals, kurz vor der Hochzeit, nicht hausieren gegangen ... aber es war verdammt noch mal wahr. Ich wollte, ich wäre dir gegenüber ehrlich gewesen. Um eine Fehlgeburt zu erleiden, muss man fruchtbar sein.«

Koos legte den Wildlederschuh in das Seidenpapier zurück. »Und das erfahre ich erst jetzt?«, sagte er. »In drei Jahren feiern wir unsere Rubinhochzeit. Ich hab gar nicht gewusst, dass du den Mund so gut halten kannst, Tien.«

»Kann ich, wenn es um Dinge vor deiner Zeit geht«, sagte Tiny, jetzt auf einmal mit etwas Unterwürfigem in der Stimme. »Die erträgst du ja nicht und regst dich fürchterlich auf. Am liebsten würdest du alles aus der Zeit vor unserer Heirat mit Tipp-Ex löschen. Sag nicht, dass das nicht stimmt.«

13

Da ich den allmählichen Verfall des Sprechvermögens meiner Mutter mit eigenen Ohren verfolgt und mir immer größere Mühe gegeben hatte, sie weiterhin zu verstehen, gelang es mir manchmal, aus zwei, drei aufgefangenen Worten, kombiniert mit den ausgestoßenen Klängen, eine Mitteilung herauszufiltern, die ich, falls gewünscht, den außer mir Anwesenden übermittelte. Danach achtete ich immer genau auf Mamas Reaktion. Wenn ihre Augen freudig aufleuchteten, hatte ich das, was sie sagen wollte, mehr oder weniger richtig formuliert weitergegeben. Blitzte Panik auf, dann lag ich falsch, und wir fingen von vorn an. Ich ging mit meinem Ohr dicht an ihren Mund und lauschte geduldig – bis sich aus der Aneinanderreihung von Kehllauten wieder etwas löste und die Form eines halben Wortes oder, immer seltener, eines halben Satzes annahm. Es fiel mir oft schwer – nicht aus Frust über das, was ich unverstanden im Raum stehenlassen musste, sondern weil ich während des angestrengten Lauschens den Magengrund roch. Sie konnte keine feste Nahrung mehr zu sich nehmen, nur noch ein dünnes Rinnsal, wodurch ihr Magen untätig blieb und seine Säfte nicht mehr in Aktion bringen konnte, was wiederum zu diesem Kloakengeruch führte, der direkt zu ihrem Mund aufstieg und in die Nase ihres Sprachrohrs.

Es erinnerte mich an die Zeit ihrer Magengeschwüre, als ich heimlich, weil niemand davon wissen durfte, Milch für sie erwärmte, die die Schmerzen ein wenig besänftigten. Auch damals vertrug sie tagelang keine feste Nahrung, was zu einem ernüchternd schlechten Atem führte, zu dem schwarzes gärendes Blut auf dem Grund ihres Magens das Seine beitrug.

»Wenn ich dich nicht hätte, Albertje … ah, tut das gut, die warme Milch. Sag bloß nichts zu Papa.«

»Nicht reden«, sagte ich dann und legte ihr die Hand auf den Mund – nicht weil ich ihre Worte nicht anhören konnte, sondern weil ich den stinkenden Atem aus diesem lieben Mund nicht riechen wollte. Er roch nach ihrem herbeischleichenden Tod – dem sie mit knapper Not entrann. Jetzt, fast vierzig Jahre später, war der Kreis im Begriff sich zu schließen.

Manchmal, wenn es zu peinlich wurde, meine Mutter

zum soundsovielten Mal eine Reihe unverständlicher Laute wiederholen zu lassen, verlegte ich mich aufs Raten. Wie jetzt. Ich verstand das Wort »Fehlgeburt«, und ansonsten wurde mir aus der verzweifelten Hartnäckigkeit der Wiederholung nur klar, dass es sich um etwas Wichtiges handelte. Aus den Augenwinkeln sah ich, wie Tiny mit unverhohlener Verachtung auf ihre Schwester blickte. Der stets unzufriedene Mund bewegte sich mit dem Gestammel meiner Mutter mit. Ich warf einen Blick auf Koos, der mit gekrümmtem Rücken seine Verärgerung hinunterzuschlucken versuchte, und erblickte auf einmal meine Chance.

»Mama will endlich wissen«, sagte ich zu Tiny, »wie du Ende der fünfziger Jahre eine Fehlgeburt haben konntest, obwohl du vorher offiziell medizinisch für unfruchtbar erklärt worden warst.«

Koos hob wie ein alarmierter Hund den Kopf, wobei ihm der Unterkiefer herunterklappte. Tiny erbleichte und zog eine noch gemeinere Miene. Meine Mutter, den Blick im Schoß vergraben, schüttelte heftig den Kopf und konnte danach gar nicht mehr damit aufhören. Parkinson liebte verneinende Bewegungen.

»Wie – offiziell medizinisch.« Sie schnaubte. »Was weißt du denn davon, du gescheiterter Theaterfritze? Was willst du damit sagen?«

»Das war 1957«, sagte ich. »Du warst achtzehn und du wolltest partout aus dem Haus. Deine Eltern erlaubten dir nicht, zu heiraten, bevor du zwanzig warst. Keine Ahnung, was du verbrochen hattest, jedenfalls deuteten sie immer etwas ganz Schlimmes und Unerhörtes an. Sie trauten sich nicht, es beim Namen zu nennen. Jedenfalls nicht, wenn ich in der Nähe war. Du warst mit

Peter Walraven verlobt. Weißt du noch? Peer Portier. Ein Hotelportier. Du hast damals eine Schwangerschaft erfunden, um ihn heiraten zu können. Oder anders ausgedrückt, um ihn heiraten zu müssen.«

»Erfunden, so so«, höhnte Tiny. »Wenn ich eine Schwangerschaft erfinde, wie kann ich dann ein paar Wochen später auf dem Klo eine Fehlgeburt haben?«

»Weil die Fehlgeburt auch erfunden war«, sagte ich.

»Nimm mir nicht alles weg, Albert«, murmelte Koos. »Ich habe gerade angefangen, mich an diese Fehlgeburt zu gewöhnen.«

»Meine beste Freundin war dabei«, sagte Tiny. »Gerda Dorgelo. Sie hat's runtergespült. Ich hab's nicht übers Herz gebracht. Mach sie ausfindig. Frag sie.«

»Gerda können wir nicht mehr fragen«, sagte ich. »Die hat's schon vor Jahren in die Ewigkeit gespült. Wie du siehst, habe ich einige Nachforschungen angestellt. Übrigens, dass Gerda Dorgelo nicht mehr lebt, weißt du so gut wie ich, Tiny. Du warst bei ihrer Beerdigung.«

»Albert, was soll das alles?«, fragte Koos. Er versuchte, freundschaftlich zu klingen. »Kleine Lügen von früher. Von einem Mädel, das nicht mehr ein noch aus wusste. Warum versuchst du gut vierzig Jahre später, mit deiner Tante abzurechnen? Sieh doch nur deine Mutter ... wie unglücklich sie hier sitzt. Gönn ihr doch das bisschen Besuch, das sie noch bekommt.«

»Verdammt noch mal, Koos, darum geht es ja genau. Diese ganzen Betrügereien von Tante Tiny ... ihre ganzen Lügengeschichten ... Bist du blind und taub oder was? Solange ich sie kenne, länger als du, erfindet sie alle möglichen Dinge. Gräuel, die ihr angeblich angetan worden sind und die sie dann den Menschen in ihrer

Umgebung vorwerfen zu können glaubt … und immer weiter vorwirft … und bis in alle Ewigkeit vorwerfen wird. Vor allem ihre Eltern und meine Mutter mussten das büßen … und du auch, seit du mit ihr verheiratet bist.«

»Red mir nicht davon«, sagte Koos leise. Er öffnete eine andere Schuhschachtel und fischte an seinem gekrümmten Zeigefinger einen Loafer heraus. »Schau mal einer an, auch Slipper.«

»Wenn ihr euch hier Urteile über mich anmaßt, als ob ich nicht dabei wäre«, fauchte Tiny, »dann kann ich genauso gut gehen. Tschüs allerseits.«

Sie stand auf, blieb aber neben dem Tisch mit den zur Schau gestellten Schuhen stehen. Meine Mutter versuchte, den Kopf zu heben, um zu schauen, was los war: ob ihre Schwester tatsächlich ging.

»Und das sind nur die Hauptleidtragenden ihrer endlosen Diffamierungen«, fuhr ich fort. »Die, die sie wirklich strafen wollte mit ihrem ach so unauffälligen Terror. Opa, Oma …, Mama … Im Grunde setzt sie die ganze Welt auf die Anklagebank. Alle und alles sind schuld an ihrem … ihrem … ja, an was eigentlich? Ihrem unerquicklichen Leben, ihrem unausrottbaren Kummer, ihrem Trümmerhaufen von Ehe? Es gibt …«

Ich schwieg kurz und sah zu Koos hinüber. Der feuchtete seinen Daumen an und rieb damit über einen kleinen Fleck auf dem Leder des Slippers, über den er danach mit einem Fetzen Seidenpapier fuhr. Etwas hatte er in seiner langjährigen Ehe mit Tientje Putz doch gelernt.

»Es gibt … ja, sprich weiter«, sagte er.

»Es gibt nur eine Sache«, sagte ich, mich wieder an

Tiny wendend, »bei der ich mir vorstellen kann, dass du die ganze Welt dafür verantwortlich machst …«

»Und das wäre?«, schnaubte sie. Sie gab sich alle Mühe, dabei ein hochmütiges Gesicht zu ziehen. »Los, raus mit der Sprache.«

»Etwas, wovon du nun gerade nichts wissen willst«, sagte ich. »Der einzige gute Grund, um auf alles und alle wütend zu sein … und du drehst und windest dich und lügst. Das Einzige, Tiny, womit du dir die Sympathie anderer für deine Wut sichern könntest … und du schweigst und schweigst. Stattdessen überschüttest du deine nächsten Angehörigen mit Beschuldigungen, die damit nichts zu tun haben, und machst ihnen auf hinterhältige Weise das Leben schwer.«

»Dann will ich jetzt endlich hören«, sagte Koos, »wovon du sprichst. Wenn du verschweigst, was von Tien verschwiegen wird, kommen wir keinen Schritt weiter.«

»Ihre Unfruchtbarkeit«, sagte ich.

Tante Tiny ließ sich auf ihren Stuhl plumpsen.

»Da sind wir wieder«, sagte Koos ermattet. »Ich war doch unfruchtbar, oder?«

14

»Albertje Egberts mit seinem erstaunlichen Gedächtnis«, höhnte Tiny. »Die Wissenschaft steht vor einem Rätsel. Halt mich fest, damit ich nicht lache. In der Zeit mit Peer Portier … wie alt warst du da? Ein Arschkrümel von sieben Jahren. Gerade mal vorbereitet auf die erste heilige Kommunion. Kaum aus den Windeln raus. In dem Alter warst du selber ein großer Schwindler, der den Unterschied zwischen Lüge und Wahrheit noch nicht kannte. Also, ich bitte dich.«

Ihre alles durchdringende Wut wirkte ansteckend, und ich legte, selbst zornig werdend, alle Vorsicht ab. Was unterkühlt klingen sollte, kam eiskalt heraus.

»Ich war insofern aus den Windeln raus und sauber, Tante Tientje, als, wenn du morgens im Bett mein noch nicht ausgewachsenes Glied steif geschnippt hast, nichts rauskam.« Ich machte die Schnippbewegung des Geldzählens. »Mir ist nie eingefallen, es wem auch immer zu petzen ... aber wenn du mich hier als Lügner hinstellst, dann möchte ich natürlich zeigen, dass ich noch alles weiß von diesen unvergesslichen Tagen in der Lynxstraat.«

Ich pokerte hoch. Die Retourkutsche war Tinys Terrain. In die Enge getrieben, brauchte sie nur an meinen Auftritt als Osterhase in ihrem Ehebett zu erinnern, im Mai 1976. Sie könnte zum Beispiel, noch höhnischer, rufen: »Und du ... du hattest Heimweh danach. Du wolltest eine Wiederholung.« Und dann hätte sie die gleiche Geste des Vogelfutterstreuens machen können.

Tiny hielt den Mund und sah mich mit wuterfülltem Blick an.

»So erfährt man wenigstens ab und an was«, grummelte Koos. »Um informiert zu bleiben, muss man dann und wann nach Eindhoven.«

»Du willst von mir nicht an diese Zeit erinnert werden, Tiny«, sagte ich, »aber dann hättest du mich damals vielleicht etwas öfter wegschicken müssen. Ich gebe zu, mit sieben konnte ich mich sehr, sehr klein machen. So dass niemand was von mir merkte. Ich hielt mich am liebsten im Vorderzimmer auf, in dem so gut wie nie jemand saß. Die Lampe wurde dort selten angemacht: Wenn ich lesen wollte, musste ich mich mit dem Licht begnügen, das aus dem Wohnzimmer hereinfiel. Zwischen der Schiebetür durch. Wenn du mich für voller angesehen und etwas besser achtgegeben hättest, dann wäre dir aufgefallen, dass meine Ohren im Dunkeln glühten ... von all dem, was sie aus dem Wohnzimmer auffingen. Sie fangen jetzt wieder an zu leuchten, wenn ich daran denke, was damals alles am Esstisch besprochen wurde. Zuerst zwischen dir und deinen Eltern. Später, als die in der Kirche waren, zwischen dir und Peter Walraven. Du hattest Opa und Oma gesagt, dass du schwanger warst von Peer Portier ...«

»Also, darum ging es doch gerade«, schnauzte Tiny. »Und du redest von meiner Unfruchtbarkeit.«

»Während deine Alten in der Abendmesse waren ... ich vermute, um für deine wurmstichige Seele zu beten ... kam der Hotelportier. Du dachtest, er wolle bei Opa um deine Hand anhalten ... dass es ihm ernst sei ... dass er dich wegen des Kindes heiraten wolle. Du würdest die Tür deines Elternhauses hinter dir zuschlagen können und endlich frei sein und glücklich werden. Und nie, nie mehr an dieses ganz, ganz Schreckliche erinnert werden, das du ihnen angetan hattest. Was auch immer das war.«

»In Anbetracht der Situation«, sagte Tiny jetzt etwas ruhiger, »hielt ich es für keine Schande, heiraten zu müssen.«

»Peer Portier anfangs auch nicht«, sagte ich. »Aber an dem Abend glaubte er plötzlich nicht mehr ganz an deine Schwangerschaft. Er zog einen Brief vom St.-Josephs-Krankenhaus hervor. Der war vier, fünf Jahre alt. Da stand drin, dass eine medizinische Untersuchung ergeben habe, Martina van der Serckt würde nie Kinder bekommen können. Mit hundertprozentiger Sicherheit. Wegen einer Entzündung der Gebärmutter und der Eierstöcke hatte der Chirurg entscheidende Teile entfernen müssen.«

»Wenn das stimmt«, sagte Koos, »dann verstehe ich, wie dieses Gerücht bei unserer Hochzeit kursieren konnte. Ich verstehe nur nicht, Albert … du, als kultivierter Neffe, sprichst immer davon, ›Menschen ihre Würde zu lassen‹ und so was. Wie kannst du dann jetzt deine eigene Tante so fix und fertig machen? In meiner Gegenwart … in Gegenwart deiner Mutter … Auch wenn es die Wahrheit ist.«

Ich schlug so fest mit der Faust auf den Tisch, dass die Schuhe tanzten. »Weil jetzt endlich Schluss sein muss mit diesen Scheißtouren von Tante Tien. Sie rächt sich für ihr Unglück an den Menschen, die ihr am nächsten stehen. Opa und Oma hat sie schon vor Jahren ins Grab getriezt. Seitdem lässt sie ihre Quälwut an meiner Mutter aus. Dass sie dich nach Strich und Faden verarscht, Koos, ist deine Sache … du solltest Manns genug sein, ihr die Stirn zu bieten. Aber sieh dir nur Mama an … wie hilflos sie ist. Was immer Tiny ihr vorwirft, sie kann sich nicht mehr wehren.«

Ich sah zu meiner Mutter im Rollstuhl. Es war, als wollte sie ihren halb offenen Mund vor Abscheu bedecken, bekäme aber ihre flatternde Hand nicht in die richtige Höhe. Währenddessen schüttelte sie in einem fort den Kopf … nein, so war es nicht. Oder, wahrscheinlicher: Nein, nicht, streitet euch nicht und schon gar nicht wegen mir, das finde ich so gräßlich. Meine

Mutter verwaltete die Materialkammer der Familie: Jede Unvollkommenheit musste mit dem Mantel der Liebe zugedeckt werden.

»Du gemeiner Lügner«, blaffte Tiny mich an. »Du mit deinen dämlichen Theaterstücken … du phantasierst dir das alles zusammen. Und was du dir nicht ausdenkst, das bringst du durcheinander. Wir sitzen hier nicht im Theater, also hör auf mit dieser Verleumderei. Auf der Bühne kommen sie immer mit einem Brief an, wenn alles verfahren ist. In der Wirklichkeit hat es so einen Brief nie gegeben. Außer in deiner überhitzten kindlichen Phantasie. Ich erinnere mich, dass du mit Fieber im Vorderzimmer lagst. Du hast wirr geredet. Du hast einen Portier mit Flügeln daherfliegen sehen. Um einen Brief abzugeben. Ich finde es beachtlich, dass du dich nach der ganzen Zeit noch an diesen Fiebertraum erinnerst. Hör zu, Albert, ich bin in so jungen Jahren nie in einem Krankenhaus untersucht worden. Und schon gar nicht auf Fruchtbarkeit.«

»Auch nicht nachdem du mit vierzehn mit dem Fahrrad hingeknallt bist? Sogar dein Rad hat man damals untersucht. Diagnose: ein ausgerenkter Klingeldeckel. *Does that ring a bell, auntie?*«

»Wenn du zu mir kommst aus Heimweh nach den Geschichten, die ich mir früher für dich ausgedacht habe, Albert, dann … dann darfst du dich nicht beschweren, wenn ich mir dazu noch das eine oder andere einfallen lasse. Gerade bei dir, dem Theatermacher, enttäuscht es mich bitter, dass du meine Geschichten wörtlich nimmst. Undank ist der Welten Lohn.«

»Wie bitte?«, sagte Koos. »Von welcher Zeit sprechen wir jetzt?«

15

Die Geste, mit der der Hotelportier vor vierzig Jahren den länglichen Umschlag aus seiner Innentasche zog, hatte ich als siebenjähriges Kommunionskind so tragisch gefunden, dass sie im Laufe der vier Jahrzehnte jedes Mal wieder in meine Hand schoss, wenn ich selbst ein wichtiges Schriftstück hervorzog. Sechsmal hatten sich seitdem meine sämtlichen Körperzellen erneuert, ohne dieses ganz besondere Unheilskribbeln beim Überreichen eines körperwarmen Briefs aus meinen Fingern vertreiben zu können.

»Sieh selbst«, sagte ich zu Tiny. Der Umschlag, den ich haarscharf an den Schuhschachteln vorbei über den Resopaltisch zu ihr gleiten ließ, war nicht mit den fetten Großbuchstaben ST.-JOSEPHS-KRANKENHAUS bedruckt. Stattdessen war ein verwischtes blaues Rechteck daraufgestempelt:

> KOPIE

Der Brief rutschte wunderbar, aber ich hatte nicht richtig gezielt, so dass er neben Koos' Kaffeebecher landete. Tante Tiny streckte schnell die Hand danach aus, doch Koos war schneller. Er zog den DIN-A4-Bogen aus dem Umschlag und faltete ihn auseinander. Es war eine Fotokopie des Durchschlags. Das Original, im Quartformat, hatte Peer Portier seinerzeit auf dem Wohnzimmertisch in der Lynxstraat 83 liegenlassen. Es war von Tiny zweifellos vernichtet worden – um nicht noch mehr Verehrer und Verlobte zu verlieren.

Koos las das Dokument flüchtig und danach, aufmerksamer, ein zweites Mal. Sein immer gut durchblutetes Gesicht wurde auffallend blass. Ein paarmal riss er den Kopf zurück, als würde ihm der Inhalt des Briefs glühend heiß ins Gesicht spritzen. Nachdem er ihn gelesen hatte, starrte er, ununterbrochen nickend, noch eine Weile auf die beiden Unterschriften am unteren Rand. Dann faltete er das Papier zusammen, schob es in den Umschlag und steckte diesen, die gebieterisch ausgestreckte Hand seiner Frau ignorierend, in die Innentasche seines Jacketts. Seine Zeigefinger trommelten in verschiedenen Tempi auf den Tischrand, als lege er den Rhythmus dessen fest, was er jetzt unvermeidlich sagen würde.

»Unser Hochzeitstag ...«, begann er. »Das war vielleicht was. Da hat man sich gerade ewige Treue geschworen und erfährt dann, dass die Braut keine Kinder bekommen kann. Ich hätte es als Gerede abtun können, aber dafür klang es zu seriös. Als Warnung ... die zu spät kam, auch das noch. Ich verstehe erst jetzt, dass das der Grund war.« Koos schlug mit der flachen Hand auf die Herzpartie, wo sich der Brief befand. »Ich hätte mich natürlich von diesem Klatsch nicht so auf die Palme bringen lassen sollen. Einfach auf Hochzeitsreise gehen und dann später weitersehen. Ich war zu erschrocken, denke ich. Daher der Besuch beim Hausarzt in Breda, gleich am nächsten Tag. Und später beim Spezialisten.«

»Gib den Brief her«, herrschte Tiny ihren Mann an. »Der betrifft mich ... er gehört mir. Du kapierst ja gar nicht, was da steht, du Analphabet.«

»Der Fehler meines Lebens«, sagte Koos, der Tinys

Gezerre an seinem Jackett ignorierte. »Nicht, dass wir uns testen ließen, sondern dass ich meine Frau mit dem Abholen des Resultats betraute. Das hat man davon, wenn man als Mann beruflich zu stark eingespannt ist. Man ist frisch verheiratet, denkt an Familienzuwachs, also muss man Karriere machen. Oh, was für ein Hornochse ich war …!«

Koos schlug sich vor die Stirn und umklammerte dann mit derselben Hand Tinys Arm, der bis zum Ellbogen in seinem Jackett verschwunden war. »Lass das, Tien! Lass den Brief los! Loslassen, hab ich gesagt!« Er verdrehte ihr das Handgelenk, bis sie den Umschlag losließ, der zwischen seinen Beinen zu Boden fiel. »Kusch jetzt, Tien! Kusch, sag ich! Setz dich!«

Tante Tiny schrie auf und betastete ihr Handgelenk, gekränkt wie ein zurechtgewiesenes Kind. »Au … du hast gequetscht … du hast mich gequetscht. Das tut we-ee-hee.«

Koos tastete mit einem Bein unter dem Tisch und zog den Brief mit der Fußspitze zu sich heran. »Ich seh's plötzlich wieder vor mir. Ich komme von der Arbeit nach Hause. Unsere Tien war am Nachmittag ins Krankenhaus gegangen, um das Untersuchungsergebnis abzuholen. Sie hat eine Leichenbittermiene aufgesetzt. Ich denke noch: uih, uih, das Gerede war gar kein Gerede, sie kann wirklich keine Kinder kriegen. Ich bekomme Mitleid mit ihr. Ich sage: ›Tien, sei. still. Erzähl es mir nachher. Ganz ruhig.‹ Das tut sie, eine halbe Stunde später. ›Koos, ich muss dir was ganz Scheußliches sagen.‹ ›Ja, mein Mädchen, ich weiß.‹ ›Ich bin nicht unfruchtbar.‹ ›Jetzt hast du mich aber reingelegt, Schatz. Das ist doch eine tolle Nachricht!‹ ›Es gibt auch eine schlechte Nachricht. Du bist infertil.‹ Das ist ein Schlag, Mannomann.«

»So war's überhaupt nicht«, sagte Tiny, noch einmal schniefend. »Das saugt sich dieser Bredaer Torffresser einfach aus den Fingern.«

»Ich werde nie vergessen …«, fuhr Koos fort, »wie sie mich da getröstet hat. Auch ohne Kinder würde sie mich immer lieben. Ich sagte: ›Früher oder später willst du Mutter werden. Wenn nicht von mir, dann von einem anderen. Die Natur lässt sich nicht aufhalten.‹ Nein, sie werde mir treu bleiben, was ich nur dächte. Es würde schwer werden, so ohne Kinder, aber wir müssten da gemeinsam durch. Ich hör es noch wie heute. Ich seh alles wieder vor mir. Dieser schreckliche Befund hat uns ganz nah zueinandergebracht. Ich kam einfach nicht auf die Idee, sie zu fragen, ob man ihr irgendein Formular mitgegeben habe. Tja, man vertraut der eigenen Frau doch, oder? Wenn man sich so in den Armen liegt und dabei auch noch heult … wenn man sich gegenseitig so tröstet, dann fragt man doch nicht plötzlich: ›Sag mal, kann ich das mal schwarz auf weiß sehen?‹ Später schon, aber da hab ich keine Antwort gekriegt. Ich hielt es auch nicht für nötig, im Krankenhaus anzurufen, und zu Hause habe ich auch nie wirklich nach einem Brief gesucht.«

Koos wandte sich an seine Frau. »Sag mal, Tien, was hast du eigentlich mit diesem Formular gemacht?«

»In tausend Stücke zerrissen«, sagte sie. »Ich wollte nicht, dass du das Papier in irgendeiner Schublade findest. Das wäre zu bitter für dich gewesen. Da stand drin, dass dein Zeug zu achtundneunzig Prozent nichts taugt. Die restlichen zwei Prozent waren, glaub ich, als Trostpflaster gedacht. In so 'ner Klinik hört man es natürlich nicht gern, dass der Patient sich, sofort nachdem er das Ergebnis erfahren hat, umgebracht hat.«

»Wie dem auch sei«, sagte Koos und hielt den Umschlag mit der Kopie hoch, »jetzt habe ich das hier als Beweis. Besser spät als nie. Obwohl es natürlich merkwürdig ist, wenn man liest, dass die eigene Frau unfruchtbar ist, wenn sie die Wechseljahre schon gut zehn Jahre hinter sich hat.«

Tante Tiny schnaubte verächtlich. Wenn sie von ihrem Mann zu mir blickte und wieder zurück, brauchte sie ihren Gesichtsausdruck nicht zu ändern: In diesem Moment hasste sie uns beide in gleichem Maße. Ein Blick auf meine parkinsongeschüttelte Mutter fiel sogar noch gemeiner aus.

»Dann würde ich jetzt gern mal wissen, Koos«, sagte ich, »ob du tatsächlich vierzig Jahre lang in dem Wahn gelebt hast, du seist nicht in der Lage, Nachkommen zu zeugen.«

»Das Verrückte war … als Tiny mir das Ergebnis mündlich mitteilte, hab ich ihr unbesehen geglaubt. Aber ich habe trotzdem gehofft, dass die sich im Krankenhaus geirrt haben. Ja, an irgendwas muss man sich klammern … Schon vor unserer Hochzeit hatte sie mir erzählt, dass sie ihre Tage unregelmäßig bekomme. Bereits als Mädchen sei das so gewesen. Gleich von Anfang an. In der ersten Zeit unserer Ehe bekam ich regelmäßig zu hören, sie sei zwei, drei Wochen über die Zeit. So was gibt einem doch wieder ein bisschen Hoffnung. Dann haben wir uns gegenseitig ordentlich was vorgemacht. Angenommen, dass … Eine Woche später oder so hat sie mir dann erzählt, es sei losgegangen. Dieses Wort hat sie immer für die Menstruation verwendet: losgehen. Ich hab's nie kontrolliert. So war ich nicht. Ich hab es mit Fassung getragen. Erst jetzt wird mir klar, dass sie nie über die Zeit war und dass folglich auch nie etwas losgegangen ist. Da saß alles hoffnungslos fest.«

Koos wandte sich wieder an Tiny. »Du hast also all die Jahre rücksichtslos mit meinen Erwartungen gespielt, Tien … Wir sind jetzt fast vierzig Jahre verheiratet, und es ist, als würde ich dich erst jetzt kennenlernen. Dass du ein widerliches Biest bist, wusste ich natürlich schon lange. Aber so durch und durch verdorben … es geht offenbar immer noch schlimmer. Leider ist der Mensch nie zu alt, um dazuzulernen.«

Koos schüttelte den Kopf. »Die ersten zwanzig Jahre, Tien, war ich dir oft dankbar. Du hast dich ganz schön beklagt, vor allem wenn wir ohnehin Zoff hatten … was für ein Scheißleben das sei, mit einem Kerl, der dir keine Kinder schenken kann. Ich habe dir insgeheim gedankt, ehrlich wahr, dass du das alles hingenommen hast … dass du in deiner fruchtbaren Zeit bei mir bliebst und dich nicht mit einem anderen eingelassen hast, um mit ihm eine Familie zu gründen.«

»Du und dankbar?«, kreischte Tiny. »Von Dankbarkeit hab ich bei dir nie was gemerkt.«

»Ich bin ein Bauer, wie du weißt. Es fällt mir schwer, solche Gefühle zu zeigen. Aber erzähl mir doch mal was von dir, Tien … von uns beiden hast du als Einzige gewusst, wie es wirklich war. Warst du mir auch manchmal dankbar, ein bisschen wenigstens, dass ich bei dir blieb? Na schön, ich dachte, du seist die Fruchtbare von uns beiden und ich der Unfruchtbare. Ich bin davon ausgegangen, dass ich mehr Grund hatte, dankbar zu sein, als du. Aber wenn du mal richtig in dich gegangen bist, Tientje … hast du dich dann nicht glücklich gepriesen? Ein Mann in der Blüte seines Lebens … eine Frau, die an ihrem Hochzeitstag die Menopause bereits hinter sich hatte …«

»Ich bin keinem was schuldig«, giftete Tiny. »Ich brauche niemandem dankbar zu sein. Dir schon gar nicht, du roter Kater mit deinem kastrierten Gehabe. Du hättest mich bei meiner eigenen Hochzeit … dem Tag, der der schönste meines Lebens hätte sein sollen … nicht so demütigen dürfen. Wo alle Welt mit dabei war. Da stand ich, in meinem Hochzeitskleid. Wunderschön zurechtgemacht. Und der Kerl, den ich gerade geheiratet habe, behandelt mich wie ein Stück Dreck. Was sollte ich tun? Die Leute wollten uns gerade nachwinken … wir sollten unsere Hochzeitsreise antreten … Und was machst du, du ungehobelter Kerl? Du schneidest die Dosen von der Stoßstange und fährst mit mir schnurstracks nach Breda. Weil wir am nächsten Tag zum Arzt mussten.«

»Also, wenn ich dich richtig verstanden habe«, sagte Koos, »dann hast du dich mit diesem erfundenen Ergebnis gerächt … für die verdorbene Hochzeit. Für die ins Wasser gefallene Hochzeitsreise. Für die Tatsache, dass ich dich zum Arzt schleppte.«

»Es gibt nur wenig, was du kapierst«, rief Tiny, wobei sie sich einen Finger in die Stirn bohrte, »aber von Rache schon gar nichts. Hast du wirklich gedacht, dass ich dir die paar verpassten Tage in Lugano für den Rest meines Lebens vorwerfe? Wenn ich mit dem Ergebnis dieses Tests geschummelt habe, dann tatsächlich aus Rache, ja … an all denen, die mich als Frau kaputtgemacht haben. Ich wäre genauso gern friedlich verblutet … Diese abscheuliche Unfruchtbarkeit knallhart zu leugnen, das war so ungefähr das Einzige, womit ich mich gegen die Welt wehren konnte. Kapiert das doch endlich, ihr Idioten. Mit eurer Elefantenhaut und euren Dickschädeln.«

Wir schauten alle drei gleichzeitig zu meiner Mutter, der sich ein dermaßen lauter, anhaltender Seufzer entrang, wie wir ihn noch nie gehört hatten. Wegen ihrer schwachen Muskulatur konnte sich so viel nicht ausgeatmete Luft in ihrer Lunge ansammeln, dass diese nach einiger Zeit von selbst hinausgepresst wurde und dabei manchmal am Rest ihrer Stimmbänder entlangstrich – wie der Wind zuweilen in den Schalllöchern einer Kirchenruine heulen kann. Der langgedehnte Seufzer meiner Mutter klang so wohllautend schmerzlich, dass er aus ihrem tiefsten Inneren zu stammen schien. Ihr Kommentar zu dem Wortwechsel, in einem Atemzug geballt.

Die beiden Streithähne verstummten beschämt. Zumindest für den Moment.

16

»Jetzt, wo alle anderen tot und begraben sind«, sagte Tante Tiny, »weiß nur unsere Hanni noch, dass ich nicht unfruchtbar geboren bin.« Und mit einem widerlichen Lächeln fügte sie hinzu: »Fragt sie doch.«

Meine Mutter stieß eine Reihe gurgelnder Laute aus, die zusammengenommen möglicherweise eine Antwort ergaben, aber doch eindeutig meines vermittelnden Ohrs bedurften. Ich stand auf und kniete mich neben ihren Rollstuhl. Es gab eine intuitive Methode, die Luftwege gegen schlechten Geruch zu verschließen. Ich schämte mich, dass ich mich so gegen den Atem meiner Mutter wappnen musste, der früher nach wilden Rosen geduftet hatte (und manchmal nach Mentholbonbons).

Mama hatte das ganze unerquickliche Gespräch mitverfolgt, so viel war deutlich. Endlich wurde ihr die Gelegenheit geboten, sich daran zu beteiligen. Ich lauschte angestrengt, kombinierte Laute und Wörter und übersetzte das, was sie sagen wollte, so gut es ging für Koos und Tiny. Einige Resultate:

Tineke war ein gesundes junges Mädchen. Hanny hatte ihr geholfen, als sie zum ersten Mal menstruierte.

(Ich erinnerte mich, wie meine Mutter vor langer Zeit davon erzählt hatte. Es war einer ihrer kleinen Umwege, mich und meine Schwester in groben Zügen aufzuklären. Ihre Eltern hatten überhaupt nichts in Sachen Aufklärung unternommen. Dass es so etwas wie eine Menstruation gab, ignorierten sie einfach, obwohl sie drei Töchter hatten. Offenbar gingen sie stillschweigend davon aus, dass die Mädchen sich gegenseitig bei ihren verwerflichen Vorbereitungen auf ein sündiges Leben schon helfen würden.)

Tineke wurde mit vierzehn schwanger. Von wem, müsse sie selbst sagen. Hanny hatte dafür gesorgt, dass ihr geholfen wurde.

(Koos fiel der Unterkiefer herunter. Fruchtbar, also doch. In dem Brief des St.-Josephs-Krankenhauses hatte nicht gestanden, dass Martina van der Serckt schon bei ihrer Geburt Abweichungen aufwies, die ihr eine künftige Mutterschaft verwehrten. »Geholfen wurde.«

Es war charakteristisch für meine Mutter, für den Eingriff, der offensichtlich an Tiny vorgenommen worden war, denselben Begriff zu verwenden wie für ihre eigene Magenoperation: »Man hat mir geholfen.«)

Die Frau nahm die Eingriffe über dem Fischgeschäft Koelewijn in Stratum vor. Sie war nicht teuer, aber für Hanny war damals jeder Groschen zu viel. Sie hatte das Geld durch Lügen und Betrügen zusammenbekommen.

Tineke hatte nie mehr ein Wort darüber verlieren wollen. Vier Jahre später erfuhr Hanny, dass Tientje von ihrem Verlobten schwanger geworden war. Das Paar musste heiraten, doch dazu kam es nicht, denn Tiny hatte eine Fehlgeburt. So wurde es Hanny erzählt.

Von dem Brief des St.-Josephs-Krankenhauses hatte Hanny nie etwas gewusst.

Nach diesen Enthüllungen, die ich aus endlosen Wiederholungen zusammenstückeln musste, war meine Mutter völlig erschöpft. Ein zäher Schleimfaden hing ihr zitternd am Kinn. Ich wischte ihn mit einem Fetzen Seidenpapier weg, aus einem Schuhkarton.

»Typisch.« Tiny sprach das Wort in einer Art und Weise aus, als benützte sie einen schwierigen Begriff, der nur ihrem neuen Rang vorbehalten war. »Ganz typisch.« Und dann: »Ich finde es typisch, mit Verlaub, dass diejenige, die mir das alles angetan hat, auch heute noch ihre Hände in Unschuld wäscht. Mehr noch … und mir ist klar, dass dich das als Theatermann anspricht, Albert … Madame erhebt Anspruch auf die Heldenrolle.

So zwingt sie mich, meine eigene Version der Ereignisse zum Besten zu geben. Pah! Sie wird schon sehen, was sie davon hat.«

»Tien … Tien! Brems dich, Tien!«, rief Koos. »Kusch jetzt! Halt dich zurück, sag ich!«

»Hör zu, Tante Tiny«, sagte ich. »Erzähl ruhig deine Geschichte. Wenn du nicht lügst wie sonst, kann es allen nur guttun. Aber sprich nicht in so einem ekelhaften Ton mit meiner Mutter. Du weißt, sie kann kaum etwas erwidern.«

17

Von einer Kanaille wie Tientje Putz konnte man alles erwarten, sogar wenn es ausnahmsweise einmal unumwunden um die Wahrheit ging. Jedenfalls war ihr Argwohn ansteckend: Ich fragte mich die ganze Zeit, ob Tiny mit ihrer Darstellung hatte warten wollen, bis ihre Schwester Hanny ihr Sprechvermögen restlos verloren hatte, inklusive des letzten Kehllauts, so dass die Gefahr einer Korrektur oder eines Widerspruchs nicht mehr bestand. Auf den langen Atem ihrer Rachsucht habe ich bereits hingewiesen. Parkinson war jedoch keine erbliche Krankheit, das Leiden war bei meiner Mutter zudem erst vor ungefähr fünf Jahren aufgetreten, folglich konnte ich mir wiederum nicht vorstellen, dass es schon vor langer Zeit Eingang in Tinys Pläne für eine Abrechnung gefunden hatte. Ich ging vorläufig davon aus, dass das langsame Verstummen, das die Krankheit meiner Mutter nach sich zog, Tinys Groll nicht schlecht zupass kam.

Wenn dem so war, dann hatte Tiny, jetzt zu einer vorzeitigen Aufdeckung gezwungen, nicht mit meiner Kompetenz als Dolmetscher der Parkingson-Sprache gerechnet.

18

Tiny erzählte, sie habe von ihrer ältesten Schwester zusammen mit einer Packung Monatsbinden den nachdrücklichen Rat erhalten, sich »vom Zwarte Pad fernzuhalten«. Der Schwarze Weg, das war der Puttense Dreef, und dort wohnte der Schuster Nico van Dartel, der eine Werkstatt hinter seinem Haus hatte, in der es nach Leim und Leder und Schuhwichse roch. Nico van Dartel hatte sich bei der Familie van der Serckt einen gewissen Ruf als Spaßvogel erworben, nachdem er während eines Hochzeitsessens einen Mann ihm gegenüber zum Lachen brachte und ihm dann ein Suppenklößchen in den geöffneten Mund warf, woraufhin »der Typ um ein Haar erstickt ist«.

»Ja, sag einem zwölf-, dreizehnjährigen Mädel«, rief Tiny, »dass sie sich von irgendwas fernhalten soll. Weil es dort nicht ganz geheuer ist. Weil sie Gefahr läuft, dass ein spaßiger Schuster mit ihr seine Spielchen treiben will.« Sie wandte sich an meine Mutter und quengelte: »Das war schon mal ganz falsch, Hanny van der Serckt. Bis zu dem Zeitpunkt ging ich zu den van Dartels wegen ihrer Tochter Nelleke. Nicht gerade meine beste Freundin, aber wir haben manchmal zusammen gespielt. Durch deine Warnung bekam das plötzlich etwas Zweideutiges. Ich wurde neugierig darauf, was Nico von mir wollte. Du, Hanny, hast mich in seine Arme getrieben.«

»Wenn du so weitermachst mit deinem Geschimpfe, bringe ich Mama in ihr Zimmer«, sagte ich. »Dann kannst du dich zum Teufel scheren. Sie hat ihre Version der Ereignisse erzählt. Jetzt bist du dran. Aber hör mit deinen Unterstellungen auf. Du wurdest geschlechtsreif, und deine älteste Schwester hat dich vor der Welt der geilen Männer gewarnt. Dass du auf einmal von Nico van Dartel fasziniert warst, erscheint mir eher als ein komischer Charakterzug von dir.«

Tiny sah mich an, die Lippen geschürzt, die Zähne zusammengebissen, als wolle sie mich wie eine wütende Katze anfauchen, doch heraus kam nur ein schwaches Zischen. Meine Mutter schüttelte den Kopf – nicht, um das Gesagte entschieden zu bestreiten, sondern um zu zeigen, dass sie mit dem Tenor von Tinys Erklärung nicht einverstanden war.

Eineinhalb Jahre nach ihrer ersten Periode wandte sich Tiny ein zweites Mal mit Menstruationsproblemen an die jüngere ihrer beiden Mütter. Diesmal ging es darum, dass die Blutungen seit gut und gern drei Wochen überfällig waren. Hanny hatte gerade ihr zweites Kind bekommen, die Familie sprengte das zwölf Quadratmeter große Zimmer, Albert Egberts senior floh immer häufiger aus dem Haus seiner Schwiegereltern, um in der Kneipe Trost zu suchen … Hanny hatte keinen Kopf für eine schwangere kleine Schwester. Zu allem Unglück handelte es sich außerdem um ihre älteste Tochter, zumindest gefühlsmäßig.

»Tineke, sieh mich an … Nein, nicht den Kopf wegdrehen. Ich will dir in die Augen sehen.«

»Es ist nicht, was du denkst«, sagte Tineke, die noch Zöpfe mit einer Schleife trug. »Es passiert einfach nichts. Ich glaube, ich werde später keine Kinder bekommen können.«

»Hast du Verkehr gehabt?«

»Verkehr ...« Tineke lachte.

»Ja, mit einem Jungen oder einem Mann.«

»Ach, so einen Verkehr. Sei nicht albern.«

»Ich hol dich morgen von der Schule ab«, sagte Hanny. »Dann geh ich mit dir zum Hausarzt. Sag den Alten nichts davon. Alles wird gut.«

19

Der Hausarzt schickte die beiden Schwestern ins Krankenhaus. Mitzubringen war eine Urinprobe der jüngeren. Es behandelte sie der Arzt, der Hanny während ihrer letzten Schwangerschaft betreut hatte, Dr. Hillen. Während im Labor künftige Nobelpreisträger komplizierte Tests mit Tinekes Pinkelprobe vornahmen und der Arzt das Mädchen untersuchte, blätterte Hanny im Wartezimmer in der *Margriet*, inständig betend, es möge blinder Alarm sein. In ihrer Phantasie ging idealerweise während (oder infolge) der Untersuchung die Menstruation los. Dann würden sie erleichtert Arm in Arm aus dem St. Josephs tanzen, auf die reich beflaggte Straße hinaus, um zum zweiten Mal innerhalb von acht Jahren die Befreiung zu feiern.

Ein Assistenzarzt in einem Laborkittel durchquerte das Wartezimmer mit einem länglichen Brett in der Hand, auf dem Papiere festgeklemmt waren. Er betrat das Behandlungszimmer von Dr. Hillen. Bevor der Mann wieder auftauchte, wurde Hanny vom Arzt hineingerufen. Nachdem die beiden Herren sich noch kurz in gedämpftem Ton beraten hatten, verschwand der Assistent. Hanny spürte, dass alles gründlich schieflief.

»Fünfzehn bist du, nicht wahr?«, fragte Dr. Hillen, während er sich die Hände wusch.

»Vierzehn«, antwortete Tineke. »Fast fünfzehn.«

Wenn ein Arzt anno 1953 wie ein völlig perplexer Schuljunge durch die Zähne pfiff, musste schon einiges los sein. Er sagte: »Der Befund ist positiv.«

Der alte Fehler: Auf das Wort »positiv« hin sprang Tineke freudig von der Untersuchungsliege herunter. Dasselbe Wort ließ Hanny zusammenzucken.

»Positiv bedeutet in diesem Fall: schöne Bescherung«, sagte Dr. Hillen zu Tineke. »Weißt du, wer der Vater ist?«

Sie begann zu weinen. Diesmal nicht ihr übliches Backfischgejaule, sondern richtige Tränen, aus Reue und Angst.

»Dann will ich's mal so sagen ...« Der Arzt trocknete sich die Hände ab, wobei er seinen Ehering verschob, damit keine Stelle nass blieb. »Die Person, mit der du Verkehr hattest, weiß die, dass die Menstruation bereits eine Weile ausgeblieben ist?«

Tineke warf Hanny einen verzweifelten Blick zu, schluchzte nochmals auf und schüttelte den Kopf.

»Tineke, ich denke, du solltest dem Herrn Doktor besser alles sagen. Umso eher finden wir eine Lösung.«

»Er ist verheiratet«, sagte Tineke auf einmal. »Er heißt Nico.«

»Ist es …« Hanny brauchte nicht mehr nachzufragen. Ihre Schwester nickte und ließ den Kopf hängen. Die Zöpfe schaukelten sacht, mit schlaffen Schleifen.

»Kinder?«, fragte Dr. Hillen.

»Zwei«, sagte Hanny. »Ein Mädchen in Tinekes Alter. Der Junge ist etwas älter. So ein Dreckskerl. Vor zehn Jahren hat er es auch bei mir versucht. Ich habe neulich gehört, dass er seine eigene Tochter …«

»Ich rate euch mit Nachdruck davon ab«, unterbrach der Arzt sie, »die betreffende Person mit Tinekes Schwangerschaft zu behelligen. Es hat keinen Sinn, auch noch eine ganze Familie zu zerstören. Vielleicht solltet ihr einfach euren Eltern Bescheid sagen. Es kommt häufiger vor, dass das uneheliche Kind eines minderjährigen Familienmitglieds von Vater und Mutter als deren eigenes Kind großgezogen wird. In dem Fall bekommt ihr einfach noch ein Brüderchen oder ein Schwesterchen als Nachkömmling dazu.«

»Das geht bei uns nicht«, sagte Hanny. »Sie haben mich meine jüngste Schwester … unsere Tineke hier … und meinen jüngsten Bruder schon wie meine eigenen Kinder großziehen lassen. Meine Mutter hielt sich für zu alt und zu krank. Inzwischen sind wir zwölf Jahre weiter. Sie meint, so gesund sie auch ist, sie sei steinalt. Der Wahlspruch meines Vaters lautet: ›Ich bringe eine Tochter von mir lieber auf den Friedhof als schwanger vor den Altar.‹ Inwieweit er bereit ist, beim Friedhof ein bisschen nachzuhelfen, lasse ich dahingestellt. ›Komm mir bloß nicht damit, dass irgend so ein Leierkastenmann dir ein Kind angedreht hat‹, hat er immer zu mir gesagt, ›dann brech ich dir nämlich beide Beine. Und die Arme dazu.‹ Nein, ich glaub, das ist keine gute Idee, unseren Alten zu erzählen, dass Tineke in freudiger Erwartung ist.«

»Dann weiß ich's auch nicht«, sagte Dr. Hillen, die Arme gen Himmel gehoben.

»Natürlich wissen Sie das«, sagte Hanny. »Es wird weggemacht.«

»Das tun wir hier im St. Josephs nicht.«

»Sie kennen bestimmt irgendeine Klinik.«

»Selbst wenn ich euch eine nennen dürfte – so eine Behandlung ist für euch unbezahlbar.«

»Dann eben eine billige Adresse. Privat. Hauptsache, sauber.«

»Mevrouw Egberts«, sagte Dr. Hillen, »wir sind ein katholisches Krankenhaus. Mit jeder Adresse, die ich Ihnen gebe, überschreite ich meine Kompetenzen. Ich bin auch persönlich gegen Abtreibung. Es ist meine feste Überzeugung, dass im Moment der Zeugung die Seele herabsteigt.«

»Lass ihn quasseln, Han«, sagte Tineke und ging zur Tür. »Er will einfach möglichst viele schwangere Frauen auf seinem Bügelbrett hier haben. Das ist sein warmes Fressen. Meiner Meinung nach ist bei ihm die Seele nie herabgestiegen. Komm, Han. Ich will hier weg.«

20

Nico van Dartel war in seiner Werkstatt damit beschäftigt, einen hohen Behindertenschuh zu reparieren. Der Schuh stand verkehrt herum auf dem Eisenfuß eines Leistens. Die äußerste Lage der mehrschichtigen Sohle hatte er gerade entfernt, wodurch eine Reihe gemeiner kleiner Nägel freilagen, die im Großen und Ganzen der Form des Schuhs folgten. Es gelang ihm, seinen Schrecken beim Anblick der beiden Schwestern gut zu verbergen.

»Verdammte Pest, da glaubt man, man hat schon alles mal erlebt, und wer kommt reinspaziert – die Vander-Serckt-Damen, zwei Mann hoch. Lasst mich mal raten. Absatz in einem Türrost abgebrochen. *Ladies, ladies*, passt doch auf, wo ihr hintretet, bevor ihr in einem Hauseingang anfangt rumzuknutschen.«

»Lass deine Scherze, Nico«, sagte Hanny. »Wir kommen direkt aus dem Krankenhaus. Ich denke, du weißt, was jetzt Sache ist.«

»Lasst mich raten. Der Blinddarm.«

»Unsere Tineke hier ist schwanger.«

Van Dartel ließ die abgetretene Sohle des Behindertenschuhs in den Abfalleimer fallen. Er angelte sie sofort wieder heraus, wahrscheinlich weil er die Form für das Zuschneiden einer neuen brauchte.

»Ein Mädel von vierzehn, fünfzehn Jahren«, sagte er. »Nein, das ist nichts, worüber man Witze macht. Aber … warum kommt ihr damit zu mir? Ich dachte, über so was wird immer möglichst wenig geredet.«

»Warum wir damit schnurstracks aus dem Krankenhaus zu dir gehen, Nico … na, sag's selber«, sagte Hanny.

»Ich bin natürlich ein guter Freund der Familie. Zu Onkel Nico kannst du jederzeit mit deinen Problemen kommen. Solange kein zu teures Preisschild daran hängt.«

»Jetzt mal im Ernst, Nico«, sagte Hanny. »Wie lange geht das schon?«

»Nun, der Mann hat vor dem Krieg Kinderlähmung

bekommen. Polio heißt das heutzutage. Er war noch im Wachstum. Sein eines Bein wurde im Vergleich zum anderen immer kürzer. Das wird jetzt so ungefähr zwanzig Jahre her sein.«

»Es ist von dir, Nico«, platzte Tineke heraus.

Nico van Dartel konnte wunderbar ein erstauntes Gesicht machen. Er sah Hanny an. »Wovon spricht deine Schwester?«

»Stell dich bloß nicht dumm, Nico«, sagte Hanny. »Du warst es.«

»Sie ist erst vierzehn«, sagte van Dartel, »ich versteh also, dass sie noch nicht alles weiß. Hanny, du bist verheiratet … Mutter von zwei Knirpsen … kannst du Tineke nicht mal erklären, dass man, wenn eine Frau schwanger ist, nicht alle Männer auf der Welt als Vater angeben kann? Das gäb ein schönes Chaos, meine Güte.«

»Ich kenne dich«, sagte Hanny. »Bei mir hast du es auch probiert. Da war ich zwölf. Bei Tineke ist es dir offenbar gelungen. Jetzt ist sie schwanger. Wie lösen wir dieses Problem, Nico? Diesmal hängt schon ein Preisschild dran. Wenn du kooperativ bist, lassen wir deine Frau aus dem Spiel und meine Alten auch.«

Van Dartel schob sich die Brille mit den dicken Schutzgläsern auf die Stirn und sah Hanny aus kleinen, müden Augen an. »Ich will ja alles für euch tun … für die Töchter meines besten Freundes ist mir nichts zu viel … aber nur um des lieben Friedens willen kann ich nicht etwas zugeben, was ich nicht auf dem Gewissen habe.«

Tineke begann wieder zu weinen. »Nico, nach allem, was … allem, was … Du kannst doch nicht einfach sagen, dass das nicht passiert ist, Nico.«

»Komm, Tineke«, sagte Hanny und griff ihre Schwester am Arm, »wir machen mal einen kleinen Besuch bei Mevrouw van Dartel.«

»Das ist Erpressung«, sagte Nico. »Damit kriegt ihr mich niemals klein.«

»Das bringt nichts, Han«, sagte Tineke. »Leentje weiß es. Sie hat mich oft genug vom Spielplatz geholt. ›Er hat Bock‹, hat sie dann gesagt. Und ich bin mitgegangen. Hierhin.« Sie deutete auf einen alten Diwan in einer Ecke der Werkstatt. »Da ist es passiert. Manchmal war Nelleke dabei. Nelleke war froh, wenn ich auch da war. Sie hat Angst vor ihrem eigenen Papa.«

»Na schön«, sagte Hanny, »dann lassen wir Leentje aus dem Spiel. Und gehen direkt zur Polizei. Gut, dass ich das mit Nelleke jetzt auch weiß. Das verleiht meiner Aussage mehr Gewicht.«

»Hetz mir ruhig die Polizei auf den Hals«, sagte Nico van Dartel. »Es tut mir leid für euch, aber ich werde alles abstreiten müssen. Denkt dran, falsche Anschuldigungen sind strafbar. Das wünsche ich euch nicht. Für eure Alten fände ich es auch ganz übel. Schlaf noch eine Nacht drüber, Hanny. Du hast zwei kleine Kinder, die ihre Mutter brauchen. Für eine Falschanzeige landest du für ein Jahr im Frauengefängnis.«

Hanny zog ihre weinende Schwester zur Tür.

»Alles Gute für dich, Tineke«, rief Nico ihnen nach. »Es tut mir wirklich leid für dich.«

Hanny stieß die Fliegengittertür auf. Die rostigen Federn knarrten, quietschten. Sie drehte sich noch einmal zu van Dartel um.

»Verlass dich drauf, Nico, Vater und Mutter sag ich Bescheid.«

»Ach, tu dir das doch nicht an, liebe Hanny … mach dich nicht lächerlich bei deinem alten Herrn. Zwischen Tineke und mir ist nichts vorgefallen. Wenn sie schwanger ist, wird Pau van der Serckt eher an eins dieser Pickelgesichter denken, mit denen sie sich auf der Straße rumtreibt. Im Ernst, glaub mir. Ich würde so etwas niemals tun. Grüß deinen Vater von mir. Der alte Trumpfkönig. Wir müssen unbedingt mal wieder einen Kartenabend abmachen.«

Hanny ging mit der flennenden Tineke den Zwarte Pad entlang Richtung Tivoli und Lynxstraat. Aller Mut verließ sie. Sie erinnerte sich, wie sie hier mit Nico van Dartel gegangen war, vor vielen Jahren, nachdem er sie bei sich zu Hause belästigt hatte. Der Nikotinkuss. Die grobe Hand zwischen ihren Beinen. Das Gekreische, das wie von selbst aus ihr herausbrach.

»Onkel Nico darf dir doch wohl einen Kuss geben, wenn er dich lieb hat … das brauchst du doch nicht gleich Mama und Papa zu erzählen. Sie werden sich nur unnötig Sorgen machen. Ja? Ist das abgemacht?« So hatte damals Nico van Dartel mit ihr geredet.

»Ja.«

»Du sagst ihnen nichts?«

»Nein.«

Zu Hause schilderte Hanny trotzdem, was Onkel Nico mit ihr angestellt hatte. Ihr Vater schlug unter lautem Papiergeraschel seine Zeitung zu. »Spül dir den Mund aus, hörst du? Nach oben! Geh mir aus den Augen!«

Dass das Ausspülen wörtlich gemeint war, zeigte sich kurz darauf, als ihre Mutter mit einem Gefäß voll Seifenlauge ankam und sie über der Waschschüssel gurgeln und ausspucken ließ. Immer wieder, bis der Schaum aufgebraucht war. Unten hatte ihr Vater ihr dann eine Predigt gehalten.

»Nico van Dartel ist der beste Freund deines Vaters. Verstanden? Über so jemand wirst du nicht solche schmutzigen Sachen rumerzählen. Weißt du überhaupt, dass man jemand mit so was für sein ganzes Leben etwas anhängen kann? Du kannst das wiedergutmachen ... morgen früh um sechs Uhr Beichte in der St.-Josephs-Kirche. Und wehe dir, du nennst den Namen van Dartel. Du sagst dem Kaplan, dass du einen Unschuldigen verleumdet hast. Einfach weil es dir Spaß gemacht hat, schmutziges Zeug über diese Person herumzuposaunen. Verstanden?«

»Ja, Papa.«

Am schlimmsten war der Seifengeschmack in ihrem Mund.

21

»Tientje, ich hab eine Idee«, sagte Hanny. »Man hört doch manchmal was von Blutgruppen und so ... und dass man über eine Blutprobe feststellen kann, ob man mit jemand verwandt ist. Ob jetzt schon oder irgendwann mal ... jedenfalls hab ich was darüber gelesen. Wenn die Medizin so weit ist, dann könnten wir im Krankenhaus vom Fötus Blut abzapfen lassen und das mit Nicos Blut vergleichen.«

»Mit einer Nadel in so ein zartes kleines Ding piksen«, sagte Tineke, »ich weiß nicht, Mensch. Und wie kommen wir an Nicos Blut?«

»Wir schicken Albert und Den Freek zu ihm«, sagte

Hanny. »Albert hält ihn fest, und Der Freek ritzt ihn in den Arm. Das Blut können sie in einem Röhrchen auffangen.«

»Ob das jetzt klappt oder nicht«, sagte Tineke, »wir kommen damit nicht weiter. Da waren manchmal noch andere Männer. Freunde von Nico. Er kannte sie vom Fußballplatz und vom Billardclub. Wir können doch nicht all diesen Kerlen Blut abzapfen.«

Hanny blieb auf dem breiten, ungepflasterten Weg stehen und schlug die Hand vor den Mund, um ein langgedehntes »Oh!« zu unterdrücken. »Aber Tineke! Und dann bittest du mich, dir zu helfen …«

22

Meine Mutter hatte während des Berichts ihrer Schwester mit einiger Regelmäßigkeit scharfe Kehllaute ausgestoßen, doch wenn ich dann mein Ohr an ihren Mund führte und intensiv hinhörte, handelte es sich meist nicht um Einwände, sondern um zustimmende und gelegentlich ergänzende Äußerungen. Das änderte sich jetzt allerdings.

Es war jedes Mal wieder ein Wunder, wie sich aus dem Glucksen und Stammeln nach einiger Zeit Worte bildeten. Ich hoffte nur, dass meine Deutung nicht zu frei ausfiel, zum Beispiel aufgrund meiner Ungeduld. Ich musste sie einen zerstückelten Satz bis zu zehnmal wiederholen lassen, bis ich begriff, dass die Geldroper Polizei letztendlich nicht über Nico van Dartels Praktiken in Kenntnis gesetzt wurde und die Eltern van der Serckt auch nicht.

»Unserer Han schien es besser, eine Frau zu suchen«, ergänzte Tante Tiny. »So nannte sie das: eine Frau suchen. Ich höre sie noch: ›Eine Frau mit einer Praxis bei sich zu Hause.‹ Klang verlässlich.«

Ganz selten brachte meine Mutter ein Wort oder einen Halbsatz heraus, der auf Anhieb verständlich war, wie zum Beispiel jetzt: »Doktor Hillen, dieser Scheinheilige ... dieser Katholik.«

Dazu setzte sie eine triumphierende Miene auf, obwohl sie das sichtlich erschöpfte. Ihr Kopf sank noch etwas weiter nach vorn.

»Ich weiß nicht einmal«, sagte Tiny, »ob er uns überhaupt in so eine Klinik hätte überweisen können. Abgesehen von seinen katholischen Bedenken. Wie zum Beispiel, dass die Hoden schon herabgestiegen waren ... oder wie war das gleich noch. Keine Ahnung, wie die Politik damals zur Abtreibung stand.«

Tief in ihrer Kehle lechzte meine Mutter gurgelnd nach »kühlem Wein«, obwohl sie nie Alkohol trank. Vielleicht hatte sie von der Erinnerung an die Mundspülung mit Seifenlauge Durst bekommen – bis ich begriff, dass sie den Namen des Fischgeschäfts meinte, über dem sich die Praxis der von ihr ausgewählten Frau befand: Koelewijn, im Eindhovener Stadtteil Stratum. In späteren Jahren nahm Onkel Hasje mich manchmal dorthin mit. Er war befreundet mit dem Sohn des Hauses, der mit *Kom van dat dak af* einen niederländischen Rock-'n'-Roll-Hit gelandet hatte, in dem der Onkel eines Klassenkameraden von mir Saxophon spielte. Mir wurde ein viel zu langer Räucheraal vorgesetzt, dessen scharfe Zähne an der Wirbelsäule mir unangenehm über Zunge und Lippen ratschten. Langsam, aber unaufhaltsam näherten sich meine Schneidezähne dem Kopf, einer perfekten Miniaturausführung des Schädels des Ungeheuers von Loch Ness, von dem ich kurz zuvor ein Bild gesehen hatte. Bevor ich auch ihn zwischen die Zähne nehmen musste, nahm Mevrouw Koelewijn mir den Aal mit dem Pergamentpapier aus den Händen: »Ist gut so. Du hast dich ja mächtig angestrengt.«

Sie hielt das Ungeheuer von Loch Ness am Schwanz fest und neckte die Katze damit, indem sie sie danach springen ließ und es ihr im letzten Moment entzog.

»Koelewijn, ja«, sagte Tiny. »Irgendwo über diesem Geschäft. Auf der Treppe stank es nach Fisch. Auch im Zimmer von diesem Weib hing Fischgeruch. Schade. Ich wusste, dass der Gestank von dem Laden unten kam. Sonst hätte ich noch etwas anderes gewittert … Unrat nämlich … und wäre abgehauen. Das hätte mir eine Menge Elend erspart.«

Sie sah meine Mutter provozierend an, doch die hing zu weit vorgebeugt in ihrem Rollstuhl, um ihrer Schwester in die Augen sehen zu können. Verstanden hatte sie Tiny dennoch. Ich übersetzte: »Wieso Elend? Du warst doch im Gegenteil von deinem Elend erlöst, oder?«

»Denkst nur du.« Sie schrie fast. »Das Beste, was man hinterher darüber sagen konnte, war, dass die Schwangerschaft beendet war. Aber das Elend … das wirkliche, das tiefgreifende Elend … das hat für mich erst da begonnen. Nicht nur für kurze Zeit, nein, für immer. Bis auf den heutigen Tag. Und noch weiter, bis zu meinem letzten Atemzug dereinst. Dort wurde nicht nur eine Schwangerschaft unterbrochen … da wurde auch ein Mensch zerbrochen. Und damit meine ich nicht den Fötus, sondern seine Trägerin. Bist du jetzt zufrieden?«

Ich horchte meiner Mutter zu und sagte dann: »Mama fragt, was schiefgelaufen ist.«

»Kapierst du das denn noch immer nicht?!«, keifte Tiny. »Ich höre vom Doktor hier, dass dein Verstand vom Parkinson nicht angegriffen ist, aber jetzt kommen mir doch langsam Zweifel.«

»Kusch, Tien«, sagte Koos. »Schalt mal runter.«

»Das Weib«, brüllte Tiny weiter, »hatte Trauerränder unter den Nägeln. Die hast du auch gesehen, Han, als du mich da angemeldet hast, die musst du gesehen haben. Trauerränder aus geronnenem Blut. Ich wette, du hast nicht mal gefragt, wie sie die Abtreibungen vornahm ... mit welchen Instrumenten ... Das interessierte dich nicht. Hauptsache, du warst vom Problem Tineke erlöst. Ich werde dir sagen, mit welchem Werkzeug sie gearbeitet hat, die dreckige Stecherin. Und sie war noch nicht mal eine Stecherin, denn die benutzt wenigstens noch eine Häkelnadel oder was Ähnliches. Deine Frau, Hanny, hat es mit den bloßen Krallen gemacht. Den nackichten Pfoten. Zurechtgefeilte Nägel, das waren ihre Instrumente. Sie hat sie mit Bimsstein geschärft, das Biest. Dafür war sie bekannt.«

»Unmöglich«, sagte meine Mutter. Ich gab es weiter und fügte hinzu: »Das gibt es nicht. Ich verstehe, dass irgendetwas gründlich schiefgelaufen ist, Tiny, und dass du es so erlebt hast, das mit diesen Nägeln ... aber nicht einmal die gräulichsten Engelmacherinnen in jener Zeit haben es mit den bloßen Händen gemacht. Das ist einfach unmöglich.«

Tiny rastete jetzt völlig aus. »Sieh sie dir an, die heilige Johanna«, rief sie und deutete mit dem Zeigefinger, dessen Nagel, ob Zufall oder nicht, weinrot lackiert war, auf meine Mutter. »Sie tut immer so, als würde sie für jeden in der Familie die volle Verantwortung tragen. Na schön, wenn das so ist, warum hat sie dann nicht die volle Verantwortung übernommen, als Nico van Dartel mich geschwängert hat? Tja, Albert, frag sie doch mal, was sie dazu sagt. Immer dieses Märtyrergetue … dass sie mit elf für mich Mutter spielen musste … dass ich ein bisschen ihre Tochter war … Welche Mutter liefert ihre Tochter, wenn die in Schwierigkeiten gerät, einem Monster mit spitz gefeilten Fingernägeln aus? Na? Dieses Weib hatte nicht mal die paar Pfennige für eine krumme Stricknagel übrig. Und das alles, weil's wieder mal so billig wie möglich sein musste. Eine Heilige wie unsere Johanna nimmt kein Almosen an. Darum darf es bei ihr nie was kosten. Ich spucke darauf.«

Tiny spie auf den Boden, doch der meiste Speichel blieb zäh in ihren Mundwinkeln hängen.

23

Meine Mutter verschluckte sich an ihrem Protestgegurgel, aber ich verstand sie diesmal trotzdem ziemlich schnell. »Ich hatte fast kein Geld«, sagte sie ungefähr. »Es durfte Altje ja nicht auffallen, dass ich kleine Beträge vom Haushaltsgeld abzweigte.«

»Ich habe mindestens die Hälfte bezahlt«, rief Tiny schrill. »Abgemacht war ein Viertel. Du den Rest. Mein Viertel, das entpuppte sich schließlich als die Hälfte. Weil du nicht mehr dafür übrig hattest. Damit hast du meine Gesundheit aufs Spiel gesetzt. Das sind die guten Taten der Scheinheiligen Johanna. Selber Mutter von drei wohlgestalteten Kindern.«

Meine Mutter schüttelte den herabhängenden Kopf, was den zähen Schleimfaden an ihrem Kinn erneut zittern ließ. Was sie zu sagen versuchte, lief auf Folgendes hinaus: »Tineke hatte keinen Pfennig. Sie ging auf die Haushaltsschule. Damals hat sie noch nicht bei Lata gearbeitet. Ich kam für den vollen Betrag auf. Mehr konnte ich nicht zusammenkratzen.«

»Noch nicht lange«, sagte Tiny mit kalter Ruhe, »aber ich ging wohl zu Lata. Schuhcremedosen in Kartons stapeln. Fast für nichts. Von diesem sauer verdienten Geld habe ich mich innen beschädigen lassen … kaputt machen lassen … mit einem kleinen Zuschuss aus der Haushaltskasse der Egberts. Oh, dafür bin ich dir wirklich mein ganzes Leben lang dankbar. Aber klar. Auf diese Weise habe ich selbst keine Unglücklichen in die Welt setzen müssen. Bringt schon was.«

Die ältere der beiden Schwestern schüttelte immer noch den Kopf, brachte aber keinen Ton mehr heraus.

»Warum, Tiny«, fragte ich, »sprichst du Mama erst jetzt darauf an … jetzt, wo sie ihre Stimme so gut wie verloren hat?«

»Ich habe fast fünfzig Jahre lang versucht, der da klarzumachen, was schiefgelaufen ist.« Dass die totale Hysterie bei Tientje nicht durchbrechen wollte, das war das Beängstigende. »Das bedeutet: die gesamte zweite Hälfte des zwanzigsten Jahrhunderts. Ja? Nicht in großen Worten, denn dazu hat man uns nicht erzogen – die Dinge deutlich auszusprechen. Unsere Familie, das ist ein Sammelsurium von lauter unbekannten Dingen …

Dingen, die nicht beim Namen genannt werden. Obwohl, man würde doch sagen … im Paradies auf Erden bekommt alles seinen Namen. Da sieht man mal wieder, wie weit die van der Serckts vom Weg ins Paradies abgekommen sind. Keine Worte also, keine Namen für die Dinge, aber im Laufe von fünfzig Jahren habe ich genug Signale abgegeben … auch an unsere Han, vor allem an unsere Han … damit die merken, was mit mir los ist. Ihr seid blind. Stockblind.«

Meine Mutter gab Laute von sich. Trotz meines Talents, die Luftwege der Nase und damit auch den Geruchssinn von innen zu blockieren, verspürte ich von Zeit zu Zeit den unwiderstehlichen Drang, doch an ihrem Mund zu riechen, und zwar in tiefen Zügen. Vielleicht war das die einzige Möglichkeit, die Scham über meinen eigenen Ekel zu tilgen. Der Gestank hatte sich infolge ihrer Sprechversuche noch verstärkt: Hier flehten die gärenden Säuren eines völlig leeren Magens nach fester Nahrung – die nie kommen würde. Die einzigen Worte, die jetzt zusammen mit dem Sumpfgas entwichen, lauteten: »wegmachen«, »Papa und Mama« und »erfahren«.

Die beiden Schwestern hatten seinerzeit abgesprochen, die Abtreibung vor ihren Eltern strikt geheim zu halten. Dennoch redeten diese, und das war auch Hanny aufgefallen, immer von »diesem ganz Schlimmen« bei Tiny, ohne ins Detail zu gehen. Meine Mutter wollte jetzt offenbar endlich wissen, wie sie von dem Abort erfahren hatten. Ich übermittelte meiner Tante diese Frage.

»Wenn du's unbedingt wissen willst, Han«, schnauzte Tiny sie an, »ich bin damals um ein Haar verblutet. Die

Nägel von Menschen … vor allem wenn sie schartig sind, abgebissen … verursachen die schlimmsten Wunden. Und die heilen nicht.«

»Eben noch, Tien, waren sie gefeilt, Tien«, sagte Koos. »Du musst die Fakten schon ein bisschen aufeinander abstimmen.«

»Vielleicht hatte sie sich nicht einmal die Mühe gemacht, sie zu feilen und zu spitzen, die Hexe«, fauchte Tiny zurück. »Worum es mir geht, ist, dass menschliche Fingernägel mehr Schaden anrichten können als die Krallen irgendeines Tiers oder Monsters. Genau wie Menschenzähne … der Biss eines menschlichen Wesens ist viel, viel giftiger als der eines Hundes oder Affen. Die Fakten … wolltest du Fakten, Herr Detektiv? Sieh ihn dir an, mit seiner glänzenden Spürnase! Fakt ist, dass sich durch die giftigen Fingernägel dieses Weibs alles in mir lebensgefährlich entzündet hat. Fakt ist, dass ich beinahe verblutet bin. Und Fakt ist, dass ich bis auf den heutigen Tag die Ärzte verfluche, die mich nicht haben verbluten lassen. Sind das genug Fakten, Herr Kommissar?«

Wir bekamen nicht aus ihr heraus, weshalb sie sich mit den unstillbaren Blutungen nicht an Hanny gewandt hatte. Hanny hatte an jenem Abend vor dem Fischgeschäft Koelewijn auf ihre Schwester gewartet – in einem dunklen Hauseingang, möglichst weit entfernt von den Straßenlaternen, im vollen Bewusstsein ihrer verbrecherischen Mission. Aus einem offen stehenden Fenster im Obergeschoss konnte jeden Augenblick Tinys Schmerzensschrei auf die stille Straße dringen.

Kein Geräusch war zu hören, außer dem einer Tür,

die in der Nähe geschlossen wurde. Plötzlich stand Tineke neben ihr, zitternd, zähneklappernd.

»Wo ist das Päckchen?«, fragte Hanny gehetzt.

»Was für ein Päckchen? Es gibt kein Päckchen.«

»Man hat dir doch geholfen, oder?«

»Dem dicken Ding zwischen meinen Beinen nach zu urteilen – ja. Die Binde hat zwei fünfzig extra gekostet.«

Hanny hatte Elsschots Roman *Villa des Roses* gelesen und dachte, dass irgendwo ein geheimes Päckchen über einen Bretterzaun geworfen werden müsse. Na ja, Eindhoven war nicht Paris. Sie fragte Tiny, wie sie sich fühle.

»Schlapp. Ich wäre lieber noch ein bisschen auf dem Sofa liegen geblieben. Andererseits … mir wurde ganz schlecht von dem Fischgeruch.«

»Schmerzen?«

»Nagend.«

Sie nahmen den Bus und stiegen an der Haltestelle aus, die der Lynxstraat am nächsten lag. Hanny brachte Tiny bis an die Tür.

»Geh besser gleich nach oben. Sonst fragen sie dich, warum du so weiß im Gesicht bist. Leg sicherheitshalber einen alten Vorhang oder so unter dich ins Bett. Irgendeinen Lumpen, der nicht mehr gebraucht wird und den du hinterher wegwerfen kannst.«

Hanny fuhr mit dem Bus nach Hause. Vereinbart war, dass Tineke, falls die Schmerzen nicht aufhörten, ihren Bruder Hasje nach Geldrop schicken sollte. Hasje erschien nicht. Hanny ging davon aus, dass der Eingriff gut verlaufen war und ihre Schwester sich ohne Komplikationen erholen würde. Hanny wagte wieder, frei zu atmen. Sie nahm Altjes immer drängendere Fragen zum schmal gewordenen Haushaltsgeldbeutel in Kauf. Sie fügte sich sogar, als er ihr den Geldhahn zudrehte und sie sich für jeden Einkauf an ihn wenden musste. Albert Egberts senior konnte jetzt jede Woche über seinen kompletten Lohn verfügen, sehr zur Freude seiner drei bevorzugten Kneipenwirte.

Währenddessen blutete die vierzehnjährige Tineke weiter.

»Irgendwann war im ganzen Haus kein sauberes Stück Stoff mehr zu finden. Um die benutzten heimlich auszuwaschen war ich zu schwach. Zuletzt habe ich ein großes Bettlaken aus dem Wäscheschrank geopfert. Ich zerschnitt und riss es in breite Streifen, und so ging's wieder eine Weile. Unsere Mutter lief unter ständigem ›flixnochmal, flixnochmal‹ durchs Haus, weil ihr ein Laken fehlte. An mir zeigte sie weniger Interesse. Ich hatte mich bei Lata krankmelden lassen und lag im Bett. Das war alles. Die blutigen Lappen versteckte ich. Später, wenn ich wieder bei Kräften war, würde ich sie irgendwo auf der Heide wegwerfen. Fieberträume hatte ich. Ich sah die Polizei den ganzen Wald durchkämmen, auf der Suche nach einer Leiche, die zu diesen Blutlappen gehörte. Nicht einmal in meinem Fieberwahn wollte ich anscheinend akzeptieren, dass ich das selbst war, diese Leiche. Na ja, beinahe wenigstens. Bald. Schlapp wie eine weichgekochte Nudel heißt es manchmal. So wie ich mich fühlte ... war eine Nudel für mich der Inbegriff von Kraft.«

Aus meiner Mutter stieg etwas Gebrodel hoch. Ich kniete mich neben sie und horchte an ihrem Mund. Tante Tiny schwieg. Es dauerte quälend lange, bis ich

Mamas Frage an sie richten konnte. »Sie möchte wissen, warum du Hasje nicht vorbeigeschickt hast, als es dir so schlechtging.«

»Einmal, als ich das gerade noch konnte«, sagte Tiny in fast normalem Ton, »habe ich mich hinausgeschleppt … hinters Haus, zu meinem Fahrrad. Ich war eigentlich schon zu geschwächt, um aufzusteigen und loszufahren. Trotzdem schaffte ich es irgendwie. Ich schlingerte die Straße entlang. Auf dem Weg zum Puttense Dreef.« Ihre Stimme stockte kurz. Dann fuhr sie fort: »Albert kennt die Geschichte. Soll er sie doch seiner Mutter erzählen.«

»Alles, was ich weiß«, sagte ich, »ist, dass du dort irgendwo am Anfang des Zwarte Pad vom Rad fielst. Und mit dem Kinn auf den Lenker geknallt bist. Du lagst bewusstlos auf der Straße. Schwerer Blutverlust. Nicht verursacht durch eine kaputte Lippe und zwei abgebrochene Zähne. Die Ursache erfahre ich jetzt zum ersten Mal. Mehr weiß ich davon nicht. Oder doch … dass du das vierblättrige Kleeblatt auf deiner Klingel sahst, bevor du das Bewusstsein verlorst.«

»Ich habe dir erzählt«, sagte Tiny, »dass ich wieder zu mir gekommen bin … dass ich zum Haus von Nico van Dartel gekrochen bin …«

»Du hast Hilfe gesucht. Du hast geklingelt. Es war niemand zu Hause.«

»Ich habe keine Hilfe gesucht. Ich wusste, es war aus und vorbei mit mir. Ich hoffte, Nico würde aufmachen und ich würde dann … vor seinen Augen … zusammenbrechen. Tot. Durch sein Zutun. Aber vorher … vorher musste ich sein Gesicht noch kurz sehen. Dieser eine, dieser letzte Blick, der musste gewechselt werden. Ich würde tot vor seiner Türschwelle liegen. Und so würde alles ans Tageslicht kommen. Vor der ganzen Welt. Dass er mich geschwängert hatte ... dass seine Frau gezwungenermaßen eine Kupplerin war ... die Engelmacherpraxis über dem Fischgeschäft ... und dass, verdammt noch mal, meine Vagina dieser Stecherin bei der Maniküre ihrer abgekauten Nägel gedient hatte.«

Wieder begann Tiny zu schreien. »Ich habe sie mit meinen eigenen Instrumenten gefeilt, ja? Ich habe mit meinen feuchten Organen die Trauerränder rausgeleckt. Ja? Reicht das? Und ich wollte, dass die ganze Welt das weiß. Darum habe ich Hasje nicht zu deiner Mutter geschickt. Hanny hätte mich bestimmt nicht zu Nico gehen lassen. Während ich ihn unbedingt damit konfrontieren wollte, was er bei mir angerichtet hatte, der Dreckskerl.«

»Die Tür wurde nicht aufgemacht«, sagte ich. »Du hast dich im Vorgarten hingelegt. Neben den Goldfischteich, wenn ich mich recht erinnere. So haben sie dich gefunden, die van Dartels. Mehr tot als lebendig. Aber du lebtest noch. Man hat dich ins St. Josephs gebracht. Opa und Oma wurden benachrichtigt ...«

»So haben sie erfahren ... dass ich da über dem Fischgeschäft war. So bekamen sie Macht über mich. So wurde ich eine unentgeltliche Arbeitskraft für sie. Eine mit Hausarrest.«

»Alles, was ich jetzt höre«, sagte Koos wie geprügelt, »ist neu für mich. Dafür ist man dann fast vierzig Jahre verheiratet.«

»Nur diesen Brief«, fuhr Tiny fort, »den haben die Alten nicht zu sehen bekommen. Man hat ihn mir mitgegeben, als ich entlassen wurde. Ich habe ihn nicht vorgezeigt. Wenn sie ihn zur Kenntnis genommen hätten, wäre ich überhaupt nie mehr aus dem Haus gekommen. Sie hätten jede Heirat verhindert. Und sei es mit dem Bürgermeister persönlich. Die Hure spielen und dadurch auch noch unfruchtbar werden ... die Schande muss man erst mal überleben.«

»Ich verstehe noch immer nicht«, sagte ich, »warum du mit diesen Blutungen nicht früher Hilfe gesucht hast.«

»So kapier doch.« Sie hämmerte sich mit der ganzen Faust an die Stirn, so dass sich weiße Abdrücke bildeten, die sich danach rot färbten. »Ich *wollte* krepieren. Ich wollte unbedingt mausetot zu seinen Füßen liegen. Es war meine Liebeserklärung an ihn. Ich war verrückt nach Nico. Ich liebte diesen Mann. Kapiert ihr denn nie was, ihr Blödmänner?«

24

»Wenn ich mich nicht irre«, sagte Koos, »war Nico auf dem Fest, als dein Vater in Rente ging. Schon todkrank. Gelb wie ein Kanarienvogel. Leberkrebs. Wussten eure Alten, dass dieser Schuhfritze die Ursache allen Elends war?«

»Ich hab nie einen Namen genannt«, sagte Tiny trübsinnig.

»Dass du sterbend bei Mijnheer van Dartel auf der Matte lagst, hätte sie ja auf eine Idee bringen können.«

»Die einzige Idee, auf die sie kamen, war, dass die van Dartels ihre nuttige Tochter im letzten Moment vorm Tode gerettet haben. Das hat die Freundschaft nur noch

enger gemacht. Nico war der Held. Ich weiß noch …
ich kam an einem Samstagmittag aus dem Krankenhaus.
Sie saßen zu viert am Esstisch und spielten Karten. ›Na,
Mädel‹, hat Nico gesagt. Er hat nicht mal von seinen
Karten aufgeschaut. ›Na, Mädel … haben sie dich ein-
fach gehen lassen?‹ Das war alles.«

»Die Liebe war vorbei«, sagte Koos.

»Bei ihm vielleicht«, sagte Tiny.

»Ich erinnere mich aus der Zeit vor über vierzig Jahren«, sagte ich, »dass du Pläne hattest, Nico van Dartel
zu vergiften. Ich war ein kleiner Junge, aber ich höre
dich das noch sagen.«

»Wenn du schon so ein gutes Gedächtnis hast, dann
müsstest du auch wissen, dass ich das Wort ›vergeven‹
benutzte. Und das kann zweierlei bedeuten.«

»Vergiften und vergeben«, sagte ich. »Beides aus
Liebe, nehme ich an.«

»Ich bring's nicht fertig, jemanden zu ermorden«,
sagte Tiny. »Frag Albert nach der Hundepension, zu der
ich ihn mitgenommen hatte. Die wurde von dem Weib
mit den tödlichen Fingernägeln betrieben. Ich hatte ein
geschliffen scharfes Messer dabei. Ich hätte sie einfach
abstechen können. Dass ich dann ins Gefängnis kommen würde, war mir schnurzegal. Aber ich habe es nicht
getan. Ich konnte nicht.«

»Tien«, sagte Koos, »du bringst Leute so langsam um,
Tien, dass niemand das mehr als Mord zu bezeichnen
wagt. Die Staatsanwaltschaft fürchtet, dass der Prozess
fünfzehn Jahre dauert. So lange wie die gesamte Ge-
fängnisstrafe.«

»Hier stinkt's noch immer«, rief Cynthia. Auf einmal
waren die Kinder wieder da. Ich hatte ihr stets lautes

Getrappel nicht näher kommen hören. Sie leckten beide an einem frischen Eis. Ich hatte den Verdacht, dass es schon ihr zweites war.

»Leichengeruch«, sagte Thjum und kniff sich schon wieder die Nase zu.

»Ich sehe keine Leiche«, sagte Koos zu meinem Sohn. »Siehst du eine?«

»Weißt du, Onkel Koos.« Thjum fuhr mit der Zunge einmal um die Waffeltüte, damit nichts tropfte. »Schuhe sind eigentlich auch Teile von einer Leiche. Sie werden aus Kuhhaut gemacht. Aus dem Fell eines Kadavers. Sagt meine Lehrerin.«

»Das muss ja lustig zugehen bei euch in der Schule.«

»Ich gehe auf die Cornelis Vrij«, sagte Thjum. »Auf dem Schulhof gibt es einen kleinen Spielplatz. Mit einem Klettergerüst und einer Rutsche.«

»Ich muss auf einmal an Mevrouw van Dartel denken«, sagte Tiny und schaute Thjum an. »Wenn Leentje zum Spielplatz auf dem Arnaudinaplein kam, hatte sie ihren kleinen Sohn dabei. ›Nico hat Bock‹, sagte sie dann zu mir. ›Nelleke ist auch da.‹ Und wenn ich dann Richtung Zwarte Pad ging und mich noch einmal umdrehte, dann sah ich, wie sie den Kleinen schaukeln ließ. Und ich …«

»Tien, es sind Kinder im Raum, Tien.« Koos bekam vor Ärger einen puterroten Kopf. »Halt den Mund. Du hast alles gesagt. Schluss jetzt.«

»Es sind Kinder im Raum«, wiederholte Tiny mit einer vor Verachtung triefenden Stimme. »Das haben wir bei uns nie zueinander sagen können: Es sind Kinder im Raum.«

»Dank deiner großen Liebe Nico van Dartel«, sagte

Koos. »Weißt du was, Tien? Du widerst mich an. Kotzübel wird mir von dir.«

Thjum sah, während er weiter an seinem Eis leckte, mit unsicherem Lächeln von einem zum anderen. Noch rechnete er damit, es werde hier ein lustiges Theaterstück aufgeführt, eigens für ihn. Cynthia hockte bei meiner Mutter.

»Kotzübel, ja, das kommt davon«, rief Tiny, »wenn der ganze olle Samen nirgends hinkann. Er trocknet ein. Er wird zu Krupuk. Neulich, ich hab meinen Ohren nicht getraut … du krachst beim Gehen, Koossie. Das kommt vom Krupuk. Von zu viel Krupuk im Wanst wird dir schlecht.«

Thjum, der zeigen wollte, dass er den Witz verstanden hatte, brach in nervöses Gelächter aus, wobei er sich, schlapp vom Lachen, auf eine Stuhllehne stützte.

»Ich bleibe keine Sekunde länger hier«, sagte Koos und stand auf.

»Lauf ruhig weg, du Feigling«, rief Tiny. »Damit es ordentlich kracht. Nico war zufällig der einzige Mann in meinem Leben, der meine Fruchtbarkeit in Gang gesetzt hat. So!«

»Und auch wieder stillgelegt hat«, sagte ich.

»Das war nicht Nico, das hat dieses Weibsstück über dem Fischgeschäft getan.« Tiny schrie es fast. »Im Auftrag deiner lieben Mutter, Albert Egberts. Gemeinsam haben sie mich meines Frauseins beraubt. Dadurch, dass sie so wenig Geld rausgerückt hat, hat Hanny im Grunde meine Verstümmelung finanziert. Ein Verbrechen.«

Thjum lachte nicht mehr. Koos stand noch am selben Platz.

»Hör jetzt auf, meine Mutter schlechtzumachen«, rief ich. »Und auch noch in Gegenwart ihres Enkels. In Gottes Namen, Tiny, was für einen Grund hätte sie denn haben können, dich so verstümmeln zu lassen …!«

Sie war noch immer nicht fertig. Ich hatte ihr mit diesem letzten Ausruf den Mund stopfen wollen, sie aber fasste es als Frage und als nächste Herausforderung auf.

»Neid«, sagte Tiny mit Bestimmtheit, wobei sie mich starr anblickte. »Ich war die Schönheit der Familie. Hanny sah auch gut aus. Auf ihre Art eben. Aber in den Monaten, als sie ihr zweites Kind erwartete, begann sie zu welken. Tut mir leid, dass ich das sagen muss. Genau in der Zeit, als ich aufblühte wie sonst was … der Zeit mit Nico … Ich wurde schwanger. Ich war erst vierzehn und stand noch unter dem Einfluss meiner ältesten Schwester. Und die sah ihre Chance. Sie hat mich mit dieser ungewaschenen Schlampe zusammengebracht. Zehn Nägel zu meinem Sarg. Zu so etwas kann Neid einen Menschen treiben. Und sie selbst hat derweil für Familienzuwachs gesorgt. So verwelkt war sie nun auch wieder nicht.«

»Guten Tag zusammen.« Ein paar Pflegerinnen in weißen Kittelschürzen betraten den Kaffeeraum. »Bleiben Sie ruhig sitzen. Wir müssen nur eben den Laden einrichten. Der Verkauf beginnt erst nach dem Mittagessen.«

Sie nahmen unter viel Papiergeraschel die Schuhe aus den Kartons und stellten sie auf einem anderen Tisch aus als dem, an dem wir saßen. Der Geruch aus Leim, Gummi und frischem Leder wurde noch stärker. Cynthia und Thjum stellten sich schrecklich an und kippten mit zugehaltener Nase sozusagen immer wieder um. Meine Mutter gähnte und bekam den Mund nicht mehr zu. Ich legte ihr eine Hand auf den Kopf, die andere unter ihr Kinn, und versuchte, mit sanftem Druck ihren Kiefer zu bewegen. Als der sich wieder an der richtigen Stelle befand, stieß sie nur noch A-Laute aus, abwechselnd lang und kurz.

»Lata, ja«, sagte ich. »Es riecht hier wie bei Lata. Nicht wahr, Mama?«

»Schön, Han, dass du mich daran noch mal erinnerst«, schnauzte Tiny sie an. »Schnürsenkel in Schuhösen fummeln ... sogar das war meinen Alten noch zu viel Freiheit für mich. Das könnte mich ja auf nuttige Gedanken bringen. Von Schuhösen zu Schnürkorsetts ist es nicht weit. Daheim hatten sie eine bessere Fabrik für mich. Die Eingebildete Kranke AG.«

Meine Mutter schüttelte heftig den Kopf – nein, sie meinte nicht Lata. Eine Pflegerin stapelte jetzt die leeren Schuhkartons vor der Wand.

»Was dann, Mama ... hast du Dartel gesagt? Van Dartel?«

Sie nickte langsam, ermattet. In ihrer Kehle brodelte noch etwas, aber es bildete sich kein weiteres Wort.

»Ich hör's schon«, sagte Tiny und warf einen angewiderten Blick auf meine Mutter. »Sie spricht wieder von Nicos Sterbelager. Wie unser Alter sie so ungefähr zwang, ihn im Krankenhaus zu besuchen ...«

Einigermaßen zu meinem Erstaunen nickte meine Mutter zustimmend.

»Er lag da mutterseelenallein«, fuhr Tiny fort. »Wie oft hat sie das wohl erzählt? Bis zum Gehtnichtmehr. Schaudernd ... so widerlich fand sie den Mann. Beim

Anblick seiner Tränen musste sie sich beinahe übergeben. Und dann griff er auch noch nach ihrer Hand. Um einen Kuss daraufzudrücken. Iiih, war das eklig. Nicht wahr, Hanny? Er sabberte. Er hat deine rechtschaffene Hand vollgegeifert. Igittigitt. Und du hast dich nicht getraut, sie zurückzuziehen, denn das hätte unser Pa nicht gutgeheißen. Du fingst den ganzen Schleim des krepierenden Nico in deiner unschuldigen Klaue auf. Nicht, Hanny? Am liebsten hättest du laut geschrien. Später hast du deine Hände in der Damentoilette bestimmt zehnmal hintereinander gewaschen. Aber wenn ich was dazu sagen darf, Han … Diese Tränen und die Spucke und der Sabber, das war alles nicht für dich gedacht. Er gab seine letzten lebenden Säfte dir mit … für mich. Du hast das wieder mal nicht gespürt. Es war für mich. Als letzter Gruß. Eine Liebeserklärung. Und du … du spülst alles in den Ausguss. Und weiter in den Abwasserkanal.«

Meine Mutter schüttelte jetzt nur noch verneinend den Kopf – fast unmerklich wackelnd, aber es entging mir nicht. Ich stellte mich hinter ihren Rollstuhl, löste die Fußbremse und schob das Ding in Richtung ihres Zimmers. Thjum tanzte vor uns her. Unterwegs geriet ein frei schwebendes Stück Seidenpapier zwischen die Radspeichen. Es flappte störend mit – bis Cynthia es nach zwei Fehlgriffen herauszog, wobei sie sich an der Hand verletzte.

Kapitel VIII

I

Was wir bereits vermuteten, aber noch nicht sicher wissen konnten: Es sollte der letzte Geburtstag meiner Mutter werden. Er fiel auf einen Wochentag. Die Kinder mussten zur Schule, und Zwanet leitete ihre Arbeitsgruppen. Ich fuhr mit dem Zug nach Eindhoven, allein. Meine Schwester und mein Bruder waren nicht da. Dafür ein paar alte Freundinnen meiner Mutter. Ich hatte sie vierzig Jahre lang nicht gesehen, erkannte sie aber sofort. Gina aus der »Scheißschtriet« in Hulst und Will, die immer mit schweren Segeltuchtaschen am Lenker durch Wind und Wetter radelte, um für die VéGé Einkäufe zu den Kunden zu bringen.

Wer auch da war: die hündisch treue Tiny. Seit unserer letzten Begegnung hier, die im Zeichen der Engelmacherin gestanden hatte, hatte sich die Falschheit wieder etwas tiefer in ihr einst so schönes Gesicht eingegraben, vor allem um Mund- und Augenwinkel – als wolle ihr Äußeres sagen, es habe jetzt, da die Wahrheit auf dem Tisch lag, nichts mehr zu verbergen.

Tiny gab sich nicht mit Hannys Freundinnen ab. Während ich mich mit ihnen unterhielt und mich nach der Familie erkundigte (Will, die Fahrradbotin, war unverheiratet geblieben), half Tiny ihrer hilflosen Schwester beim Teetrinken. Es sah, in Anbetracht der Umstände, fast idyllisch aus. Meine Mutter besaß nicht einmal mehr genügend Kraft, um das warme Getränk durch einen Strohhalm, den Tiny für sie festhielt, richtig einzusaugen, so dass es am Mundwinkel und durch die Kerbe neben ihrem Kinn zum größten Teil wieder hinausrann. Um den verschütteten Tee aufzutupfen, hielt Tiny ein großes Herrentaschentuch in der Hand.

»Na komm«, ermutigte sie ihre Schwester in katzenfreundlichem Ton. »Feste saugen. Ja, so ist's besser. Uih, das geht in die falsche Richtung.«

Jetzt lachte Tiny nachsichtig und wischte das Teerinnsal am Hals meiner Mutter nach oben hin weg, worauf sie ihr mit dem zusammengeknüllten Taschentuch die Lippen abtupfte. Aus den Augenwinkeln betrachtet, sah alles sehr liebevoll und schwesterlich-zärtlich aus, aber, Moment mal … Etwas an der Szene zwang mich, den Blick von den Damen abzuwenden und voll auf die beiden Schwestern zu richten. Tiny schüttelte das feuchte Tuch auseinander und klatschte es meiner Mutter spielerisch ins Gesicht. Sie kicherte, worauf Hanny ihre Gesichtsmuskeln, soweit sie sie noch unter Kontrolle hatte, so verzog, dass so etwas wie der Schatten eines Lachens zum Vorschein kam. Es entging mir nicht, dass Tiny mit den Fingern den nassesten Zipfel des Taschentuchs suchte und meiner Mutter damit einen schon etwas härteren Schlag versetzte.

Wieder lachte meine Mutter, sogar mit ein paar Kehllauten, als spiele ihre jüngere Schwester ein schelmisches Spiel mit ihr und mache etwas Frechfröhliches. Das Teeglas war leer. »Ja, das hast du davon«, sagte Tiny, »wenn du die Hälfte ausspuckst, Dummchen. Ich hol dir noch was.«

Meine Mutter schüttelte kaum merklich den Kopf –

nicht mehr als ein Erschauern, das leicht als unkontrollierte Parkinsonbewegung gedeutet werden konnte. Aus ihrer Kehle drangen kurze, stöhnende Laute. Wollte sie keinen Tee mehr, weil der Durst gelöscht war oder weil sie weitere Schläge mit dem nassen Taschentuch befürchtete? Ich spürte, dass ich eingreifen müsste, unterließ es aber. Tiny stand auf und ging mit dem leeren Glas zur Theke, hinter der eine Pflegerin Kaffeetassen stapelte. Das Herrentaschentuch (von Koos?) war vor meiner Mutter auf dem Tisch liegen geblieben, ursprünglich hellgrau, jetzt bräunlich von dem verschütteten Getränk. Ich hätte den Lappen in einen der Abfalleimer werfen können, tat es aber nicht. Meine Mutter saß mit halb heruntergeklapptem Unterkiefer in ihrem Rollstuhl, den Blick nach unten gerichtet, in einer Haltung himmelschreiender Ergebenheit. Da war Tiny zurück, mit frischem Tee. Sie befühlte das Glas.

»Noch viel zu heiß«, sagte sie sorgsam. »Erst mal abkühlen lassen.«

Sie rührte mit einem Löffel in dem Glas, damit der Tee schneller abkühlte. Ich wandte mich wieder den Damen mir gegenüber zu, aber das sich wiederholende Schauspiel mit dem Tee, dem Strohhalm und dem Taschentuch drang doch in mein Blickfeld. Jetzt, da meine Mutter keinen Appetit mehr auf Tee hatte, schwappte noch mehr davon aus ihrem Mund, wofür sie mit kurzen, giftigen Peitschenhieben des inzwischen völlig durchtränkten Lappens bestraft wurde. Sofern Tinys gemeine Miene noch anderes als Falschheit ausdrücken konnte, zeigte sie Freude. Nach jedem Schlag lachte sie, was meine Mutter mit einem Lachen – oder was dafür durchgehen musste – erwiderte.

Jeder Kampf in einem Boxfilm kennt Slow-Motion-Aufnahmen, die zeigen, wie Blut und Schweiß und Speichel in feinen Tropfen im Scheinwerferlicht aufsprühen. So stob bei jedem Auftreffen des klatschnassen Taschentuchzipfels auf Nase oder Wange meiner Mutter für einen Augenblick Nebelgischt im Neonlicht des Kaffeeraums auf.

Ich konnte noch versuchen, mir weiszumachen, dass sie dank all ihrer ausgeschalteten Muskeln und Nerven nichts davon spürte. Ich brauchte mir aber nur ihr Lachen anzusehen, um zu wissen, dass es wehtat, genauso wie jeder, ob gesund oder nicht, den Peitschenhieb eines nassen Stoffstücks als schmerzhaft empfinden würde. Parkinson hatte ihre Haut nicht gefühllos gemacht.

Warum griff ich nicht ein? Ich hatte große Lust, diese sadistische Teufelin die Treppe ins Atrium hinunterzustoßen und sie, sollte sie danach noch aufstehen, bis zur Bushaltestelle zu verfolgen, während ich ihre Waden mit einem in Salzsäure getränkten Handtuch bearbeitete, mit dem ich sie zum Schluss, noch bevor der Bus kam, im Rinnstein erdrosseln würde. Ich blieb sitzen, wo ich saß, und schaute dem Zusammenspiel der beiden Schwestern zu. Tiny besuchte meine Mutter zwei-, dreimal die Woche. Ich, wenn sie Glück hatte, einmal im Monat. Das unterwürfige Lachen meiner Mutter verunsicherte mich. War ihr das Drangsalieren und Foltern vonseiten ihrer Schwester lieber als die quälende Einsamkeit ihres Zimmers? Darüber zu urteilen wagte ich nicht – wahrscheinlich aus Bequemlichkeit. In diesem Moment hätte ich mir nicht eingestehen können, dass ich alles beim Alten ließ, um der Verpflichtung zu entge-

246

hen, meine kranke Mutter häufiger als einmal im Monat
zu besuchen.

Jetzt sehe ich ein, dass ich sie ihrer geduldigen Schinderin auslieferte, Tientje Putz, die entschlossen war, sich
für das große Unglück ihres Lebens an ihrer Schwester
Hanny zu rächen – mit kurzen, brennenden Peitschenhieben.

2

Tante Tiny und Onkel Koos kamen zur Einäscherung
meiner Mutter, hielten sich aber während der Feier und
danach keine Sekunde in der Nähe des anderen auf. Ich
bezweifelte, dass sie im selben Auto gekommen waren.
In der Trauerhalle saß jeder auf einer anderen Seite des
Gangs und nicht einmal in gleicher Höhe. Zoff zwischen den beiden war gang und gäbe, aber ich war doch
betroffen, dass sie für die Dauer der Trauerfeierlichkeit
nicht einmal den Schein von Ehrerbietung aufbrachten.
Es war natürlich möglich, dass Tiny ihre Rachsucht über
Hannys Tod hinaus walten lassen wollte, indem sie auch
noch beim Abschied dazwischenfunkte.

Ich konnte erleichtert aufatmen: Sie nahm die Feier
nicht zum Anlass, zum Redepult zu stürmen und übers
Mikrofon Genugtuung zu suchen. Sie blieb auf ihrem
Platz sitzen, auch wenn sie mit den Pumps unruhig über
den Mosaikfußboden scharrte, und betupfte sogar von
Zeit zu Zeit ihre Augen mit einem Papiertaschentuch.

In einem Restaurant in der Nähe hatte ich zuvor eine
brabantische Kaffeetafel für vierzig Personen bestellt –
»halb kalt, halb warm«, wie die von mir gewählte Kate-

gorie hieß. Bruder Freek und ich kamen mit der Tischordnung nicht ganz zurande, deshalb war mit Hilfe des Geschäftsführers festgelegt worden, dass »Ehe- und andere Paare« möglichst nebeneinandersitzen sollten und alleinstehende Neffen und Nichten, Cousins und Cousinen dazwischen, als Füllsel.

Langsam füllte sich der kleine Nebensaal des Restaurants. Ich hatte dem Geschäftsführer den Auftrag gegeben, den traditionellen Schnaps vor dem Essen großzügig auszuschenken. Ein angenehmer Kneipengeruch breitete sich in dem mit Fähnchen und Trophäenschränken ausgestatteten Raum aus. Während die Gesellschaft, in Grüppchen verteilt, noch mit dem Glas in der Hand dastand und der Kellner mit einer unter dem Ausgießer schnurrenden Flasche die Runde machte, sah ich, wie Tante Tiny leicht gebückt an der langen Tafel entlangging und mit kurzsichtigen Augen die Tischkärtchen las. Als sie irgendwo in der Mitte einer der beiden langen Seiten fand, was sie gesucht hatte, blickte sie sich flüchtig um und tauschte dann die Namen zweier weit auseinanderliegender Gedecke aus. Danach mischte sie sich wieder unter die Trauergäste.

»Darf ich die Herrschaften bitten, Platz zu nehmen?«, fragte mich der Geschäftsführer. »Die Vorspeise ist warm, wissen Sie, und die Blutwurst darf nicht zu lange auf dem Herd bleiben, sonst trocknet sie aus.«

»Augenblick. Ich gebe Ihnen gleich ein Zeichen.«

Ich ging am Tisch entlang, um zu kontrollieren, welche Kärtchen vertauscht worden waren. Tiny hatte ihren eigenen Namen neben dem von Koos weggenommen und dort stattdessen den meiner Frau, die mit mir zusammen am Kopfende der Tafel sitzen sollte, platziert. ZWANET EGBERTS-VRAUWDEUNT war jetzt die Tischdame von KOOS KASSENAAR, und ALBERT EGBERTS sollte TINY KASSENAAR-VAN DER SERCKT an seiner Seite haben. An Tinys anderer Seite, direkt um die Ecke, hatte MR. ERNST QUISPEL sein Gedeck und rechts daneben seine vierzehnjährige Tochter (meine Stieftochter) CYNTHIA QUISPEL. (Mein Freund und Anwalt Quispel hatte seinerzeit, aber das wusste meine Tante nicht, den Durchschlag des Unfruchtbarkeitsbefunds für mich ausfindig gemacht – nicht im Archiv des Eindhovener St.-Josephs-Krankenhauses, sondern in einem zentralen Krankenhausarchiv.)

Ich beließ es, wie es war. Ich gab dem Geschäftsführer ein Zeichen und postierte mich hinter meinem Stuhl. Zwanet stellte sich neben mich. Ich machte sie auf die Namensänderung an ihrem Teller aufmerksam. »Irgendjemand hat an der Tischordnung rumgemurkst. Du sitzt neben Koos. Lass dich von ihm nicht langweilen.«

Zwanet legte kurz ihre Hand auf Cynthias Schulter und ging zu dem Stuhl neben Koos, auf dem das Trampel bereits Platz genommen hatte. Ich zog den Stuhl, den meine Tante sich angeeignet hatte, zurück und ließ sie Platz nehmen.

»Boh, wie galant«, sagte Tiny. »Koos macht so was nie. Ja, er hilft mir aus dem Mantel und lässt dann die umgestülpten Ärmel rumbaumeln. Für den Moment, wenn er mir wieder reinhelfen soll.«

Was führte sie im Schilde? Dass sie in Zeiten des Krieges nicht neben Koos sitzen wollte, verstand ich, aber warum hatte sie ausgerechnet mit Zwanet getauscht? Ich setzte mich und breitete meine Serviette auf dem Schoß aus. Das Ostereidebakel lag dreiundzwanzig Jahre zurück. Tiny hatte nur äußerst selten eine Anspielung darauf gemacht. Wo ich gerade darüber nachdachte: Als der kleine Thjum einmal seine mit geschmolzener Schokolade beschmierten Hände auf eine weiße Bluse meiner Mutter gedrückt hatte, sagte Tiny (die Bluse war natürlich ein Geschenk von ihr): »Oh, wie schade … Zartbitterschokolade geht so schwer raus. Gib sie mir nachher mit. Ich habe ein Geheimrezept dafür.«

Ob das eine verdeckte Anspielung gewesen war? Zumindest hatte es so auf mich gewirkt, denn für den Rest des Tages hatte ich gegen meine Scham angekämpft.

Jetzt saßen alle. Ich schaute zu Zwanet, die sich mit Koos lebhaft zu unterhalten schien, dessen glänzendes Gesicht das Kerzenlicht reflektierte. Konnte es sein, dass Tante Tientje die Geschichte mit dem Osterei ihrem Mann vor kurzem gebeichtet oder, naheliegender, an den Kopf geknallt hatte, um ihn zu bestrafen oder zu demütigen? Vielleicht hoffte sie, indem sie Zwanet neben Koos setzte, dass er den beschämenden Vorfall meiner Frau hinterbrachte. Er hatte sich, ein halbes Jahr bevor ich Zwanet kennenlernte, ereignet, doch dass ich ihn ihr gegenüber nie mit auch nur einem Wort erwähnt hatte, sprach Bände. Es würde mir verdammt gegen den Strich gehen, wenn sie die Geschichte jetzt noch aus Koos' Mund erfahren würde. Im Frühjahr 1976 war noch nicht allgemein bekannt, dass die Antioxidantien in dunkler Schokolade vor Herz- und Gefäßkrankheiten schützten, folglich würde ich mich unter Berufung auf meine Gesundheit nicht aus der Affäre ziehen können. Wie damals Marike de Swart würde auch Zwanet mich als »Perversling« bezeichnen, doch für rundheraus unverzeihlich würde sie es halten, dass ich sie nie in meine schändliche Jugendsünde eingeweiht hatte. Es konnte mich meine Ehe kosten.

Tiny, neben mir, nahm ihren Dessertlöffel in die Hand und klopfte damit an ein Weinglas. Die Gäste verstummten nicht sofort. »Sehr verehrte Anwesende, darf ich Sie kurz um Ihre Aufmerksamkeit …«

Herr im Himmel, jetzt hielt sie also doch noch eine Abschiedsrede auf ihre älteste Schwester. Mein Blick suchte den meines Bruders, der mir mit Augen und Lippen bedeutete: Lass sie doch. Die meisten Gäste redeten einfach weiter. Tiny steckte ihren Löffel in das Glas und rappelte drauflos.

»Meine Damen und Herren … zu Ihnen spricht Tiny van der Serckt. Jüngste Schwester der lieben Entschlafenen Hanny van der Serckt. Ich bitte um Ruhe.«

Sie hämmerte so fest mit ihrem Löffel gegen die Innenseite des Glases, dass sich eine Scherbe aus dem Rand löste und über den Tisch flog. Jetzt trat völlige Stille im Saal ein. Sogar die beiden Kellner und der Geschäftsführer blieben stocksteif stehen: Es war nicht ihre erste Trauerfeier.

»Verehrte anwesende Familienangehörige, Anhang und Freunde … jetzt, da ihr hier, wenn auch unter traurigen Umständen, miteinander vereint seid, nehme ich, Tiny van der Serckt, die tiefe Zuneigung zum Anlass, um ein Missverständnis auszuräumen … ein Missverständnis, das schon viel zu lange in der Familie kursiert …«

Ich erhob mein Schnapsglas und machte mit Blick auf den mir am nächsten stehenden Kellner mit dem Zeigefinger eine kreisende Bewegung, womit ich ihm zu verstehen gab, er solle noch einmal mit der Schnapsflasche herumgehen. Tante Tientje würde wohl gleich einen Toast ausbringen wollen. Der Pouilly konnte warten.

»Das Missverständnis nämlich«, fuhr sie fort, »wonach wir, mein Mann und ich, eine kinderlose Ehe führen.«

»Tien, halt den Mund, Tien«, rief Koos. »Ich will es nicht hören, Tien. Verdirb das Zusammensein nicht.«

Tiny hickste ein kurzes Lachen heraus. »In der vergangenen Woche ist uns eine liebe Familienangehörige genommen worden. Wir haben sie heute zu ihrer letzten Ruhestätte begleitet. Zu ihrer letzten Ruhestätte in der Asche. Aber … das Leben geht weiter, liebe Leute. Das wisst ihr besser als sonst wer. Deshalb ist es mir eine Pflicht und eine Freude, allen hier Anwesenden eine stattliche Erweiterung unserer Familie anzukündigen.«

Am Tisch rumorte es. Einige lachten höflich, wenn auch nicht gerade herzlich. Ein mäßiger kurzer Applaus plätscherte los. Ein ungehobelter Neffe pfiff schrill auf seinen Fingern.

»Ich weiß … ich weiß.« Tiny machte abwehrende Handbewegungen, wie es Tischredner tun, um nicht von zu viel Beifall übertönt zu werden. »Ich bin schon lange nicht mehr im Alter für Familienzuwachs. Ich würde fast sagen: Die Menopause liegt schon Jahre hinter mir … wenn es eine Menopause gegeben hätte. Zum Glück aber gibt es Koos. Der ist noch im richtigen Alter. Immer gewesen. Seht, wie er da sitzt und strahlt, der *Frater familias* …«

Alle schauten zu Koos, der sich auf seinem Stuhl wand. So sah man ihn nicht oft: mit gequälter Miene, ohne sein ewiges selbstgefälliges Grinsen. Er wandte sich an mich: »Albert, tu was. Mach, dass sie den Mund hält. Das ist die Einäscherung deiner Mutter.«

Ich hob ohnmächtig beide Hände.

»Seit kurzem ist mir bekannt«, fuhr Tiny fort, »dass unsere Familie im Laufe von vierzig Jahren … und damit meine ich: seit unserer Hochzeit … um ungefähr sechzig Personen angewachsen ist. Männliche und weibliche. Das ist eine vorläufige Schätzung. Die genaue Zahl …«

Lärm. Unbehagliches Lachen.

»Die genaue Zahl, liebe Leute, werdet ihr noch von mir erfahren.«

Tiny produzierte zwischendurch kurze wiehernde Lacher, mit denen sie ankündigen zu wollen schien: Es wird noch krasser, wartet nur.

»Tien, komm runter!«, rief Koos. »Komm runter, Tien … komm runter, hab ich gesagt!«

»Jetzt verdirb mir meine Enthüllung nicht, du sauertöpfischer *Frater familias*«, rief Tiny über den Tisch, in einem ganz anderen Ton als dem ihrer bisherigen Ansprache. »Jetzt bin ich dran, du falscher Fuffziger. Du hast deine Chance ja nicht wahrgenommen.«

Der Geschäftsführer kam auf mich zu und flüsterte mir ins Ohr, die warme Vorspeise müsse jetzt wirklich serviert werden, sonst würde sie zerkochen. »Lassen Sie sie auftragen«, sagte ich leise.

»Eben mal zurück zu dem Missverständnis«, hob Tiny jetzt wieder an. »In der Familie und auch noch weit außerhalb von ihr ist man immer fälschlich und zu Unrecht davon ausgegangen, von den beiden Ehepartnern sei Koos Kassenaar der Unfruchtbare …« Sie lachte meckernd. »Wir dachten alle, dass sein Samen zu schwach ist … zu schlapp … um seine junge Frau zu befruchten. Nichts, liebe Leute, ist weniger wahr. Wie sich jetzt zeigt. Ihr versteht wohl alle, dass es mir schwerfällt, das zuzugeben, aber … ich war unfruchtbar. All die Jahre. Ich, und nicht Koos.«

Ich packte Tiny am Oberarm und sagte: »Jetzt reicht es, Tante Tiny. Wir haben verstanden. Aber das Essen wartet.«

Sie schüttelte meine Hand mit der giftigen Bewegung eines jungen Mädchens ab. Die Kellner hatten mit dem Servieren der Vorspeise begonnen: ein Mosaik aus schwarzer Blutwurst und beigem Panhas, eingelegt mit weißen Speckwürfeln.

»Halt jetzt den Rand, Tien«, rief Koos, inzwischen wütend. »Ist dir eigentlich klar, wo du dich befindest? Und außerdem sind Kinder dabei.«

»Ja, es sind auch Kinder dabei«, höhnte Tiny. »Die ältesten sind Ende dreißig. Das sind keine Kinder mehr. Aber die jüngsten, schätze ich, sind im Kindergartenalter. Vielleicht sogar erst Säuglinge. Ja, Koos ist auf Draht.«

Meine Augen suchten den zehnjährigen Thjum. Seine Aufmerksamkeit wurde von etwas in Anspruch genommen, das er knapp unter dem Tischrand verborgen hielt: sein Gameboy. Cynthia hatte nichts, womit sie spielen konnte, doch ihrem Gesicht war anzusehen, dass sie mit ihren Gedanken woanders war. Bei Camiel oder Harko – oder bei beiden, und wie sie ritterlich um sie kämpften. Beim Schulsporttag.

»Tiny …« Ich legte meine Hand auf ihr Handgelenk. »Wir haben jetzt schon mehr Wahrheit zu verdauen bekommen, als wir verkraften. Lass uns jetzt essen.«

»Gibt es denn eine bessere Gelegenheit, um die Wahrheit auf den Tisch zu legen, als eine Beerdigung … eine Einäscherung …« Jedes Mal bevor sie mit voller Kraft loslegte, zwang Tiny sich hörbar, langsam zu sprechen. Doch gerade in diesem Abbremsen verbarg sich die Gewalt. »Leben und Tod … Tod und Leben. Das ist die Wahrheit. Und alles dazwischen. Ich weiß alles über den Tod. Koos alles über das Leben. Vor allem über neues Leben. Nicht wahr, Koos? Kurz nach der Hochzeit haben Koos und ich uns im Krankenhaus untersuchen lassen. Ergebnis: Mir fehlte nichts, und Koos war angeblich steril. Mit den Befunden ging irgendwas schief … eine Vertauschung oder so … Es zeigte sich, dass es genau andersherum war.«

Einige Gäste hatten mit der Vorspeise begonnen. Die übrigen starrten auf ihren Teller oder auf Tiny.

»Jetzt würde man meinen, Koos findet sich sportlich mit so einem Befund ab.« Ihre Stimme wurde schrill. Sie nahm sich nicht genügend zurück. »Koos hat tiefen Respekt vor der Medizin. Die Ärzte haben das letzte Wort. Da habe ich doch vierzig Jahre lang gedacht, dass Koos sein Schicksal akzeptiert hat … so wie ich mein Schicksal akzeptiert habe, denn ich musste ja schließlich neben ihm leben. Neben diesem unfruchtbaren Ehemann mit seinem sterilen Samen. Denkste. Koos hat selber etwas von einem Wissenschaftler. Er fing an zu experimentieren. Er wollte selber herausfinden, ob er wirklich so ein lahmes Sperma hat. Nicht in einem Labor, nein, in Bredas Wildem Westen. Koos ist ein Mann der Praxis. Keine Laborratten, sondern läufige Frauen. Er hielt sich eine ganze Schar von Geliebten. Von Anfang an, kurz nachdem wir geheiratet hatten. Das ergab schon mal ein

paar prächtige Liebesbabys. Dass ich nicht lache, lahmer
Samen. Es ging schneller, als er mithalten konnte. Wovon er das alles bezahlte, weiß der Kuckuck, jedenfalls
unterhielt unser Koos auf diese Weise drei, vier Familien. Abgesehen von unserer eigenen, kinderlosen Familie. Und immer noch reichte es ihm nicht …«

3

Ein nervöses Lachen hinderte sie daran, mit ihren Aus-
führungen fortzufahren. Ein Gerichtsreporter schrieb
einmal über eine Frau auf der Anklagebank: »Wenn
man sie so sah und hörte, mit diesem falschen Lächeln,
dann beschlich einen das Gefühl, ihre Stimme könne jeden Moment in ein hohes, hysterisches Kreischen über-
gleiten – das dann nie mehr aufhören würde.« Genau
diesen Eindruck hatte ich jetzt bei Tante Tientje. Sie war
noch nicht fertig.

»Koos hatte sich selbst bewiesen, dass er Kinder zeugen konnte, doch er war nicht zufrieden. Er wollte so
viele Nachkommen wie irgend möglich. Seine Fruchtbarkeit sollte durch alle Ritzen und Fugen der Welt si-
ckern, ha! Und nicht nur das … er sah sich als Retter
aller Hausfrauen mit einem sterilen Mann. Aller Lesbi-
erinnen mit Kinderwunsch. Von allen arbeitslosen Rea-
genzgläsern im Labor. Lass Koos nur machen. Er bringt
schon seit Jahren sein Sperma zur Samenbank. Zum so-
fortigen Gebrauch oder um Eiswürfel daraus machen
zu lassen. Nicht anonym. Nein, wer will, kann Koos'
Namen haben … seine Postfachnummer … für die
Zeit, wenn die Kleinen alt genug sind, um ihren biologi-

schen Vater kennenlernen zu wollen. Linke Sache natürlich. Wenn es den armen Müttern schlechtgeht, wollen sie schon mal Geld fürs Großziehen sehen. Ein kleines Extra vom Spender. Der fruchtbare Sponsor. Scharen von Babys, die Koos nie gesehen hat … sie haben ihn ein Vermögen gekostet. Ja, renn nur weg, du Feigling.«

Koos hatte seinen Stuhl zurückgeschoben und bewegte sich jetzt würdevoll wankend auf die Treppe zu, die zu den Toiletten hinunterführte. Die Kellner schenkten den Wein ein, doch niemand stieß an. Viele Vorspeisen blieben unangerührt.

»Um möglichst oft Vater zu werden, schreckt Koos wirklich vor nichts zurück«, fuhr Tiny fort. »Er will unbedingt Weltmeister im Befruchten werden. Ich wette, er macht einen Strich für jede gelungene Zeugung und gibt sie ans Guinness-Buch der Rekorde durch. Wenn so ein Frauchen mit Kinderwunsch kein Reagenzglasgemurkse will, dann ist Koos bereit … noch immer, auf seine alten Tage … leibhaftig zur Tat zu schreiten. Zu Hause. In einem Hotel, falls sich das besser einrichten lässt. Alles für eine möglichst breit gestreute Vaterschaft. Unterschätzt unseren Koos nicht. Er hat Kinder in allen Altersklassen. Von null Jahren bis ungefähr siebenunddreißig. Einundsechzig sind es auf jeden Fall. Koos hat den Überblick verloren, aber das macht nichts, denn über die Samenbank melden sich immer mehr Nachkommen. Schwierig bei dieser Zählerei ist nur, dass er schon mehrfacher Opa ist, dank der älteren Söhne und Töchter. Einige seiner Enkel sind älter als seine jüngsten Kinder, falls ihr mir noch folgen könnt.«

Tiny schwieg kurz, griff nach ihrer Gabel und legte sie wieder hin.

»Und denkt jetzt bloß nicht: Dieser Koos hat sie Tausende von Malen betrogen. So sehe ich das nicht. O nein. Es war nur Fremdgehen im wörtlichen Sinn. Mal eben um den Block aus hygienischen Gründen. Er hat seine Seitensprünge … auch die Handarbeit für die Samenbank … verschwiegen, um mich armes unfruchtbares Hascherl nicht vor den Kopf zu stoßen. Wo findet man solche Gentlemänner noch? Ein Geschenk Gottes, aber wirklich, wenn man einen solchen Ehemann hat. Er hat meine Gefühle geschont, falls ihr versteht, was ich meine. Bis zum Äußersten geschont. Mit anderen Worten, meine Gefühle spielten keine Rolle. Schaut, da ist er wieder. Seht nur, wie beschwingt er geht. Dieser federnde Schritt. Vater von über sechzig Kindern, und noch richtig fit. Wir müssen stolz auf ihn sein. Applaus.«

Tante Tiny erhob sich und begann zu klatschen, während Koos sich wieder neben Zwanet setzte. Ich zog sie auf den Stuhl zurück.

»Tiny, wenn wir das alles glauben sollen«, sagte mein Bruder, für alle hörbar, »dann wollen wir auch wissen, wie du das erfahren hast.«

»Ach herrje, Freekie ergreift das Wort«, höhnte unsere Tante. »Hat Koos auch nur ein Wort von dem, was ich gesagt habe, abgestritten? Nein. Und warum nicht? Es gibt nichts, was er abstreiten könnte. Er protestiert, weil ich die Wahrheit auf den Tisch lege. Ist das nicht Beweis genug?«

»Sie haben uns jetzt so detailliert berichtet«, sagte Quispel, rechts von ihr, »dass wir tatsächlich gern hören würden, wie das alles ans Licht gekommen ist.«

»Na schön«, sagte Tiny. »Es gab ein paar Söhne …

das schlimmste Pack natürlich ... die Koos mit seiner Vaterschaft zu erpressen begannen. Ich habe Briefe gefunden. So bin ich dahintergekommen. Sie drohten Koos, falls er nicht zahlen würde, mich von ihrer Existenz in Kenntnis zu setzen. Ich habe Koos gefragt: ›Bist du ihr Vater oder bluffen sie nur?‹ Ja, es stimme. Und da ich es jetzt wisse, könnten sie ihr Geld in den Schornstein schreiben. Aber wie ging es weiter? Es gab noch mehr Erpresser, auch zwei Töchter, und die wollten unbedingt Knete sehen. Weil Koos hatte festhalten lassen, dass er ihr Vater war. Man hat ihn mit dem Tod bedroht. Ihm das Messer an die Kehle gesetzt. Sie würden die Wohnung mal eben in Brand stecken ... Nun, das Ende vom Lied ist, dass wir allmählich pleitegehen an ... wie kann ich das anständig ausdrücken ... an Koos' weitverzweigter Vaterschaft. Er traut sich nicht, die Polizei einzuschalten. Es sind solche Typen, solche von der Straße, die keine Angst vor der Polizei haben. Die schrecken vor nichts zurück. Wirklich, eine große, gesellige Familie habe ich auf einmal dazubekommen. Schön wüst. Messerstecher mit einer Rotznase. Kriminelle Blagen. Ein Haus, in dem alles drunter und drüber geht, das war früher als Mädchen mein Ideal. Na ja, besser spät als nie. Aber, Koos ... he, Koossie, bist du noch da ... ein bisschen Geburtenbeschränkung wäre kein überflüssiger Luxus gewesen. So, und jetzt esse ich.«

4

»Wie war es«, fragte ich Zwanet, »neben Onkel Kusch am Tisch zu sitzen? Er hat ja ordentlich was abgekriegt.«

»Einen Moment, Albert. Ich muss aufpassen, damit ich die Ausfahrt nicht verpasse.«

Wie üblich fuhr Zwanet. Die Kinder saßen auf der Rückbank. Thjum ermunterte leise nuschelnd die Figuren auf seinem Gameboy, zu tun, was seine Daumen sie tun lassen wollten. Das Gedudel des Geräts war lange Zeit das einzige Geräusch im Auto.

»Du hast was gefragt«, sagte Zwanet, Kilometer hinter der Ausfahrt.

»Koos Kassenaar, du hast neben ihm gesessen. Hat er noch was gesagt zu den Anschuldigungen von Tante Tiny?«

»War ganz schön angeschlagen, der Mann. Es ehrt ihn, dass er seine Missetaten nicht geleugnet hat. Er hat nur ein bisschen wegen der Zahl gemeckert, die Tante Putz ins Gefecht geführt hat.«

»Ah, die Kinderschar ist also deutlich kleiner?«

»Nein, größer. Nach seinen Worten sind es mindestens hundert.«

»*En plein public* mit so einem Riesenskandal konfrontiert werden und dann seiner Tischdame ins Ohr flüstern, dass alles noch viel schlimmer ist. Dieser unverbesserliche Aufschneider.«

»Versteh doch, Albert. Er hat mir das genau deswegen erzählt, um zu zeigen, dass er seinen Samen immer aus ideologischen Beweggründen zur Verfügung gestellt hat. Er hat es als seine Aufgabe betrachtet, möglichst vielen Frauen mit Fortpflanzungsschwierigkeiten zu einem Kind zu verhelfen.«

»Ich misstraue solchen Ideologien«, sagte ich. »Meistens geht es dabei um Männer, die bis in ihre Gene hinein bei der Vorstellung in Erregung geraten, dass ihre Nachkommen über den ganzen Erdball verstreut sind. Zu Hunderten. Es scheint ein sexuell stimulierender Gedanke zu sein.«

»Solche Typen gibt es«, sagte Zwanet. »Aber die hinterlassen ihre Visitenkarte wirklich nicht bei der Samenbank. Für später. Um alle ihre Nachkommen zu einem Familientreffen einzuladen. Von Onkel Kusch kann man sagen, was man will, aber er hat die Verantwortung übernommen.«

»Davon erntet er jetzt die Früchte, wenn ich Tientje glauben darf. Oder, besser gesagt ... seine Nachkommen versuchen, die Früchte zu ernten. Dass er seine Frau nicht über seine ideologisch begründete Mission informiert hat, gibt zu denken. Diese Verantwortung hat er jedenfalls nicht übernommen. Übrigens, angefangen hat alles mit einem Liebesbaby links und rechts. In den ersten Jahren ihrer Ehe. Für ihn wird das wohl ideal gewesen sein ... aber ideologisch?«

Zwanet ruckte kurz mit dem Kopf nach hinten, während sie einen Blick in den Spiegel warf. Ich schaute über die Schulter. Thjummi war noch immer in seinen Gameboy vertieft. Cynthia hing in einer Ecke der Rückbank und betrachtete mit halb geschlossenen Augen gelangweilt die Landschaft, während sie über ihren Kopfhörer Musik hörte. Nur wer gut hinschaute, konnte sehen, dass der eine Stöpsel nicht in ihrem Gehörgang steckte. Ich war mir sicher, sie sog jedes unserer Worte auf. Ich griff nicht ein: Früher oder später musste sie ja doch Bekanntschaft mit der Welt verrückter Erwachsener um sie herum schließen.

»Vergiss nicht, dass deine Tante ihrem Mann schon in den Flitterwochen den übelsten Streich gespielt hat, den man sich vorstellen kann«, sagte Zwanet. »Dieser Fruchtbarkeitstest … Wenn in dieser Ehe die Rede von verletztem Vertrauen ist, dann hat deine Tante Putz den Anfang damit gemacht. Sie gehen zusammen ins Krankenhaus zu dieser Untersuchung … stell dir das vor. Koos überlässt Tiny die Abholung des Befundes. Ja? Er glaubt ihr, als sie sagt, nicht sie sei unfruchtbar, sondern er … ohne nach einer schriftlichen Bestätigung zu fragen …«

»Nennst du das Vertrauen, Zwanet? Der geile Koos konnte einfach nicht glauben, dass er untauglichen Samen hat. Er konnte es nicht abwarten, sich und der Welt zu beweisen, dass er doch fruchtbar ist. Also glaubte er seiner Frau nicht und fing stattdessen an, sie zu betrügen. Koos war also selber von jetzt auf gleich nicht zu trauen. Das Grässliche ist … er hat sie all die Jahre, bis vor kurzem, nicht mit ihrer Lüge konfrontiert und damit, dass sie unrecht hatte. Tiny wurde einfach nicht schwanger, und Koos hat sich fast vierzig Jahre lang alle Beleidigungen über schwachen Samen und versagende Männlichkeit gefallen lassen.«

»Also eigentlich ein sehr disziplinierter Fremdgänger«, sagte Zwanet lachend. »Er wollte sich nicht verraten, indem er den wahren Grund seiner Seitensprünge preisgab. Also ließ er sich lieber erniedrigen.«

»Interessanter«, sagte ich, »ist die Frage, warum Tiny in Bezug auf das Ergebnis des Tests gelogen hat. Und vor allem … warum sie fast vierzig Jahre an dieser Lüge festgehalten hat.«

»Verstehst du's noch immer nicht?«, rief Zwanet aus. »Sie fürchtete, Koos würde sich von seiner unfruchtbaren Ehefrau abwenden. Um woanders eine Familie zu gründen. Also genau das, was er getan hat, ohne dass sie es ahnte. Aus Angst hat sie die Identität der Fruchtbarkeit vertauscht, um's mal so auszudrücken. Damit sollte die Furcht von ihr auf ihn übergehen. Koos sollte permanent befürchten, sie werde ihn früher oder später verlassen, um mit einem anderen Kinder zu haben.«

»Was ich nicht verstehe«, ertönte Cynthias Stimme von der Rückbank. »Wenn so ein Mann ein Kind mit einer anderen Frau bekommt … dann glaubt er danach doch, dass er fruchtbar ist. Warum müssen es dann unbedingt sechzig oder hundert sein?«

»Wenn alle Männer das nach ihrem ersten Kind glauben würden«, sagte ich, »dann gäbe es jetzt keine Weltbevölkerung. Und auch keine Geschichte. Vielleicht besteht die Menschheit ja gerade deshalb weiter, weil der Mann Zweifel an seiner eigenen Leistungsfähigkeit hat. Er denkt, er muss sich immer wieder von neuem beweisen, und rackert sich unermüdlich ab. Reicht das für heute an sexueller Aufklärung, mein Schatz?«

»Männer sind unmöglich«, sagte Cynthia mit einem Seufzer. Sie drückte sich beide Stöpsel ihres Kopfhörers fest in die Ohren, zog die Beine unter sich und schloss die Augen.

»Was meinst du«, sagte Zwanet, »trennen dein Onkel und deine Tante sich jetzt endlich? Ich meine, jetzt, wo das Dreifachleben von Koos ans Licht gekommen ist. Das Auftauchen dieses Krankenhausformulars von 1952 oder 53 … das reichte doch schon für eine mörderische Scheidung, oder? Wirklich, Albert, ich habe noch nie zwei Menschen erlebt, die weniger Grund hatten, zusammenzubleiben. Ich sage das nicht, weil ich über Ehepaare in Scheidung Schadenfreude empfinde. Im

Gegenteil. Aber manchmal würde man sich wünschen, dass Menschen einander loslassen, um noch etwas aus ihrem Leben zu machen.«

»Wenig Chance«, sagte ich. »Diese beiden sind zueinander verurteilt. Sie bleiben zusammen, allein schon weil der eine fürchtet, der andere könnte von einer Scheidung profitieren. Und umgekehrt. Sie kleben mit Saugnäpfen des Hasses aneinander. Zwei Seelen, verstümmelt, weil sie inzwischen unentwirrbar miteinander verwachsen sind. Um so ein unversöhnliches siamesisches Zwillingspaar zu trennen, bräuchte es einen dritten, noch viel schlimmeren Sadisten. Und den muss man erst finden.«

»Was mich so erstaunt«, sagte Zwanet, »ist, dass zwei derart extrem hasserfüllte Menschen einander gefunden haben. Einfach so, eines schönen Tages. Es regnete oder die Sonne schien. Sie haben sich ein bisschen beschnüffelt. Ausgemachte Sache: Sie waren füreinander geschaffen. Liebe aus Hass. Man könnte fast anfangen, an das Schicksal zu glauben.«

»Ich habe zu wenig Einblick in Koos' Jugend, um zu wissen, was ihn zu dem gemacht hat, der er ist«, sagte ich. »Seit ich letztes Jahr in diesem Pflegeheim die Seele von Tientje Putz einen Spalt weit habe offenstehen sehen … und den Kloakengeruch gerochen habe … verstehe ich ihren Hass gegen alle und alles etwas besser … nicht nur gegen die Herren, sondern auch gegen die Damen der Schöpfung … nicht zu vergessen die Kinder … Der kurze Einblick kam zu spät. Ich begriff, woher ihre unglaubliche Unversöhnlichkeit stammt, aber sie hatte im Lauf der Jahre mein Mitgefühl schon zu stark strapaziert. Ich konnte keins mehr aufbringen. Nicht nach allem, was sie, ohne Erklärung, meiner kranken Mutter angetan hat.«

»Auch Verständnis hat offenbar seine Grenzen«, sagte Zwanet.

Wir fuhren über die Utrechtsebrug. Zwanet ordnete sich rechts ein für die Rijnstraat. Die Amstel floss ungerührt stadtwärts.

»Bei mir auf jeden Fall«, sagte ich. »Soweit es an mir liegt, gehe ich diesem perversen Paar für den Rest meines Lebens aus dem Weg. Ich habe heute meine Mutter eingeäschert. Die Familie van der Serckt ist damit für mich gestorben.«

Hinter mir war leises Schluchzen zu hören. Thjum.

»Ich finde es so traurig für Oma«, sagte er weinend. »Sie wollte mir jedes Mal etwas sagen, und dann schaffte sie es nicht. Jetzt weiß ich immer noch nicht, was es war, und sie kann es mir nicht mehr sagen. Und sie war zuletzt so krumm ... sie konnte mir auch nicht mehr ins Gesicht schauen. Sonst hätte ich vielleicht doch gewusst, was sie mir sagen wollte. Die Augen sind nämlich die Rückspiegel der Seele. Sagt meine Lehrerin. Und jetzt ist Oma zu Asche geworden. Ich finde das nicht in Ordnung.«

Cynthia setzte sich auf, zog sich die Stöpsel aus den Ohren und nahm ihren kleinen Halbbruder in den Arm. »Komm, Thjummi. Ich bin auch traurig wegen Oma drei. Obwohl sie nicht meine richtige Oma ist.« (Weil sie schon zwei Großmütter hatte, war meine Mutter Oma drei für sie.) »Und dann hält diese doofe Tante Tientje noch so eine Rede, die alles vermiest. Ich hasse Einäscherungen.«

»Nach all den Enthüllungen heute Nachmittag«, sagte Zwanet, »hatte Onkel Kusch bei Tisch noch eine Familienneuigkeit für mich.«

Sie kam gerade aus dem Badezimmer, in ihrem lila Nachthemd, auf dem Gesicht noch nicht verteilte Creme, den Flakon in der Hand. Ich lag im Bett und blätterte in einem Penguinband mit Stücken von Pinter.

»So?«

»Du hast in deinen jungen Jahren ein Verhältnis mit deiner eigenen Tante gehabt.«

Zwanet fuhr sich mit einem Wattebausch übers Gesicht, um die Creme etwas gleichmäßiger zu verteilen. Ich schlug das Buch zu und legte es neben dem Bett auf den Vorleger.

»Wenn ich bei meinen Großeltern zu Besuch war, kroch ich morgens zu ihr ins Bett. Ich war zehn, elf, das heißt, es war gerade noch statthaft.«

»Du mieser Heuchler ... du weißt ganz genau, dass ich von zehn, fünfzehn Jahren später spreche. Ein Verhältnis hat man nicht mit elf.«

Ihr Gesicht glänzte und glich, so ohne Make-up, dem rosigen, durchscheinenden Antlitz einer Madonna aus dem fünfzehnten Jahrhundert.

»Es ist tatsächlich einmal etwas vorgefallen zwischen Tientje und mir. Als Verhältnis würde ich es nicht bezeichnen. Eine einmalige Sache. Mai 1976. Ein halbes Jahr bevor ich dich im Onkelboerensteeg kennenlernte. Wenn du damals nicht zwischen all den herrenlosen Katzen gehockt hättest, dann ...«

»Nicht abschweifen«, sagte Zwanet. »Mai 1976. Fast

ein Vierteljahrhundert her. Wir sind jetzt zwölf Jahre verheiratet. Warum hat es bis heute gedauert, bevor ich davon höre?«

»Es hat nichts bedeutet. Es wundert mich, dass Onkel Koos auf einmal offenbar davon weiß und dich darauf anspricht.«

»Tante Putz wollte den Seitensprüngen ihres Mannes wohl etwas entgegensetzen. Etwas mit einem nahen Verwandten, damals noch ein junger Bursche, das konnte er bestimmt nicht toppen.«

»Ein Verhältnis … sie hat sicher fürchterlich übertrieben. Es war ein einmaliger Vorfall und außerdem ein großer Flop. Sowohl von ihrer als auch von meiner Seite. Hör doch auf.«

»Ich mach jetzt das Licht im Bad aus, Albert, und dann wirst du mir die ganze Geschichte haarklein erzählen. Ich werde mich nicht mit Gemeinplätzen begnügen wie: ›Am besten lernt man's auf einem alten Fahrrad.‹ Erklär mir doch schon mal, warum du dieses Verhältnis vor mir geheim gehalten hast.«

»Es war kein Verhältnis.«

»Nein, es war viel zu pervers, als dass man es ein Verhältnis hätte nennen können.«

»Oh, Koos hat dir auch die Details geliefert?«

»Etwas mit seiner Tante zu haben, das ist schon reichlich pervers. Aber etwas mit Tante Tientje zu haben, das übersteigt alle Perversitäten. Dann bist du reif für die Anstalt.«

»Du willst meine Version ja gar nicht hören. Du hast viel zu viel Angst, dass sie sich nicht mit deiner eigenen perversen Vorstellung deckt.«

»Du kannst nicht was mit dieser Teufelin gehabt

haben«, schrie Zwanet, »ohne von ihrer Schlechtigkeit infiziert worden zu sein. Und mit dieser Schlechtigkeit hast du, ohne Vorwarnung, mich wiederum infiziert. Mir wird ganz schlecht bei dem Gedanken, dass du sie gehabt hast und danach mich. Ein Gefühl, als wäre ich bis obenhin mit sich windenden Würmern gefüllt. Würmern in dickem Eiter. Igittigitt.«

Sie schmiss den Flakon in eine Ecke, wo er an der Wand in einen Fächer fetter, milchig weißer Strahlen zersprang. Die Scherben fielen auf das Parkett.

»Ich habe sie nicht gehabt, verdammt noch mal. Schau uns an, Zwanet. Ich habe heute meine Mutter zum Einäscherungsofen gebracht … und keinen halben Tag später lassen wir uns zu einem Streit von dem verdorbensten Ehepaar aufstacheln, dem wir je begegnet sind. Das gönnen wir ihnen doch nicht, oder?«

Ich sah plötzlich meine Mutter vor mir, am Morgen im offenen Sarg, mit ihrem abgewinkelten Bein, das sich nicht mehr strecken ließ und das der Bestattungsunternehmer nicht hatte brechen wollen, so dass es sich als merkwürdige Unebenheit unter dem Stoff sichtbar machte, das ihren Unterleib bedeckte. Sie trug ein schönes Kleid mit einem großen Stoffknopf, der den hochgeschlossenen Kragen zusammenhielt – und auf einmal ging mir auf, dass auch dieses Kleidungsstück aus Tinys Garderobe »funkelnagelneuer Ableger« stammte. Ich wurde wütend, dann traurig, und es endete in einem unbändigen Heulanfall: wegen allem, was schief- und kaputtgegangen war. Zwanet kniete neben mir und tröstete mich mit ihren eigenen Tränen, und dann kamen Cynthia und Thjum auf unser ungehörig lautes Schluchzen hin aus ihren Zimmern herbeigerannt. Sie

warfen sich aufs Bett, und bald weinten wir alle vier. So
lange, bis es vorbei war.

6

»Nico van Dartel ist wie ein Hund krepiert«, hatte Tante
Tientje schon vor Jahren gut gelaunt festgestellt. Bei der
Frau mit der Hundepension ließ sich kein Todesdatum
ermitteln, doch auch sie musste schon vor Jahrzehnten
in die Ewigkeit eingegangen sein. »Die Ewigkeit für
Engelmacherinnen«, fügte die wortspielsüchtige Tiny
hinzu. Seit sie gehört (oder sich ausgedacht) hatte, dass
das Weib »für einen Spottpreis« Mutterkuchen von einem Krankenhaus bezog, mit dem sie ihre Hunde füt-
terte, sah Tante Tientje wohlgefällig das Schauspiel vor
sich, wie die »Stecherin« in einem Brei aus von ihren
Pensionsgästen ausgekotzten Plazentas ertrank. Bis nur
noch die Hände mit den schwarzen Fingernägeln her-
ausragten, nach Rettung grabschend in der ungerührten
Luft.

Tinys älteste Schwester, die die Engelmacherin auf
sie losgelassen hatte, war an Parkinson gestorben. Ange-
stellte des Bestattungsunternehmens hatten sie in einem
von Tientjes teuren Kleidern aufgebahrt, und auch das
verschaffte ihr möglicherweise einige Genugtuung. Sie
hörte auf, für die Grabrechte ihrer Eltern zu bezahlen,
so dass deren Gräber aufgelassen wurden und es keine
letzte Ruhestätte mehr »für diese katholischen Verbre-
cher« gab, die mit ihrem ängstlichen und prüden Anstandsdenken zu ihrem Unglück beigetragen hatten.

Jetzt, da alle direkt Beteiligten tot waren, brauchte

Tientje Putz nur sich selbst noch aus der Welt zu entfernen, dann hatte das Großreinemachen ein Ende. Sich selbst würde sie nicht einfach durch die Küchentür zum Müll stellen. Mit ihrem Tod wollte sie die Zurückbleibenden strafen. Ihr Sterben musste in vollem Ornat vor sich gehen – dem Ornat der Schinderin, die sie auch war.

7

Über meine Schwester erreichte mich die Nachricht, dass Tante Tientje an Lungenkrebs im Endstadium litt. Tiny wäre die Erste, die lauthals behauptete, das Anstandsdenken der Familie van der Serckt habe dazu beigetragen, sie zugrunde zu richten –, und trotzdem schrieb ich ihr aus Anstandsüberlegungen und nichts anderem (das Bild des peitschenden Taschentuchs hatte sich unauslöschlich in meine Netzhaut eingegraben) einen mitfühlenden Brief. Ich rief ihr, um die Sache nicht allzu gewichtig zu machen, den Vorfall mit der brennenden Zigarette in Erinnerung, die sie, beim Rauchen und Nichtstun von ihrer ältesten Schwester ertappt, schnell in ihre Schürzentasche gesteckt hatte. Daraufhin war der Nylonstoff in null Komma nichts geräuschlos, aber unter Absonderung eines schneidenden Gestanks um ihren Oberkörper herum geschmolzen. Nur der Kragen und die verstärkten Nähte hingen noch, wie ein deplatziertes Kinderlaufgeschirr, an ihr.

Mir tat es schon wieder leid, diese Anekdote aufgegriffen zu haben, denn nun war es so, als belastete ich Tientje mit dem übertragenen Bild ihrer sich auflösenden Lunge. Aus ihrer Küchenmagdzeit in der Lynxstraat erinnerte ich mich, dass sie unablässig rauchte – heimlich, um sich schauend. Nie eine ganze Zigarette, immer nur eine halbe, eine sogenannte »Kippe«, die ja doch wegmusste. Die Kippen, die aus dem Rauchen eine harmlose Beschäftigung machen sollten, fabrizierte sie selbst, einfach indem sie eine Zigarette in der Mitte durchbrach. Aber in späteren Jahren, nach ihrer Heirat mit Koos – rauchte sie da noch? Koos war radikal dagegen.

»Nur gut, dass ich dir keine Kinder schenken kann«, hatte er zu Beginn ihrer Ehe ausgerufen. »Sie wären missgebildet von all dem Nikotin auf die Welt gekommen.«

Irgendwann musste sie mit dem Rauchen aufgehört haben oder zumindest so gut wie. Während ich meinen Brief schrieb, stellte ich sie mir im Wohnzimmer meiner Eltern vor und bei der Beerdigung ihrer Mutter und in allen späteren Situationen … ich sah sie nirgends mehr rauchen. Hatte die Jugendsünde sie nach all der Zeit gefunden und drangekriegt? Oder hatte sie während ihrer langen Ehe immer heimlich weitergeraucht? Ja, warum sollte sie sich von dem verachteten Koos haben zähmen lassen? Wie ich mich an sie in den schönen fünfziger Jahren erinnerte, rauchte sie wie kein anderer Raucher, den ich kannte: mit zusammengekniffenen Augen und giftiger Miene sog sie, Zug um Zug, kleine Portionen Hass ein. Solange der Rauch in ihrer Lunge darauf wartete, ausgestoßen zu werden, bewegten sich ihre Lippen unhörbar. Ich krieg sie, sagten sie. Ich konnte mir auf einmal nicht mehr vorstellen, dass sie diese Hasszufuhr (die Augen mit scheelem Blick auf die glühende Zigarettenspitze gerichtet) auf Koos' besorgte Bitte hin eingestellt hatte. Da kannten wir Tientje Putz aber schlecht. Ich sah sie jetzt in vielen Rauchergestalten vor mir: auf dem Balkon, sich über den Herd beugend, damit die Dunstabzugshaube ihre Funktion erfüllen konnte, auf dem Supermarktparkplatz … Nein, Tante Tiny konnte ihre unheilbare Krankheit nicht auf eine schlechte Angewohnheit aus der Jugendzeit zurückführen. Ich war so gut wie überzeugt, dass sie weitergeraucht hatte. Mehr noch: immer noch rauchte.

Zu meiner Überraschung erhielt ich praktisch postwendend einen Antwortbrief – keine krakeligen kurzen Zeilen, die den Eindruck vermittelten, als Zeichen des Abschieds mit einer in Tinte getunkten Sense geschrieben worden zu sein, sondern eine mehrseitige Epistel in ihrer vitalen Schrift großer und kleiner Großbuchstaben. Natürlich wimmelte der Text nur so von weit hergeholten Wortspielen, die beim Adressaten abwechselnd Stöhnen und Zähneknirschen auslösten, doch es war schwer vorstellbar, dass die gleichmäßigen Zeilen von einer Sterbenskranken zu Papier gebracht worden waren. Ich roch an den DIN-A5-Bögen, nahm aber keinen Tabakgeruch wahr, wie das bei hartnäckigen Rauchern meist der Fall ist, die keinen Brief schreiben würden, ohne sich regelmäßig eine anzuzünden.

Ich weiß nicht, ob es an einem Unvermögen zum Briefeschreiben lag, jedenfalls kam ihre Krankheit nur in auffällig allgemeinen Formulierungen, fast Gemeinplätzen vor, ungefähr so, wie ein gesunder Mensch, der nie im Krankenhaus gelegen hat, die Behandlung eines als unheilbar diagnostizierten Tumors schildern würde. Der lange Marsch durch die medizinischen Institutionen. Die vergeblichen Bestrahlungen. Die Metastasen.

Die letzten, mit dem Mut der Verzweiflung durchgestandenen Chemotherapien. Genauso abstrakt, wie der zeitungslesende Laie sich das alles vorstellte oder vorzustellen versuchte, formulierte Tiny es in ihren Briefen. Denn schon bald folgten weitere. Es entwickelte sich so etwas wie eine unregelmäßige Korrespondenz, wobei meine Tante jedes Mal postwendend antwortete und ich meinen Teil kürzer oder länger hinauszögerte, je nachdem, wie sehr ihre subtil hündische Behandlung meiner Mutter mir in der Erinnerung zu schaffen machte. Wenn ich wieder vor mir sah, wie sie mit diesem teegetränkten Taschentuch auf das von der Parkinsonkrankheit verformte Gesicht ihrer Schwester einschlug, musste ich das Briefpapier beiseiteschieben. Bei anderen Malen dachte ich: Ach, eine fast siebzigjährige kranke Frau … Lungenkrebs im Endstadium … was soll's.

Ich hatte, wie so oft, meine Chance verpasst. Damals, im Pflegeheim, hätte ich eingreifen können, hätte Tientje den nassen Rotzlappen in den Mund stopfen müssen, um sie dann die Treppe hinunterzustoßen, so dass ihr sogar der Angstschrei in der Kehle stecken bliebe … Wegen meiner feigen Halbherzigkeit saß ich jetzt mit den ach so geistreichen Wortspielen einer sterbenden Sadistin da.

8

Von meiner Schwester erfuhr ich am Telefon, dass sie Tante Tientje regelmäßig in Breda besuchte.

»In welchem Krankenhaus liegt sie?«, fragte ich.

»Sie ist zu Hause, so wie sonst auch«, sagte Riëtte.

»Ich fahre mit dem Zug nach Breda und dann mit dem Bus zu ihrer Wohnung. Wir trinken Kaffee, und dann wird es mal wieder Zeit, shoppen zu gehen.«

»Kann sie das denn noch?«

»Ganze Nachmittage lang«, sagte Riëtte.

»Bestellt sie ein Spezialtaxi oder so was?«

»Wir fahren ganz normal mit dem Bus in die Innenstadt. Tiny wird vielleicht etwas schneller müde als früher, das heißt, wir sitzen etwas öfter im Café, damit sie sich erholen kann.«

Ich stellte mir Tiny hartnäckig im Rollstuhl vor, mit schiefem Kopf und Sauerstoffsonde in der Nase. »Wie sieht sie aus?«

»Gut. Ein bisschen blass vielleicht. Absolut kein dumpfer Blick. Die Augen kullern immer noch wie Murmeln.«

»Und das Rauchen?«

»Peinliches Thema.«

»Das heißt, sie raucht noch … oder wieder.«

»Koos darf das nicht wissen. Ich lasse sie ab und zu an meiner Kippe ziehen. Nur wenn sie Atembeschwerden hat.«

»Was bekommst du von Koos mit?«

»Wenn ich sie besuche, ist er nie zu Hause.«

»Erwähnt sie noch manchmal Mijnheer Kassenaars heimliche Kinderschar?«

»Sie hat bei Mamas Einäscherung von einundsechzig Kindern gesprochen. Die meisten auf dem Weg über die Samenbank. Inzwischen hat sie aus ihm rausgekriegt, dass es viel mehr sind. Das Doppelte.«

»Hast du eine Ahnung, wie es jetzt mit ihrer Ehe aussieht?«, wollte ich wissen. »Ich meine, seit das rauskam.«

»Sie hatten schon immer eine miserable Ehe«, sagte Riëtte ausweichend. »Schlechter konnte sie nicht werden.«

»Dieses ganze Shoppen«, sagte ich, »bringt dir das was?«

O ja, Riëtte hatte in Tientje eine sehr spendable Tante gefunden. Sie war ihrer Nichte gegenüber fast so großzügig wie früher zu ihrer älteren Schwester. Die Phase der »funkelnagelneuen Ableger« wurde einfach übersprungen. Tante Tiny steckte Mariëtte in teure Kleider und bedachte sie von Zeit zu Zeit mit »etwas Schmuck«.

»Sei ein bisschen auf der Hut«, sagte ich. »Tientje tut nie etwas ohne Hintergedanken. Denk an Mamas Kleiderschrank.«

Riëtte verstand nicht, was ich meinte. Hinter dem Überlassen der »abgelegten« Kleider hatte meine Schwester nie gesucht, was sich für mich darin verbarg.

»Sie lässt mich auch Kleider aus ihrer Garderobe aussuchen«, sagte Riëtte. »Ein Grabbeltisch mit Haute Couture.«

»Die sind ihr natürlich zu weit geworden.«

»Sie hat vielleicht ein bisschen abgenommen, ist aber nicht wirklich abgemagert. Tiny hat einfach zu viele Kleider. Ich nehme nicht alles, was sie mir anbietet, keineswegs. So ordentlich alles auch erhalten ist, in manchen Kreationen kann man sich heutzutage einfach nicht mehr sehen lassen.«

»Hast du nie das Gefühl, dass Tiny sich deine Zuwendung und Gesellschaft mit dieser ganzen Einkauferei … diesen teuren Geschenken … erkauft …«

»Es macht ihr Spaß. So kommt sie mal raus.«

»Mama hat früher sehr unter ihren teuren Aufmerksamkeiten gelitten«, unternahm ich einen neuen Versuch.

»Ach, Mann, die fühlte sich aber auch an allem schuldig. Die Luft, die sie atmete, stand die ihr wirklich zu? Hör zu, Albert, ich hab's nicht so dicke. Wenn es Tante Tientje glücklich macht, mir von Zeit zu Zeit etwas zukommen zu lassen, im Tausch für ein bisschen Gesellschaft, dann stürzt mich das wirklich nicht in Gewissensnöte. Leben und leben lassen, so ist es doch.«

Ich wollte schon auflegen, da fiel mir etwas ein. Ich sagte: »Mariëtte, wir sprachen gerade über die anhaltende Geburtenwelle im Leben von Koos … Sag mal, spricht Tiny noch manchmal über ihre eigene Kinderlosigkeit und was das für sie bedeutet hat?«

»Sie preist sich glücklich, dass sie keine Kinder hat, die das alles miterleben müssten. Den Abbau ihrer Mutter. Demnächst ihr Sterbelager …«

»Ja, was das betrifft, wird Koos zu gegebener Zeit, wenn er im Sterben liegt, eine ganze Halle anmieten müssen. Sonst passen sie nicht alle um sein Bett.«

»Komisch, was so alles im Leben passieren kann.«

»Halt mich auf dem Laufenden.«

9

Der Briefwechsel ging bestimmt noch eineinhalb Jahre weiter, ohne dass eine Abwärts- (oder notfalls auch Aufwärts-) Entwicklung ihres Zustands daraus ersichtlich geworden wäre. Es blieb bei vagen Andeutungen. Allerdings strotzten ihre Briefe nur so von Klagen über die Menschen in ihrer Umgebung, heute und früher, inklusive Beweisen, dass die Welt schlecht war, wie auch aus der wörtlichen Wiedergabe von Streitgesprächen mit diversen Verkäuferinnen und Verkäufern hervorging. Merkwürdigerweise äußerte sie sich schriftlich nicht zu dem großen Drama in ihrem Leben, der Engelfabrik über dem Fischgeschäft – was im Widerspruch zu meiner Wahrnehmung stand, wonach sie ihr Unglück am liebsten jedem ins Gesicht geschleudert hätte, nicht nur den Verantwortlichen (die im Übrigen alle nicht mehr lebten).

Weil die Prognose über ihre Krankheit schon seit zwei Jahren auf einen Stillstand hinzuweisen schien, war die Nachricht, Tiny sei ins Krankenhaus gekommen, eine Überraschung – auch für Mariëtte, die noch eine Verabredung zum Shoppen mit ihrer Tante hatte. »Komplikationen.« So lautete der vage Grund für die plötzliche Krankenhausaufnahme.

Koos Kassenaar rief an, was er seit bestimmt zwanzig Jahren nicht mehr getan hatte, vielleicht sogar nie. »Wenn du sie noch lebend sehen willst, musst du dich beeilen. Es könnte zu Ende gehen.«

Wenn Koos etwas Dramatisches anzukündigen hatte, tat er das immer möglichst neutral, doch wer genau zuhörte, stellte etwas vage Triumphierendes in den Untertönen fest – nicht weil er sich über anderer Leute Unglück freute, sondern aus einer Art universeller Rechthaberei heraus: »Siehst du, da haben sie uns wieder am Wickel. Hab ich's nicht gesagt?«

Ich hörte, dass Tiny im kleinen Bredaer Marie-Curie-Krankenhaus lag, und versprach Koos, am nächsten Tag, einem Samstag, vorbeizuschauen.

»Das Marie Curie in Breda«, sagte Zwanet, »darüber

habe ich in dieser Woche einen Bericht in der Zeitung gelesen. Sie machen da einen Test mit roten Armbändern. Wenn ein Patient so eins trägt, dann heißt das, dass er bei einem Herzstillstand nicht reanimiert werden will. Das hat einigen Aufruhr verursacht. Ethische Probleme.«

»Das Krankenhaus war schon mal im Gerede«, sagte ich. »Dort gibt es irgend so einen progressiven Pfarrer, oder wie nennt man so jemanden in einem christlichen Hospital? Einen ambulanten Anstaltsseelsorger? Er genießt dort einige Autorität. Zum Beispiel hat er die Regeln für die Sterbehilfe gelockert. Nein, das ist jetzt wahrscheinlich falsch ausgedrückt ... diese Problematik ist ja ziemlich heikel. Sagen wir, er tritt dem Personal gegenüber als Sprecher für Menschen auf, die so krank sind, dass sie nicht mehr leben wollen ... die keinen Ausweg mehr sehen, auch wenn sie theoretisch noch zu heilen sind.«

»Unerträgliches und aussichtsloses Leiden heißt das«, sagte Zwanet.

»Nein, das hast du. Wenn ich Koos richtig verstanden habe, hat Tiny sich ganz ausdrücklich fürs Marie Curie ausgesprochen ... gerade wegen dieses progressiven Pfarrers.«

10

Cynthia war jetzt zwanzig, studierte und wohnte für sich. Mit Familienangelegenheiten brauchte man ihr nicht mehr zu kommen. Außerdem bestanden keine Blutsbande zwischen ihr und Tante Tiny. Thjum, siebzehn, wohnte noch zu Hause, hatte aber keine Lust auf einen Krankenhausbesuch in Breda. Er hatte im Laufe seines Lebens wenig mit seiner Großtante zu tun gehabt, und die wenigen Begegnungen hatten ihm immer missfallen, auch wenn sie ihm beim Abschied jedes Mal einen skandalös hohen Geldbetrag zusteckte.

»Damals, in dem Heim bei Oma, dieser Streit, das war sie doch, oder? Dschieses, war die gemein. Keine Ahnung, worum es ging, aber dass sie nicht ganz sauber war, hab ich schon als kleiner Junge gemerkt. Übrigens, Großtante, *what's the big deal?*«

»Eine Schwester deiner lieben Oma.«

»Genau. Sie war nicht lieb zu meiner Oma. Nein, ich passe.«

Und so machten wir uns an jenem Samstagvormittag zu zweit auf den Weg nach Breda, Zwanet am Steuer unseres alten Renaults. Nach kilometerlangem Schweigen sagte Zwanet: »Mir ist nicht wohl bei der Sache, Albert. Wozu fahren wir da jetzt eigentlich hin? Ein Sterbelager … ein Höflichkeitsbesuch bei jemandem, der vorübergehend im Krankenhaus ist … ein *fucking* Familientreffen? Aus dir krieg ich auch nicht raus, was deiner Putztante nun eigentlich fehlt. Final ist final. Ich höre schon seit zwei, drei Jahren nur Ungefähres. Keine Besserung, keine Verschlechterung. Onkel Koos, als der dich gestern anrief, was genau hat er über ihren Zustand gesagt?«

»Dass es zu Ende gehen könnte. Nichts Spezielles.«

»Das genau meine ich. Eine vage Aussage nach der anderen. Und dafür opfern wir jetzt unseren freien Samstag. Ich habe mich nie getraut, es dir rundheraus zu sagen, aber so langsam habe ich die Vermutung, dass es um Tante Tiny nicht so schlimm steht, wie sie uns glauben machen will.«

»Beim letzten Mal, als wir sie sahen, bei der Einäscherung meiner Mutter, war sie noch nicht krank. Das ist sieben Jahre her.«

»Nicht krank, Albert, nicht krank? Sie ist so krank, wie ein Mensch nur krank sein kann. Ich bin nicht blind. Vor allem nicht, wenn ich die Augen zumache und so jemandem nur zuhöre. Ich spreche nicht von Lungenkrebs.«

»Nach einem kinderlosen Leben zu erfahren, dass dein Mann nichts hat anbrennen lassen und inzwischen Vater von Dutzenden von Kindern aller Altersstufen ist … davon könnte man geisteskrank werden, Zwaan.«

»Du verdrehst die Dinge«, sagte Zwanet. »Das kranke Hirn von Tante Putz hat diese außereheliche Kinderflut erst in Gang gesetzt. Koos hat ihren Betrug mit seinem Betrug beantwortet. Zwar etwas *over the top*, aber was soll's. Also, wo ist jetzt dieses verdammte Krankenhaus? Muss ich hier abbiegen? Ich hab wieder vergessen, den Tomtom einzuschalten.«

11

In der hohen Zentralhalle des Marie Curie spannte sich über die gesamte Fläche ein sehr straffes Netz aus dicken Seilen, an dem Girlanden und Lampions und Ballons hingen. Obendrauf lagen lose Ballons, die sich auf den Luftströmen sanft hüpfend über das Maschennetz bewegten. Luftschlangen kringelten sich wie Haare über einer Kerzenflamme.

»Ist hier ein Fest?«, fragte Zwanet den Pförtner an seinem Schaltbrett. »Habt ihr was zu feiern?«

Der Mann warf ihr einen säuerlichen Blick zu. »Die Dekoration ist nur Tarnung«, sagte er. »Wenn Sie genau hinschauen, dann sehen Sie an den Seiten Federn und Stahltrossen. Das ist ein echtes Fangnetz, von einem Zirkus gemietet. Die Rundgänge über Ihnen, von denen sind in letzter Zeit ein paar Patienten zu viel runtergesprungen. Der Vorstand sprach schon von einer Epidemie. Womit kann ich Ihnen helfen?«

Ich sagte: »Wir würden gern Mevrouw Kassenaar-van der Serckt besuchen. Mit K. Ich weiß ihre Zimmernummer nicht. Wahrscheinlich liegt sie in der Onkologie.«

Der Pförtner tippte den Namen ein. »Südflügel. Zweiter Stock. Zimmer Z 203. Ich schreib's Ihnen auf. Nein, das ist nicht die Onkologie.«

Ich weiß nicht, ob er auf uns gewartet hatte oder auf jemand anderen, aber auf einmal erkannte ich in dem beleibten Mann unter dem blechernen Treffpunkt-Fähnchen Koos Kassenaar. Er kam langsamen Schrittes, die Hand bereits ausgestreckt, mit breitem, glänzendem Grinsen auf uns zu. »Na, ihr Zerckjes.« Jeder aus der Familie van der Serckt oder ihrem Umfeld, auch die Egberts und alles, was angeheiratet oder befreundet oder bekannt mit ihr war, war für Onkel Koos ein »Zerckje« – ausgenommen natürlich die Kassenaars und ihr Anhang.

Koos war nicht nur schwerer geworden, sondern auch deutlich älter. An einer bestimmten spiraligen Widerspenstigkeit seines grauen Haars war noch zu erkennen, dass er einst rötlich gewesen war, etwas Besseres ließ sich darüber nicht sagen. Ja, er glänzte wie nie zuvor, als würde Tientje Putz ihn täglich mit speziellen Ölen einreiben und blank polieren.

»Schöne Damen werden nur noch schöner.« Koos nickte, Zwanets Hand in seiner haltend, ihr die ganze Zeit zu, bis sie sich geniert aus seinem Griff löste. Hinter ihm zeigte sich zögernd ein ungefähr vierzigjähriger Mann, genauso rothaarig wie Koos früher, aber größer und schlanker. Koos drehte sich um. »Darf ich euch vorstellen ... mein Sohn Koen.«

»Koen Kassenaar«, sagte der Mann. Wieder wurden Hände geschüttelt. Er war also von seinem biologischen Vater legitimiert worden. (Schon gleich Mitte der sechziger Jahre? Oder erst viel später? Wie so etwas verwaltungsmäßig lief, keine Ahnung.) »Ich bin hier, um meinem Vater ein bisschen beizustehen.«

»Tiny hat gestern Nachmittag wahrscheinlich einen Hirnschlag gehabt«, sagte Koos. »Sie wurde zu einer Untersuchung abgeholt ...«

»... und da fiel sie auf einmal um«, ergänzte Koen.

»Einseitig gelähmt?«, fragte Zwanet.

»Nein, das nicht«, sagte Koos. »Sie kann nur nicht sprechen. Sie liegt nur da und sagt nichts. Sie will jetzt nur noch sterben.«

»Wie gibt sie das zu erkennen?«, fragte ich.

»So.« Koos machte mit seinen Fingern eine Schraubbewegung in der Luft, als drehe er eine imaginäre Glühbirne in die Fassung. »Den Schalter umdrehen, wird sie wohl meinen. Den Stecker rausziehen. Das Merkwürdige ist ... sie wird nicht künstlich am Leben erhalten. Sie hängt am Tropf und am Herzmonitor, aber wenn man die ausschaltet, ist der Patient noch nicht tot.«

»Ich habe so eine Vermutung«, sagte Zwanet (oh,

diesen Ton kannte ich), »dass sie diese Handbewegung nicht wörtlich meint.«

»Wenn sie im übertragenen Sinn gemeint ist«, sagte Koos, »dann weiß ich so eins, zwei, drei keine Lösung.«

Unsere kleine Gruppe setzte sich in Richtung der Treppen in Bewegung, die in der Mitte der Halle, ohne abgeschlossenen Aufgang, in die oberen Stockwerke führten. Ich schaute hinauf zu dem geschmückten Zirkusnetz, das in der Vergangenheit so manchen Akrobaten aufgefangen haben musste. Wenn dank eines maßgebenden Pfarrers in diesem Krankenhaus die Beendigung des Lebens enttabuisiert worden war, warum gab es dann all diese Selbstmordspringer unter den Patienten, sogar so viele, dass für sie ein Fangnetz gespannt werden musste?

12

Auf dem Gang vor Zimmer Z 203 trafen wir eine Handvoll Familienangehöriger, von denen ein Teil in knallblauen Schalensitzen saß, wie man sie auch in Fußballstadien sieht. Ein Bruder und ein Cousin von Koos, denen ich schon einmal begegnet war. Onkel Hasje mit seiner neuen Freundin (einer Kreolin). Der Einzige, den ich nicht sofort einordnen konnte, war ein Mann Mitte dreißig, mager, glattes, dunkles Haar.

»Mein Sohn Ruud«, sagte Koos.

Ich gab ihm die Hand und trat gleich ins Fettnäpfchen. »Halbbruder von Koen, schätze ich.« Ruud und Koen sahen einander grinsend an. »Nein, nein«, sagte Koen. »Vollbrüder.«

So, so, zwei Kinder der Liebe von ein und derselben Frau, das wurde ja immer besser. Aus beiläufigen Bemerkungen konnte ich schließen, dass ihre Mutter nie geheiratet hatte. Koos hatte sich intensiv um die Erziehung gekümmert. Es bestand eine enge Beziehung.

»Die Jungs sind nur hier, um ihren Vater zu unterstützen«, sagte Koos. »Keine Bange, sie gehen nicht mit hinein … das schien uns für alle Beteiligten keine gute Idee.«

»Bist du schon bei ihr gewesen?«, fragte ich Onkel Hasje.

»Zweimal kurz«, antwortete der Künstler. »Ich halt es da drinnen nicht lange aus. Tineke liegt da und sieht mich dermaßen bitterböse an. Als ob alles meine Schuld wäre.«

»Sie wirft dir natürlich noch immer vor, dass du damals diesen Polizisten ins Haus gebracht hast«, sagte ich.

»Ja, wie war das noch«, sagte Hasje. »Das ist fünfzig Jahre her.«

»Es hat Dinge für Tiny in Gang gesetzt«, sagte ich, »die ihr über den Kopf gewachsen sind. Sie dachte sich etwas aus, um diesen Mann loszuwerden, und danach musste sie eine Lüge nach der anderen erfinden, um sich wenigstens noch ein bisschen in der Welt behaupten zu können.«

»Ehrlich, ich weiß nicht mehr, worum es genau ging«, sagte Hasje, der unser Gespräch seiner Freundin kurz ins Französische übersetzte.

»Dann musst du erst mal sehen, wie Tientje mich anschaut«, sagte Koos, der zugehört hatte. »Wenn Blicke töten könnten, läge ich hier schon längst in der Leichenhalle. Auf so 'ner Edelstahlanrichte.«

Koos ging Zwanet und mir voran in Tinys Zimmer. Als sie uns sah, begann sie, mit beiden Händen ziellos an Laken und Decken zu zupfen, als wolle sie das Bett machen, während sie darin lag. Ihr Körper bewegte sich unter der Decke hin und her. Tatsächlich, was immer ihr fehlen mochte, halbseitig gelähmt war sie nicht. Als sie wieder still lag, hoch aufgerichtet in den Kissen, sah sie mich direkt und mit einem alles andere als dumpfen Blick an. (»Ihre Augen kullern immer noch wie Murmeln«, hatte meine Schwester gesagt. Es stimmte.)

Ich erschrak bei ihrem Anblick – nicht weil sie so schlecht aussah, sondern, im Gegenteil, weil sie so gut aussah. Wenn ich nur nach ihrem Äußeren urteilte, lag hier keine aufgegebene Krebspatientin vor mir. Es war nicht einmal so, dass sie »den Umständen entsprechend ganz gut aussah«, wie der Besucher mit einer Notlüge ausrufen würde.

»Hallo, Tante Tiny.« Ich küsste sie auf beide Wangen, wobei sie ihren Kopf ungelenk in die Gegenrichtung bewegte, als wolle sie das verhindern. Ich konnte das natürlich als Familienmerkmal abtun: Ab einem bestimmten Alter stießen wir bei unserer Mutter auf abwehrende Ellbogen, wenn wir sie umarmten. (»Ich weiß nicht, was ich da bei euch rieche.«) Tiny erwiderte nichts, doch darauf war ich ja vorbereitet. Was mich allerdings überraschte, war, dass alles an ihr sich anzuspannen schien, um den Gruß zu erwidern und um noch viel mehr zu sagen.

Zwanet begnügte sich damit, ihr die Hand zu reichen. Tiny trug an ihrem rechten Handgelenk zwei Bänder, ein rotes und ein weißes, das eine direkt über dem anderen. Das weiße war eigentlich eher ein Mullverband mit einem darin versunkenen Plastikkontaktstöpsel, um Infusionsnadeln einzuführen. Das rote Band trug Name, Geschlecht, Patientennummer und Schwarzweißcode und sollte kenntlich machen, dass die Kranke im Falle eines Herzstillstands nicht reanimiert werden wollte. Tiny musste sich für das rote Band entschieden haben, noch bevor sie die Sprache verlor.

Objektiv betrachtet hatte Tiny ihr schönes Gesicht behalten, auch jetzt, mit Ende sechzig – was umso mehr auffiel, als sie jetzt kein Make-up trug. Doch für den, der sie in der Blüte ihres Lebens, bei voller Kraft, gekannt hatte, wurde mit einem Blick klar, dass vor allem der rachsüchtige Zug um ihren Mund, unauslöschlich wie eine Narbe, ihre Schönheit dauerhaft zerstört hatte. Merkwürdig, wenn man bedachte, dass der Hass, den sie jetzt so sichtbar an sich trug, im Verborgenen schon mit siebzehn da gewesen war, als ich noch wie ein berauschtes Entchen hinter ihrer Duftwolke hergewatschelt war und anbetend zu ihr aufschaute, wenn sie ihre »Schönheitspickel« mit einem Augenbrauenstift betonte und sagte: »So, das haben sie jetzt davon. Und wehe dem, der sich noch traut, auf meine Muttermale zu zeigen.«

»Wir haben gehört, dass du im Krankenhaus liegst, also hab ich zu Zwanet gesagt: Lass uns mal hinfahren und schauen, wie es ihr geht. Auf deinen letzten Brief, von vor zwei Wochen, bekommst du noch eine Antwort, hörst du. Ich war im letzten Monat sehr beschäftigt mit den Proben für das neue Stück.«

Tiny schien sich mit den Füßen von der Matratze abstoßen zu wollen, um so ihren Körper höher zu stemmen und dadurch aufrechter in den Kissen zu liegen: ein nie verflogenes Bild aus der Zeit von vor bestimmt dreißig Jahren. Ihre Beine vollführten einen rastlosen Tanz unter der Decke. Weil sie dabei so ein ängstliches Gesicht machte und abwechselnd zu Zwanet und mir schaute, war es, als wolle sie rückwärts, alles von sich tretend, von uns wegflüchten. Mir tat die Formulierung »letzter Brief« schon wieder leid, weil ich damit zu suggerieren schien, danach würde nie wieder ein Brief von ihr kommen. Lieber hätte ich »jüngster Brief« oder »neuester Brief« gesagt, aber das macht man nicht so schnell in einem normalen Gespräch.

Koos hatte sich nach dem Betreten des Zimmers in einen Kunststoffarmstuhl zwischen dem Fenster und dem Fußende von Tinys Bett fallen lassen. Seiner Gewohnheit entsprechend hatte er sich tief in den Sessel geflätzt, so dass er mehr auf seinem unteren Rücken als auf dem Gesäß ruhte – eine faule Haltung, die ihn auch jetzt wieder zum Inbegriff von Selbstgefälligkeit machte. Tiny, noch ganz damit beschäftigt, Zwanet und mich mit ihren bösen Augen abzutasten, hatte ihren Ehemann bisher keines Blickes gewürdigt. Ich zog zwei Stühle mit geraden Lehnen heran, und wir setzten uns an die lange Seite des Betts, das sich jetzt zwischen Koos und uns befand.

Koos saß (oder hing oder lag) bereits seit einer Weile in seinem Armstuhl und schaute Tiny grinsend an. Er hob den Unterarm, um ihre Aufmerksamkeit auf sich zu lenken. Sie wandte den Kopf in seine Richtung. Mann und Frau sahen einander an – er falsches Wohlbehagen ausstrahlend, sie mit unverhülltem Hass.

Jetzt kam das Schlimmste. An dem erhobenen Arm

öffnete sich die Hand, und Koos begann, Tiny zu winken. Nicht wedelnd, rasch hin und her flatternd, sondern langsam durch die Luft fahrend wie jemand, der einem anderen auf einem sich entfernenden Schiff vom Kai aus zum Abschied winkt. Und nicht nur kurz, nein, sondern langsam und anhaltend – so wie die Königin und Sankt Nikolaus, sobald sie erst einmal mit Winken begonnen hatten, nicht mehr aufhörten.

Als Reaktion auf das Grinsen und Winken stieß Tiny schnaubende Geräusche aus. Der Vergleich mit meiner Mutter im Endstadium ihrer Krankheit, als sie, buchstäblich mit Stummheit geschlagen, nur noch unzusammenhängende, unverständliche Laute ausstoßen konnte, drängte sich auf: der Zustand, den Tiny damals, unter anderem mit ihrem auf ihre Schwester eindreschenden Taschentuch, derart missbraucht hatte. Nur mit dem Unterschied, dass Tiny einen keinen Moment lang davon überzeugen konnte, dass sie die Sprache verloren hatte (selbst wenn medizinisch nachgewiesen würde, dass sie unmöglich noch sprechen konnte). Sie machte den Eindruck, sie strenge sich, um die Menschen in ihrer Umgebung passiv zu bestrafen, bis zum Äußersten an, um ja kein Wort mehr zu sagen, und das bis zu ihrem letzten Atemzug durchzuhalten wünschte. Es war der stumme Triumph stillen Hasses.

Nicht, dass es sie keine Mühe gekostet hätte. Wenn ich das Wort an Tiny richtete, hauptsächlich um sie von Koos' demütigender Winkbewegung abzulenken, drehte sie mir sofort den Kopf zu. Sie sah mich dann nicht fragend an, sondern mit einem Ausrufezeichen in den Augen. Ich meinte sogar eine große Gier bei ihr zu spüren, sich auszusprechen, aber, tja, sie hatte nun einmal beschlossen, die Welt nicht nur mit ihrem Schweigen zu strafen, sondern auch mit der Vorstellung, dass sie nie mehr etwas würde sagen können. Seid ihr jetzt zufrieden?

Und Koos, er winkte weiter. Sein Ellbogen löste sich von der Lehne und der Arm streckte sich, so dass sein Winkradius größer wurde. Koos kniff die Augen zu Spalten zusammen, als könne er nur, indem er kurzsichtig spähte, seine am Horizont verschwindende Frau im Blick behalten.

»Adieu, Kapitän«, grüßte er Tiny mit einer Art hohler, unterdrückter Rufstimme, als schrie er ihr gegen den Sturm nach. Er winkte. »Adieu, Admiral.«

Am abstoßendsten war vielleicht noch die lächelnde Unbeirrbarkeit, mit der Koos die hasserfüllten Blicke seiner Frau erwiderte.

»Adieu, General.« Sein Oberkörper schwankte gemeinsam mit der trägen Winkbewegung, als befände er sich auf einem schaukelnden Ruderboot. »Adieu, Kapitän.«

General, Kapitän, Admiral … diese Anreden waren zweifellos Überbleibsel ihrer üblen Spielchen in der Vergangenheit, deren Regeln ich mir nicht annähernd vorstellen konnte. Zwanet hatte sich schon früher laut gefragt, warum diese beiden Menschen Jahr um Jahr, fast ein halbes Jahrhundert lang, beieinandergeblieben waren. Vielleicht lag ihnen mehr daran, sich gegenseitig zu zerstören, als getrennt auf neutralem Boden zu leben, wo es nichts zu zerstören gab. Koos reichte eine goldene Hochzeit noch nicht, um seine unfruchtbare Braut für die kinderlose Falle zu bestrafen, in die sie ihn mit ihren Lügen zu locken versucht hatte. Ihm fehlten ausreichend Hände und mit der Zeit auch Samen dafür.

Tiny konnte ihren Mann nie genügend demütigen wegen der Demaskierung (wohlgemerkt am Tag ihrer Hochzeit), die sie nie verwunden hatte. Und was hatte er nun letztlich an ihr entblößt? Das Unglück, das sie mit vierzehn zu dem gemacht hatte, was sie nie sein wollte: ein zutiefst zerstörtes Wesen.

»A-dieu-heu, Admiral …!« Koos hörte kurz auf zu winken, um beide Hände wie eine Tröte an den Mund zu setzen und gegen den Seewind zu rufen: »Schiff ahoi …!«

Ich blickte von Tiny zu Koos und wieder zurück zu Tiny. Hier waren zwei Menschen, die beide auf ihre eigene Weise über den anderen triumphierten. Tinys ganze Natur schrie die Worte heraus, die sie nicht mehr sagen konnte (oder wollte): »Bist du jetzt zufrieden?«

Koos brauchte seiner Natur entsprechend nichts zu schreien. Er strahlte seine Überzeugung in die Welt hinaus. (»Jetzt hab ich unsere Tien, wo ich sie haben wollte. Eine gezähmte Hexe. Endlich bin ich erlöst von dieser grässlichen, unentwegt keifenden Stimme. Adieu, Kapitän. Leb wohl.«)

Zwanet kniff mir leicht in die Hand. Sie flüsterte mir ins Ohr: »Ich will hier weg. Ich kann nicht mehr.«

Wir waren Zeugen der letzten Zuckungen einer Ehe, die sich bis an den äußersten Rand hatte treiben lassen. Natürlich konnte Zwanet das nicht länger mit ansehen: Wir waren selbst verheiratet. Sie und ich. Miteinander. Bis dass der Tod …

»Einen Moment noch«, flüsterte ich ihr zu. Ich wandte mich an Koos: »Warum dieses ganze Gewinke und Gerufe, Koos ... dieses Seemannsgehabe ... meinst du nicht, das ist ein bisschen schmerzvoll für sie?«

Ohne sein Winken zu unterbrechen, sagte er: »So versuche ich, sie wach zu halten. Sie darf nicht wegsacken.«

13

Es war so naheliegend, dass ich mich wunderte, die Übereinstimmung erst jetzt zu sehen: Tiny wies ein genauso vages Krankheitsbild auf wie vor langer Zeit ihre Mutter, die die älteste Tochter von der Schule genommen hatte, damit diese sie daheim pflegen konnte. Jahre später hatte die kerngesunde Frau sich wieder ins Bett gelegt, diesmal um die jüngste Tochter als ständige Hilfe an ihr Krankenbett zu binden. Ich hieß es nicht gut, dass Tientje meiner Großmutter häppchenweise Arsen oder Strychnin oder was immer es sein mochte verabreichen wollte, um sie doch noch krank zu machen, aber einige Logik steckte schon darin.

Meine simulierende Oma, auch dieses Bild spiegelte Tiny noch kurz in ihrem Krankenhauszimmer wider, um es in die Gegenwart weiterzuleiten. So nahm sie die verhasste Mutter schnell noch mal mit in ihrer Rache an der Welt.

»Tante Tiny, wir müssen los«, sagte ich und stand auf. Zwanet folgte sofort meinem Beispiel. Tiny wandte das Gesicht in unsere Richtung, jetzt mit mehr Angst als Bosheit in den Augen. Sie wälzte den Kopf auf dem Kissen hin und her, wie um etwas heftig zu leugnen. Unter der Decke erwachten ihre Beine erneut mit Lauf- oder Kletterbewegungen zum Leben. Und wieder schien es, als wolle sie rückwärts fliehen, über die Barrikade der hoch aufgetürmten Kissen hinweg … durch die Wand hinter dem Bett, nachdem sie mit ihrem Schädel eine Bresche in das Mauerwerk geschlagen hatte … Tiny gab eine Reihe von Nasal- und Rachenlauten von sich, doch selbst die schien sie unterdrücken zu wollen, als hätte sie Angst, dass die Laute sich in Form von Worten durch ihre fest verschlossenen Lippen hinauskämpfen würden, um jeden mit dem zurückgekehrten Sprechvermögen in Erstaunen zu versetzen.

»Wir haben noch einen siebzehnjährigen Sohn zu Hause«, sagte Zwanet lächelnd. »Er hat es gern, wenn seine Mutter für ihn kocht. Zumal samstags, Pommestag.«

»Thjum lässt dich übrigens grüßen«, sagte ich. »Er hat seine Großtante nicht vergessen. Von dem Geld, das du ihm zugesteckt hast, hat er sich immer eine Schachtel Lego Technic gekauft. ›Von Tante Tientje‹, sagte er dann, wenn er alles zusammengebaut hatte.«

Jetzt, da wir Tinys Aufmerksamkeit beanspruchten, hörte Koos mit dem Gewinke auf. Er legte die Hände im Schoß zusammen und drückte damit seinen Bauch hoch, während er selbst noch etwas tiefer rutschte. Zufrieden blinzelnd beobachtete er die Szene auf der anderen Bettseite. Er konnte vor lauter fauler Selbstzufriedenheit jeden Moment gedämpft zu schnurren anfangen.

Nun stellte sich heraus, dass Tiny, wie ihr Mann, über einen alles andere als gelähmten Arm verfügte, der durchaus zu einer vielsagenden Gebärde imstande war. Ihre Hand schoss unter der Decke hervor, der Zeigefinger auf die Apparatur neben dem Bett gerichtet:

ein Stereoturm, umwuchert von Kabelknäueln und durchsichtigen und geriffelten Schläuchen, mit kleinen Sichtfenstern, in denen blaue und grüne Blitze nervös aufflackerten. Sie musste diese Gebärde schon öfter gemacht haben, denn Koos hatte sie uns in der Halle vorgeführt – nur mit dem Unterschied, dass ihre Finger keine fest-, sondern eine losschraubende Bewegung ausführten.

Der Gehirnschlag, oder was immer es gewesen war (vielleicht war bei Tiny der Wille zu schweigen stärker als ein mögliches Blutgerinnsel), hatte ihre Mimik jedenfalls nicht in Mitleidenschaft gezogen. Ihr ganzes Gesicht schrie lautlos, aber gebieterisch nach der Ausführung dessen, was die Handbewegung forderte, und zwar auf der Stelle. Zwanet, die das nicht länger mit ansehen konnte, flüchtete aus dem Zimmer, ohne ein Wort des Abschieds. Ich schob meinen Stuhl zurück, bereit, ihr auf den Gang zu folgen. Tiny stellte die schraubende Bewegung ein, ballte die Hand zur Faust und machte mit ihr stoßende oder ziehende Bewegungen in Richtung der Apparatur. Es konnte nichts anderes bedeuten, als dass sie den Stecker herausgezogen sehen wollte. Und zwar nicht den des Staubsaugers, der ihr in ihrem Leben so viel Freude gebracht hatte.

»Ja, mein Mädchen, geht schon in Ordnung«, sagte Koos in seinem üblichen halb gelangweilten, halb ungeduldigen Ton. »Gleich kommen der Doktor und der Pfarrer, um darüber zu sprechen. Ganz ruhig jetzt.«

Da war Nikolaus' winkender Arm wieder, ohne weißen Handschuh. Er lachte sein öliges Lachen, etwas gedämpfter als gewöhnlich. Die Falten in seinem Gesicht und am Hals schienen von innen heraus zu einem gut gefüllten Grinsen von einem Ohr zum anderen aufgepumpt zu werden, an dem selbst sein Nacken beteiligt war. Er glänzte genauso stark wie an seinem Hochzeitstag, als meine Mutter, mit gegenteiliger Wirkung, seine speckige Nase und das glänzende Kinn matt zu reiben versucht hatte.

»Na, Admiral …« Er winkte. »Wie ist es dort, auf deinem weißen Schiff?«

Ich warf einen letzten Blick auf meine Tante Tiny. Sie war erschöpft in die Kissen zurückgesunken. Die Hand, mit der sie den imaginären Stecker aus einer ebenso imaginären Steckdose gezogen hatte, lag zitternd vor Anstrengung (oder vielleicht hatte sie auch einen elektrischen Schlag erhalten) auf der Decke. Häufig hing nach einem Schlaganfall ein Mundwinkel herunter. Bei Tiny funktionierten alle beide noch ausgezeichnet, was in ihrem Fall heißen wollte: den denkbar gemeinsten Blick zu unterstützen, der auf den Roten Koos abgefeuert wurde. Die tief eingekerbten Linien zu beiden Seiten ihres Kinns bildeten prachtvolle Hieroglyphen des Hasses.

14

»Du, mit deiner idiotischen Familie, kannst mir viel erzählen«, sagte Zwanet im Auto. »Irgendwas geht da nicht mit rechten Dingen zu. Die können ihre üblen Spielchen gern miteinander spielen. Bis zu ihrem Lebensende. Aber als Krankenbesucherin möchte ich davon verschont bleiben.«

»Ich hätte dich da nicht mit reinziehen dürfen. Tut mir leid, Zwaan.«

»Nach dem Gehirnschlag meines Vaters habe ich wochenlang an seinem Bett gesessen. Was für ein Unterschied. Deine Tante Putz kam mir wie ein großes Kind vor, das, um andere zu ärgern, den Mund fest geschlossen hält. Einfach um zu kränken. Was etwas anderes ist als krank sein. Oder vielleicht auch nicht. Jedenfalls finde ich das wirklich krankhaft.«

»Wenn es kein Schlaganfall war, dann hat sie einfach ihr Schweigerecht in Anspruch genommen«, sagte ich. »Sie hat offensichtlich nicht vor, künftig auch nur ein einziges Wort an die Welt zu verschwenden. Wenn sie noch etwas mitzuteilen hat, dann tut sie das mit ihrer Hand. Keine sehr komplizierte Gebärdensprache, wie du gesehen hast.«

»Ach komm, Albert. Wenn jemand die Symptome eines Hirnschlags zeigt, dann wird der Kopf doch genau untersucht. Man kann einen Schlaganfall simulieren, aber nicht lange.«

»Niemand, Zwanet, hat uns was von den Befunden der Herren Doktoren erzählt. Vielleicht ist bei ihr ja alles in Ordnung, wer weiß.«

»Ob sie nun im finalen Stadium ist oder nicht, sie will sterben, das ist offenkundig. Sie hat mit dem Leben abgeschlossen, wie man so sagt.«

»Ja, aber nicht mit ihrem Groll«, sagte ich. »Der wird sie überleben. Vielleicht möchte sie deswegen aussteigen. Um der Welt eine Dosis Hass in seiner reinsten Form zu hinterlassen. Sorgsam von ihr gezüchtet, in einer Engelfabrik über dem Fischgeschäft Koelewijn. Ein Nachlass, für den niemand Erbschaftssteuern wird bezahlen wollen.«

»Albert, ich will jetzt nichts mehr davon hören«,

sagte Zwanet. »Da ist Utrecht schon. Zurück ins Leben. Wenn wir zu Hause sind, stelle ich sofort die Fritteuse an. Cynthia kommt auch zum Essen. Mit ihrem neuen Freund.«

»Das gibt dann wieder ein Gekabbel zwischen Cyn und Thjum.«

»Herrlich. Hauptsache, es hört sich nach Leben an. Ich schenke mir gleich einen Eimer Rotwein ein. Um diesen Todesgeschmack wegzuspülen.«

15

Zwei Wochen nach dem Krankenhausbesuch erhielten wir ohne vorherige telefonische Benachrichtigung über den Tod eine Traueranzeige mit der Mitteilung, dass Tiny Kassenaar-van der Serckt im Marie-Curie-Krankenhaus zu Breda gestorben war.

Ich rief Koos an, um ihm zu kondolieren. Viel sagte er nicht über ihr Ende. Er wich allzu gezielten Fragen aus, als habe man ihm ans Herz gelegt, nicht zu viele Details preiszugeben. Es lief darauf hinaus, dass die Entscheidung in gemeinsamer Beratung zwischen Koos, dem Pfarrer, einigen Ärzten und, nicht zu vergessen, Tinys gebieterischem Arm gefallen war, der das wichtigste Wörtchen mitzureden hatte. Danach wurde die nach wie vor schweigende Tiny ins Einschlafhaus des Marie Curie gebracht, wo sie die letzten Sakramente für Menschen mit Todeswunsch erhielt – in ihrem Fall einen Teller Pudding, in den man die tödliche Medizin gerührt hatte. Sie hatten sie in dem Hospiz noch nach ihrem Lieblingsgeschmack gefragt: Vanille oder Himbeer. Bei jedem Vorschlag hatte sie den Kopf geschüttelt. Schließlich hatte man sich für farblosen Pudding entschieden, weil der auch den neutralsten Geschmack hatte.

»Sie ließ sich füttern«, verriet Koos noch. »Es war im Nu vorbei mit ihr.«

»Warst du dabei?«, fragte ich.

»Ich war dabei, aber das wollte sie eigentlich nicht. Aus einer Art Scham heraus, vermute ich. Mannomann, du hättest diese wütende Hand sehen sollen, mit der sie mich wegjagte. Ich blieb einfach sitzen. Tja, man kann einen Menschen doch ganz zum Schluss nicht allein lassen.«

Ich fragte nicht weiter nach über diese letzten Minuten. Den Blick, den Tiny ihrem Mann zweifellos über den von der Krankenschwester hochgehaltenen Puddingteller hinweg zugeworfen hatte, konnte ich mir lebhaft vorstellen – und ich sollte ihn mir auch noch oft vorstellen. Mein imaginärer Kamerastandort war direkt hinter Koos, was bedeutete, dass ich Tante Tientje fast genau in die Augen hätte sehen können, wäre nicht Koos' winkende Hand ständig durch mein Bild gewedelt. So wurde mir ein klarer Blick auf Tinys letzte Augenblicke doch noch verwehrt.

»Und jetzt, Koos?«, fragte ich, um irgendetwas zu sagen. »Wie geht's jetzt weiter?«

»Oh, es gibt genug Münder zu füttern. Vor allem in letzter Zeit haben sich noch etliche Nachkömmlinge gemeldet. Keine Erpressung, nein … das ist vorbei … aber sie wollen doch alle ein kleines Extra, das wirst du verstehen. Ich arbeite einfach weiter.«

»Auf der Traueranzeige habe ich gelesen, dass sie

kommenden Montag auf dem Friedhof De Turfakker beerdigt wird.«

»Gut, dass du das sagst. Ich hatte mir überlegt, du hältst die Rede.«

»Warum ich?«

»Du bist der Theatermann. Jedes Mal, wenn ich den Fernseher einschalte, wirklich … lese ich: Drehbuch… Skript: Albert Egberts.«

Natürlich, wenn man ein Theaterstück oder ein Fernsehdrama schreiben konnte, dann hielt man die Abschiedsrede bei der Beerdigung seiner Tante doch mit links, oder? Ich hätte mich weigern können.

»Es braucht nicht lang zu sein«, sagte Koos. »Ein paar lustige Dinge aus ihrem Leben, das kriegst du schon hin. Wie damals, du weißt schon, als ihr Bruder weggelaufen war und sie auf einmal diesen Polizisten am Hals hatte. Monatelang. Oder als dieser Nylonrock oder dieses Nylonkleid wegen ihrer brennenden Zigarette völlig runterbrannte und sie auf einmal halbnackt mitten im Raum stand. Auch wenn es eine Beerdigung ist, es darf ruhig was zum Lachen sein.«

»Ich überleg mir was.«

16

Dass ich zusagte, wäre ja noch nicht so feig gewesen, wenn ich dann wenigstens den Mut aufgebracht hätte, in meine Rede zumindest etwas von der Wahrheit einfließen zu lassen.

Nico van Dartels Haussklavin Leentje, die der vierzehnjährigen Tientje auf dem Spielplatz ausrichten kam:

»Er hat Bock.« Die Trauerränder an den Nägeln der Engelmacherin. Nur so zum Beispiel. Die Mordexpedition zur Hundepension zusammen mit ihrem sechsjährigen Neffen. Der immer wieder auftauchende Brief des St.-Josephs-Krankenhauses mit dem auf einer gepunkteten Linie balancierenden lebenslänglichen Urteil. Der lange, ausholende Weg entlang den Stationen der Rache. Die Garderobe meiner Mutter, in der bei jedem Öffnen der Schranktüren die Kleiderbügel aufkreischten, um die Gönnerhaftigkeit der großzügigen Tiny herauszustreichen. Der Obelisk ihres gedemütigten Vaters mit den fehlenden Löfflern. Die zu Tode drangsalierte Mutter, die in ihrer letzten Vision das Brautkleid ihrer Tochter brennen sah.

Das Schlagen ihrer parkinsongeschüttelten Schwester mit einem nassen Taschentuch.

Am liebsten würde ich auch noch eine Zusammenfassung von Tinys Tischrede bei der Einäscherung ebendieser Schwester geben: die Enthüllung über die unvorstellbar reiche Nachkommenschaft Koos Kassenaars, die er ganz ohne die Hilfe seiner Ehefrau in die Welt gesetzt hatte. Mal sehen, ob ich dann, wie Koos es gern gesehen hätte, die Lacher auf meiner Seite hatte.

Im letzten Moment, als mir fast keine Zeit mehr blieb (das Licht des Beerdigungsmorgens schien bereits durch die Vorhänge), entschied ich mich dann doch für den Januskopf des Gelächters und der Tränen. Nachdem das feststand, ging es schnell. Ich brauchte der Wahrheit nicht einmal Gewalt anzutun, denn alles, was ich niederschrieb, hatte sich tatsächlich so abgespielt. Der stalkende Polizist, »in einer Zeit, verehrte Anwesende, als es das Wort *Stalker* in der niederländischen Gesellschaft noch nicht einmal gab«. Unvermeidlich: das zerschlagene Osterei, das Stück für Stück als Vorschuss auf die Cliffhänger ihrer Neuguinea-Abenteuergeschichten draufging. Und, in der Tat, ihre durch nachlässiges Rauchen dahingeschmolzene Nylonschürze.

Dramatischer als die mit Talkumpuder bestreute Specknase von Koos am Morgen der Hochzeit wurde es nicht. Sogar die wegen vermeintlicher Unfruchtbarkeit der Braut gestrichene Hochzeitsreise ließ ich aus deplatziertem Respekt unerwähnt (wenngleich ich es nicht lassen konnte, das Familienmitglied auftreten zu lassen, das der Meinung war, es sei Tradition, das Brautpaar mit gekochtem Reis zu bewerfen, so dass Tiny später die schwabbeligen weißen Klümpchen von Koos' geliehenem Frack klauben konnte).

Zwei Stunden später stieg ich auf das Rednerpult im Trauersaal des Friedhofs De Turfakker. Koos saß mit seinen Söhnen Ruud und Koen in der ersten Reihe. Die übrigen Gäste verstreuten sich fast akkurat über die langen Bänke, selten zu zweit, als hätten alle Streit miteinander und achteten auf einen passenden Abstand – es sei denn, es war eine Initiative des Bestattungsunternehmers, um die Halle voller erscheinen zu lassen. Ich sah mich im Saal um. Nicht einmal mein Bruder und meine Schwester saßen nebeneinander. Onkel Hasje war allein. Keine Abordnung aus Australien. Thjum stand gerade von seinem Platz neben Zwanet auf, die Kamera in der Hand: Er hatte die Erlaubnis, die Redner zu fotografieren sowie den Sarg mit dem gerahmten Porträt seiner Großtante Tiny.

Während meiner Rede blieb es bis auf das leise federnde Klicken von Thjums Kamera totenstill. Erst als ich zum Schluss die Verstorbene als Tientje Putz mit ihrem blitzschnellen gelben Staubtuch auftreten ließ, wurde geziemend geschmunzelt.

Amsterdam, März – April 2013

Inhalt

Tientje Putz
9

Kapitel I
13

Kapitel II
26

Kapitel III
32

Kapitel IV
50

Kapitel V
68

Kapitel VI
89

Kapitel VII
137

Kapitel VIII
243